[美] 哈兰・科本 著

朴逸 译

HARLAN COBEN

第一章

我坐在教堂后排的条椅上，眼睁睁望着我唯一爱着的、我会永远爱下去的女人正在嫁给别的男人。

娜塔莉理所当然地披着一身白色的婚纱，显得更加楚楚动人，而她的婚纱、她的漂亮，也理所当然地是对我的无尽嘲弄。娜塔莉的美丽一如既往地混合着娇柔的脆弱和无言的刚强。不过，此刻的她看起来又多了几分超凡脱俗的神情，仿佛她正处于一个另外的世界。

她咬着自己的下唇。我回想起那些慵懒的清晨。一番缱绻后，她会把我那件蓝色衬衫套到自己身上，同我一道走下楼梯。我们坐在餐桌旁读读报纸，之后她会取出速写本动手画上几笔。她画我肖像的时候，就像现在这样咬着自己的下唇。

有双无形的手掘进我的胸膛，攥住我那颗脆弱的心用力地撕扯着，终于把它掰成了两瓣儿。

为什么我非要来这里？

你信得过所谓一见钟情的爱情吗？我信不过。不过，我相信在第一眼的顾盼之间，确实可能产生强大的、超出普通肉欲的吸引。我相信有的时候——一生中有一次，也许是两次——你会深深地、本能地、迅速地被某个异性吸引，感受到比磁体还要强烈的引力。同娜塔莉初遇的感觉就是如此。有些时候，这种吸引会自生自灭，无花无果；有些时候，这种吸引却会不断增进、积聚热量，最终升腾为熊熊烈焰，让你际会真正的、至死不渝的爱情。

可还有些时候，你会愚蠢至极，把上述第一种情况误判为第二种。

我就曾天真地以为我和娜塔莉之间会产生永恒的爱情。我本来是个从不相信彼此间爱的许诺，并尽自己一切所能逃避这种束缚的人。可是，我在遇到她后立即——呃，也就是一个星期内——意识到，她就是那个我希望每天清晨在身旁伴我醒来的女人，就是那个我甘愿付出生命加以保护的女人，就是那个——听起来一定俗套——离开她就会让我一事无成、有了她就会让我的生活中最为平凡的一切都充满意义的女人。

有点儿作呕，是不是？

一位脑袋剃得光光的牧师正在讲着什么，可是汹涌的血流使我的耳朵无法分辨他的话语。我盯着娜塔莉。我祝愿她幸福。在这里我并不是违心地唱高调，尽管我们常常对自己说些类似的假话。因为，当我们爱的人并不爱我们的时候，我们事实上巴望着对方的命运变得惨兮兮的，对不对？然而我是真心为她送上美好的祝愿。不论多么难以承受，如果我相信娜塔莉离开我会更加幸福，我一定会尊重她的选择。问题在于，不论她怎样去说怎样去做，我都不相信她会从别处获得更多的幸福。或许，这不过是又一种自我欺骗，是我们通常说给自己的又一种谎言吧。

娜塔莉压根儿就不瞥我一眼，可是她紧紧地绷着嘴角。她知道我在这里。她的眼睛却始终望着那个即将成为她丈夫的男人。他的名字，我最近才搞清楚，是托德。我憎恨托德这个名字。托德。人们可能还称呼他托蒂、托德小子，或者是托德斯特什么的。

托德的头发太长了，而且他还卖弄着大约有四天没刮的胡茬儿。有些人会觉得他这副模样很潮；而另外的人，比如我，则认为应该朝他这张脸狠狠地揍上一拳。他用沾沾自喜的目光畅达无阻地扫描着客人们的脸，却在我这里，呃，顿住了。顿了一秒钟，对我做出了快速评估，得出了不值得为我耗费这么长时间的结论。

娜塔莉为什么一定要跑回他的身边？

女傧相是娜塔莉的妹妹朱莉。她双手捧着一束鲜花站在台上，唇边挂着机器人般毫无生气的微笑。我和她过去从未谋面，不过我看过她的照片，也听到她们姐妹间互通电话。看起来事态的进展让朱莉也大为震惊。我想捕捉她的目光，可是她一直望着千码以外的什么地方。

我转过脸重新凝视着娜塔莉，胸膛里似乎有许多炸点接连爆破着，轰、轰、轰。妈的，来这儿可真不是个好主意。男傧相捧出了戒指，我的双肺立马不张，呼吸万分艰难。

受够了。

我猜我之所以来到这里，就是为了亲眼证实这一切。以往的不幸教我懂得了见证痛苦的必要。我父亲于五个月前患大面积心肌梗死去世了。他的心脏过去没出过任何问题，不论用哪方面的指标衡量,他都是一个十分健康的人。我还清楚地记得从等候室被突然唤到医生办公室、听他们告知我这场灾难的情景。接着他们问我,后来殡仪馆的人也问我,要不要看看父亲的遗体。我拒绝了。我想那是由于我不愿在记忆中留下父亲仰卧在轮床上或棺木里的样子。我只想把原来那个生气勃勃的父亲牢牢地镌刻在记忆里。

然而,随着时间的推移,我越来越难以接受父亲已故的事实。他从来都是充满了活力。他去世的两天前,我们还一道观看了纽约游骑兵冰球队的比赛——父亲有季票——这场难解难分的比赛一直打到加时阶段,父亲和我用力地喊叫、不住地喝彩。他怎么就死了呢?我隐约地开始怀疑,是否有哪个人搞错了,是否这一切都是天大的骗局,也许我父亲还好好地以我所不知的方式活在这个世界上。我明白这些想法没有半点儿道理。可是人一旦陷入绝望的境地,便会受到绝望的戏弄,只要给绝望留出一点儿蠕动的空间,它就会让你产生各种虚幻的希望。

没有亲眼见证父亲遗体这一事实,不知不觉间成了我的一块心病。在娜塔莉嫁为人妻这件事上,我可不想犯同样的错误。如果继续做蹩脚的比喻的话,我这次算是真真切切地见到了僵死的尸首。没有理由再去查验尸体的脉搏,或将其来回翻动寻找生命的气息,我也没有必要继续流连在这口棺材的周围。

我起身离开,并尽量不引起他人的注意。要做到这一点可不容易,特别是对于身高六英尺五英寸多、用娜塔莉的话说“身材像个伐木工人”的我来说。我有一双娜塔莉曾经十分喜欢的大大的手。她喜欢攥着我的手,仔细地查看我的掌纹。她说这才是一双真正的手、一双男人的手。她还用画笔描摹过这双手。

按照她的说法,这双手印证了我的生活轨迹——我出身于蓝领家庭。我一边在当地一家夜总会当保安,一边读完了兰佛学院。而且不知怎的,目前我竟然成了这所学院政治学系最年轻的教授。

我踉跄地迈出白色的小教堂,撞进了热烘烘的夏日空气之中。夏日。这一切就这么结束了?这一切只不过是一场短暂的夏日罗曼史?我们俩都不是跑到夏令营寻求性体验的、冲动难耐的孩子,我们是两个躲进隐居处寻求孤独和静谧的成年人——她作画,我撰写政治学论文。我们偶然相遇,彼此倾慕,坠入爱河。然而现在已近九月,看来一切好事都将随着夏日的结束而收场。我们的恋情一直带有某种超乎现实的特质。两个人都离群索居,脱离了各自的寻常生活及相关的世俗琐事。也许,就是由于这一点,我们的一切才显得如此不同寻常;也许,始终躲在远离现实的肥皂泡里厮磨缠绵,才使得我们的恋情更加甜美、更为炽烈;也许,我的所有这些感觉都是自作多情,完全不靠谱。

教堂里传出了欢呼和喝彩声,我从迷离恍惚中回过神来。仪式结束了,现在托德和娜塔莉正式成为了胡茬儿脸夫妇。他们将共同步出教堂。我好奇地想知道,人们是否会向这对新人抛撒米粒。对此托德大概不会喜欢,因为抛出的米粒会弄乱他的头发,还会粘在他的胡须上。

我实在没必要继续做一名看客了。

我朝教堂的后面走去,恰好在教堂的大门呼啦一下打开时闪出了人们的视线。我向四周的空地望去,没有别的东西,呃,就是一片空地。远处是树林。一些小木屋坐落在山坡的另一侧。这座小教堂挨着包括娜塔莉在内的那些画家和其他艺术家的乡间寓所。我住在为作家和学者提供的乡间寓所,位于这条路的尽端。我们住的寓所都坐落在佛蒙特州历史久远的农场里。这些农场仍然多多少少地种植着一些庄稼。

“你好,杰克。”

我朝着熟悉的声音转过身去。娜塔莉站在离我不足十码远的地方。我迅速扫视她左手应该配戴婚戒的手指。仿佛看透了我的心思,她扬起手向我展示自己的结婚指环。

“恭喜。”我说,“我为你高兴不已。”

她不理会这番说法。“真不能相信你会赶来。”

我摊开双臂。“听说这里将提供美味的餐前冷盘,让我错过可没那么容易。”

“有趣。”

我耸了耸肩,而我的心已被碾成尘土,不知被劲风吹向了何处。

“大家都说你肯定不会来参加婚礼,”娜塔莉说,“可我知道你会来的。”

“我仍然爱着你。”我说。

“我明白。”

“而你也仍然爱着我。”

“我不爱你了,杰克。你没瞧见?”

她冲着我的脸晃动着那枚戒指。

“宝贝儿,”托德同他脸上的须毛一道从角落里绕了出来。他看到我立刻皱起眉。“这是谁?”

很显然,他明知故问。

“杰克·费舍尔。”我说，“恭喜你们喜结良缘。”

“我们过去在什么地方见过吗？”

我留给娜塔莉去应对。她把手搭到他的肩头以示抚慰并说：“杰克为我们不少人做过写生模特儿，你也许在我们的一些画稿里见过他。”

他依然皱着眉。娜塔莉转身对他说道：“我这里再聊一小会儿，好吗？我马上就赶过去。”

托德又打量我一番。我没有扭动躯体，没有向后退缩，没有避开他的目光。

他不情愿地回答：“好吧，可别拖太久。”

他用怀着敌意的目光又盯了我一眼，绕回教堂的正面。娜塔莉观察着我。我向托德刚刚消失的方向指了指。

“他看起来挺逗的。”我说。

“你为什么要来这儿？”

“我需要对你说我爱你。”我说，“我需要告诉你我永远都会爱你。”

“事情结束了，杰克。你会迎接新的生活，你的未来会很好。”

我没有吭声。

“杰克？”

“怎么着？”

她略微地歪过脑袋。她知道自己这种歪脑袋的模样在我这里会产生什么样的效果。“答应我，今后不再打扰我们。”

我只是立在那里。

“向我承诺：你不会对我们穷追不舍，也不会给我们打电话,甚至电子邮件也不发。”

我胸口的疼痛在加剧。锐利的、深切的疼痛。

“向我承诺,杰克。向我承诺你永远也不打扰我们。”

她紧盯着我的眼睛。

“好吧,”我说,“我承诺。”

再不说一句话,娜塔莉走开了,走回教堂的正门,走到她刚刚嫁的那个男人身边。我伫立在原地,尽力找回自己的呼吸。我想过要对她大动肝火,我也想过要显得不以为意,我还想过耸一下肩膀后对她说将来吃后悔药的只会是她自己。我预想过所有这一切,后来又决定表现得更成熟一些。我心里明白,所有这些都是用来蒙骗自己的花招儿,我不过是借此回避一个事实:我的心永远地破碎了。

我在教堂后面一直待到大概所有人都散去的时候。我绕回教堂的门口。那位光头牧师正走下台阶,同他一道的还有娜塔莉的妹妹朱莉。她用一只手抓住我的胳膊问道:“你还好吧?”

“我超好。”我对她说。

牧师向我微笑:“真是个举办婚礼的好天气,您说呢?”

我在阳光的照射下眨着眼睛。“我想是的,”我说。然后我就走开了。

我会遵从娜塔莉的要求不去纠缠她。尽管每天都会想念她,但是我永远不会给她打电话,不会主动联系她,甚至不会去网上查看她的消息。我将信守我的承诺。

我的守诺持续了六年。

第二章

六年后

我生活中的最大变化，将于下午三点二十九分到三点三十分之间的某一秒钟发生。尽管到了那个时刻我也不可能意识到这一点。

我为新生讲授的“道德推理与政治学”这门课刚刚结束。我走出了巴德楼。马萨诸塞州一个秋高气爽、阳光明媚的下午。这样的天气仿佛是专为校园订制的。操场里正在进行极限飞盘比赛。偌大的校园草坪上到处散缀着大学生，像是有一只巨手将他们撒播在这里。音乐在耳畔回荡。学校宣传册上那些梦幻般的校园图景，似乎一下子都成了活生生的现实。

我喜欢这样的时光。话又说回来，有谁不喜欢呢？

“费舍尔教授？”

我循着声音望去，有七个学生凑成半圆形坐在草地上。喊我的姑娘坐在中间。

“同我们坐一会儿好吗？”她说。

我微笑着摆了摆手。“谢谢,可我在办公室还有事情。”

我继续朝前走着。我肯定是不会停下来的,尽管我很愿意在这怡人的天气里同他们坐在一起——有谁会不愿意呢?在教师和学生之间,有一道细微的然而需要审慎对待的界限。对不起,我这么说可能有些言重了,不过我的确不想成为那样一种教师。也许你会明白我的意思,我说的那种教师太多地同学生泡在一起,他们出席大学生联谊会举行的晚会,或许还会在橄榄球赛前的停车场聚餐会上掏腰包请学生们喝些啤酒。一位教授应当令人信赖、待人亲切,可是一位教授不应当变成学生的伙伴,也不应当变成他们的父母。

我走进了克拉克楼,黛妮丝摩尔夫人以她惯常的不悦之色迎接着我。黛妮丝摩尔夫人是一只典型的母老虎,在我们政治学系做传达员。从胡佛政府的年代起,我这样相信,她就占据了这个位置。她至少有两百岁了,然而她的坏脾气和难相处的劲儿却像是仅有她一半儿年龄的人。

“下午好,可人儿。”我问她,“有什么公文吗?”

“放你桌子上了。”黛妮丝摩尔夫人说,连声音里都浸着不悦之色。“同往常一样,一大帮女学生在你的门口排着呢。”

“好啊,谢谢你。”

“看着就像是火箭女郎舞蹈团①的面试。”

“明白了。”

“你的前任可没像你这么平易近人。”

---

① 火箭女郎舞蹈团(Rockettes):美国纽约著名的舞蹈表演团队,以整齐划一的踢腿动作而闻名。在招聘新演员的时候,会有许许多多来自各国的有舞蹈基础的年轻姑娘排队等候面试。

“唉,得了吧,黛妮丝摩尔夫人。我当学生的时候可是总来这里请教他。”

“没错儿,不过至少那时你的短裤长短还算合适。”

“那可让你有点儿失望,是不是?”

黛妮丝摩尔夫人用力忍住了微笑。“别在我这里晃来晃去的,快走开。”

“你就承认了吧。”

我送给她一个飞吻。为了避开星期五下午排队等候在外面想同我见面的学生,我从后门走进了办公室。每个星期五下午三点到五点,我拿出两小时与学生们进行“非预约”谈话。这是一个开放交流的时段,每位学生可以占用九分钟时间。没有特定的计划和题目,不用事前预约和登记。你来就行——谁先到,谁先谈。我们的时间控制得十分严格,九分钟时间,一点儿不多,一点儿不少。还有一分钟,是谈完的学生离去并请下一位学生进来、完成前后交替的时间。如果哪位学生需要更多的时间,或者我是哪位学生的论文指导教师什么的,黛妮丝摩尔夫人就会为这位学生另外预定出足够的时间。

下午三点整,我请进了第一位学生,她想同我讨论洛克和卢梭的理论。近来这两位政治学的泰斗与其说是以其哲学思想,不如说是由于在电视剧《迷失》①里的转世轮回而变得声名远播。第二位学生并没有什么真正的缘由来我这里,只不过是

---

① 《迷失》(Lost):美国电视连续剧,于2004年开播,到2010年结束。剧情神秘复杂,含有一系列同宇宙现象相关的科幻和超自然元素。该剧许多角色都与历史上的哲学家、思想家同名,洛克、卢梭等均在其列。一些剧集的片名、对话撷取了这些哲学家的语言,剧情中经常插入关于他们哲学和政治思想的桥段。

来——恕我直言——拍我的马屁。我好几次想举起手打断谈话，对这个学生说“你不如回去给我带点儿曲奇饼干”，不过我没有这么做。第三位学生来为她的分数而可怜巴巴地叫屈，她认为她的卷子得到的B+应该改成A-，尽管实际上它也许只配得到一个B。

事情就是这样的。学生们到我的办公室，有的是为了向我请教，有的是为了取悦于我，有的是为了求我开恩，有的是为了找人聊聊天——这一切都很正常，我都能予以理解。我不会根据学生来访的目的和表现来评价他们，那是不对的，我对所有推门而入的学生一视同仁。因为我们在这里的职责就是教他们一些东西，也许不都是政治学的原理，还要帮助他们掌握批判性的思维方法，甚至还有关于——不好意思——人生的一些道理。如果这些学生都已完全成熟、没有任何的迷茫和惶惑，他们还有什么必要来这里呢？

“还是B+，不能变。”在她的诉求以哀婉动人的方式表达完毕后，我说，“但是我相信你有能力在下次取得更好的成绩。”

计时钟响起来了。不错，正如我说过的，我严格地把握规定的时间。这时正正好好是三点二十九分。正因为如此，当我后来回首发生的一切时，我能够精确地记住事情的发端就在下午三点二十九分到三点三十分之间。

“谢谢您，教授。”她站起身准备离开。我也随着站了起来。

我于四年前担任了系主任。我的前任、也是我的导师马尔科姆·休谟教授曾任过一届政府的国务卿，还干过一届白宫办公厅主任。接手他的这间办公室以来，我没做任何改变。它依然透过学者特有的凌乱，引发着人们奇妙的思古怀远之幽情——堪称古董的地球仪、大部头的书籍、泛黄的手稿、边边角角剥离于墙面的一些招贴、镶在镜框里的几位留着胡须的男人肖像。屋里没有写字台，只有一张大大的橡木桌子，能够围坐十二个人，刚好是我指导毕业论文的学生数目。

到处都显得杂乱无章，而我从来没有费神费力去重新装修和整理这间办公室。人们大都以为这体现了我对导师的崇敬和尊重，其实并不尽然。更重要的原因在于：一，我很懒，非常害怕装修办公室的麻烦；二，我的确没有什么个人风格或家庭照片可以用来展示，而且我完全不相信诸如“办公室是主人个性的外化”之类的胡说八道，也不相信重新装修布置过的办公室就当真能够代表我这个人；还有三，我早就发现乱糟糟的状态对于人的表现具有某种暗示作用。一尘不染和井井有条自然而然地使学生感到拘束，而凌乱不堪的办公室看起来是在欢迎我的学生自由地表达他们的思想。环境本来就是一塌糊涂、难以入目——他们似乎在这么想——我的想法即便再荒唐，还能给这里带来更多的混乱吗？

不过其中最重要的原因还是，我这人太懒，不想找这方面的麻烦。

我们两人从这张大大的橡木桌旁站起来握手告别。她握手的时间太长了一点，所以我有意加快速度抽出了自己的手。这样的事情并不是天天都发生，但的确时有发生。我现在三十五岁，当我作为二十多岁的年轻教授在这里起步的时候，遇到的此类事情更为经常。你还记得《夺宝奇兵》[1]中一位女学生在两边的眼睑写上“爱你”的情景吗？与此相似的事情发生在我执教的第一个学期，只不过用的动词不是“爱”，后面的人称代词由“你”换成了“我”。我不会为此飘飘然。我们做教授的着实掌握着相当的权力。那些痴迷于这种权力或相信自己完全有资格享受学生示好的男人（没有性别歧视的意思，不过这类人几乎从来都是男性），通常比他们碰巧遇到的愿意向老男人投怀送抱的女学生更不自重、更为可怜。

坐下来等着下一位学生的时候，我朝桌子右边的电脑瞥了一眼，屏幕上是学院局域网的首页。我认为页面具有典型的学院特色。左侧以幻灯片方式滚动着学院生活的图片。不同肤色、不同信仰、不同宗教和不同性别的学生，在共同创造着美好的、勤奋向上的大学生活。学生之间的积极互动、学生与教师的深入交流、丰富多彩的课外生活，你一看就会明白这些图片的寓意。网页顶部是醒目的通栏，打出学院的徽标，还叠印着学院最具标志性的建筑，包括有名的约翰逊教堂。它是我见证娜塔莉嫁为人妻的那座小教堂超大尺寸的翻版。

屏幕的右侧是最新信息专栏。就在候见名单上的下一位学生巴里·沃特金斯进屋说“嗨，教授，还好吧？”的时候，我在信息栏里发现了一份讣告，不由得顿了一下。

“嗨，巴里，”我说着，目光仍停留在屏幕上，“坐下吧。”

他坐下，抬起两只脚搁在桌子上，他知道我不介意这类事。

---

① 《夺宝奇兵》（Raiders of the Lost Ark）：美国二十世纪八十年代出品的一部著名影片，获奥斯卡金像奖诸多奖项及多项提名。

巴里每个星期都来这里,我们什么都谈,又等于什么也没谈。他的来访从学术角度没什么价值可言,他不过是来这里不着边际地东拉西扯。然而我已说过,对此我不持任何异议。

我的眼睛朝显示器凑得更近,因为死者那张邮票般大小的照片引起了我的注意。我看得不甚分明——刚才的距离过远——不过他看起来挺年轻。在一定程度上这是这类讣告中常见的情况。许多时候,学院不去寻找并刊登人物的近期照片,而是使用毕业年刊上死者当年的照片。但是,看得出这份讣告不属于这种情形,尽管我只是短暂地瞥了它一眼。照片上的人留的并不是,怎么说,二十世纪六十或七十年代流行的那种发型。另外,不是黑白照片。1989 年以前的学院年刊使用的都是老式的黑白照片。

我们的学院不大,每个年级大约四百人。死亡倒不是一件非同寻常的事。然而也许是由于学院的规模,或者是学于斯授于斯而积淀的感情,每当有哪位校友逝去的时候,不知怎的,我总会觉得这是同我个人有着某种关联的事情。

“喂,老师?”

“就一会儿,巴里。”

我正在耗去属于他的时间。我使用一只袖珍运动计时钟,是在这个国家的任何一家篮球馆都能见到有人使用、屏幕上有很大的红色数字显示时间的那种。这是一个朋友送我的礼物,他根据我的身高判断我一定会玩儿篮球。我并不打篮球,但我喜欢这只计时钟。按照设置,它从九分钟起倒计时,我看到还剩下八分四十九秒。

我点击那张小照片。放大的图像跳了出来,我不禁倒吸了一口凉气。

死者的姓名是托德·桑德森。

我的记忆中没有存储托德的姓——当年那份请柬只写着“托德和娜塔莉的婚礼”——可是,天呵,我认识这张脸。那一脸赶时髦的胡茬儿不见了,脸剃得光光的,头发理成了小平头。我想知道这种变化是否缘于娜塔莉的影响——她曾经不停地抱怨我的胡茬儿刺疼了她的皮肤——我很快又想知道,为什么我还会冒出这些愚蠢至极的想法。

“时间不多,老师。”

“就一小会儿,巴里。还有,你得称我教授。”

据讣告介绍,托德四十二岁,比我估计的要大一些。娜塔莉三十四岁,比我小一岁,我原先猜测托德更接近于我们的年龄。讣告说托德是大学橄榄球全联盟队的近边锋,还被提名为罗兹奖学金①的候选人。令人印象深刻。他以第一名的成绩从历史系毕业,还建立了一个名为“新起点”的慈善基金组织。在读高年级的时候,他担任过 Psi② 大学生联谊会的主席。我也加入过这个联谊会。

托德不仅是我的校友,我们还都宣誓加入过同一个联谊会。为什么我竟然从来不知道这些?

讣告里还有其他内容,许多的内容。我跳过去读最后的

---

① 罗兹奖学金(Rhodes Scholarships):二十世纪初创立的一项世界性奖学金,有“全球本科生诺贝尔奖”之称。具体内容是每年在世界十余个国家选取八十名本科毕业生去英国牛津大学攻读研究生。美国各大学一向推荐最优秀的学生作为申请该项奖学金的候选人。获得该奖学金的学生,亦被称为罗兹学者。

② Psi:希腊文字母第二十三个字母的英文注音。美国大学生通常由同性组成各种联谊会,习惯以希腊字母来命名。

几行：

葬礼于星期天在南卡罗来纳州的帕尔梅托城举行。该城位于佐治亚州萨凡纳市附近。桑德森先生身后留下了他的妻子和两个孩子。

两个孩子？

“费舍尔教授？”巴里的声音透出些许的揶揄。

“对不起，我只是……”

“不，老兄，不用道歉。你没事儿吧？”

“我挺好的。”

“你肯定吗？你的脸色有些苍白，老兄。”巴里的运动鞋砸到了地板上，两只手按着桌子。“没关系，我改个时间再来。”

“不用。”我说。

我离开电脑转过身来。这事可以放一放。娜塔莉的丈夫年轻轻地死去了。令人伤心，是的，甚至可以说是个悲剧。然而这事同我没什么关系。我没有理由为此而取消工作安排或者说给我的学生带来不便。当然了，我有些心烦意乱——由于托德的死，由于他同样读过这所学院的事实。真是颇为奇异的巧合，我心里想到，不过倒算不上是什么惊天动地的发现。

也许娜塔莉喜欢的男人必须是兰佛的。

“你最近怎么样？”我问巴里。

“你认识伯纳教授吧？”

“当然。”

“他纯粹是个王八蛋。”

他的确是个王八蛋，当然我不会说出这一点。“你怎么会这么想？”

我在讣告里没有读到死亡原因。校园讣告往往忽略这一点。忙完了我会再看一遍，如果确实没有这方面内容，我也许能通过网络在别的地方找到更全面的介绍。

可是，为什么一定要更多地了解此事？这究竟有什么意义呢？

最好别操心这事。

不管怎样也要等到下班后再说。我结束了同巴里的谈话，继续接待其他学生。我有点儿不在状态，可学生们并无觉察。学生们想象不出教授也活在现实生活中，就如同他们想象不出自己的父母也会做爱一样。从一定层面上说，这并没有什么不好。从另外的层面上，我却在不断地提醒他们不要以自我为中心，不要把注意力仅仅集中在自己身上。人类的特性之一，就是所有的人都以为只有他本人才是复杂无比的、是无论如何难以得到别人理解的，而自己以外的其他一切人都不免过于简单，不值得去认真体察和理解。这当然是不对的。每个人都有属于他自己的梦想、希望、需要、欲求和痛苦。所有人都有着自己热切追寻的东西。

我的思绪不停地飘移。望着缓慢艰难地变换着数字的计时钟，我就像是坐在最无聊的课堂里的最烦闷的学生。终于熬到了五点，我马上回到电脑前，调出了托德·桑德森讣告的全文。

没有。没有提到死亡原因。

有意思。有时通过讣告中的捐赠建议能够寻得一些线索，比如提示你可以不带吊唁的鲜花，而将买花的钱款捐赠给美国抗癌协会什么的。这篇讣告没提及任何类似的内容，也没有提到托德的职业。不过话又说回来，那又怎么了？

办公室的门突然开了，人文学系的教授、我最好的朋友伯尼迪克特·爱德华兹走了进来。他没有敲门，也从来没有敲过门或想过有敲门的必要。我们经常在星期五的下午五点碰面，一起到当年我读书时做过保安的那家酒吧坐一坐。当年它是一家簇新的、闪亮的、非常时尚的酒吧，如今却已经老旧破败，其时尚的程度就像一台盒式录像带播放机。

在外形上，伯尼迪克特与我有强烈反差——他个子矮，骨架小，是个黑人，两只眼睛被一副巨大的、只有化学系才会有的安全防护镜般的蚁人[1]眼镜夸张地放大着。他的上唇蓄着过于浓密的胡须，头上留着过于膨胀的圆篷式发型，这一定是阿波罗·克里德[2]激发出的灵感。

他的手指如女钢琴家般修长秀美。他还有一双令芭蕾舞女演员嫉妒的玉足。即便是盲人，也不会把他错认成伐木工人。

尽管如此——或许是恰恰因为如此——伯尼迪克特全然是一位黑皮肤的花花公子，勾搭上的女人比当红的说唱歌手还多。

“有什么不对头吗？”伯尼迪克特问道。

我省去了“没什么”或是“你怎么知道有什么不对头”，直截了当地问他：“你听说过一个叫托德·桑德森的家伙吗？”

“ ·无所知。他是谁？”

---

① 蚁人（Ant-Man）：美国著名漫画角色。主人公蚁人是一位出色的生化学家、超级英雄，身体可变化为“巨化人”，也可缩至蚂蚁大小。

② 阿波罗·克里德（Apollo Creed）：美国电影《洛奇》（*Rocky*）中的黑人拳王。

“一位校友。网上有他的讣告。”

我把屏幕对着他转过去。伯尼迪克特正了正他的大眼镜。“不认识他。怎么了?”

“记得娜塔莉吗?”

一丝阴影掠过他的脸庞。“你绝口不提她的名字已经有……”

“是啊,是啊,不管怎么着,这位是——或者说曾经是——她的丈夫。”

“她就是为了他而抛弃了你?”

“是的。”

“而现在他死了。”

“显然是的。”

“这么说,”伯尼迪克特边说边扬起了眉毛,“她又变成了单身。”

“真敏锐。”

“我是担心。你是我最好的哥们儿。我有个让女人们喜欢的好名声,这倒不假,可是你有一副好长相,我可不想失去你。”

“真敏锐。”我重复道。

“你打算给她打电话?”

“谁?”我问。

“国务卿康多莉扎·赖斯。你以为我指谁?当然是娜塔莉。”

“是啊,当然了,我就说:‘嗨,你踹了我去嫁的那个家伙死了。想和我看场电影吗?’”

伯尼迪克特读着讣告。“等等。”

“怎么?”

“这里说她有两个孩子。”

“所以?”

“事情变得更复杂了。”

“闭住嘴不说了,好吗?”

“我是说两个孩子,她现在应该很胖了。”伯尼迪克特用放大了的眼睛望着我。“娜塔莉现在长什么样了? 我是说,两个孩子,她可能又粗又胖了,是不是?”

“我怎么知道?”

“哈,人人都有办法知道,都是一样的办法——谷歌、Facebook① 这类东西。”

我摇摇头。“我从来没在网上搜过。”

“什么? 每个人都这么做,见鬼。我总是在网上查看我过去的所有情人。”

“互联网承受得了那么大的流量吗?”

伯尼迪克特咧嘴笑着。“我的确需要设置属于我的专门服务器。”

“伙计,这不会是一语双关吧?”

我从他笑容的背后察觉出一丝悲伤。我记起有次在酒吧里,伯尼迪克特喝得酩酊大醉,我看到他打开皮夹凝视着一张饱经岁月侵蚀的照片。我问他是什么人,他含混不清地回答:“她是我永远爱着的唯一的女人。”说完,伯尼迪克特把照片插回到信用卡后面。尽管我一再拾起话头,他却没再多说一句话。

---

① Facebook:美国的社交服务网站。

他当时露出的同样是这副透着悲伤的笑容。

“我对娜塔莉做过承诺。”

“对她承诺什么?”

“远离她的生活。我永远不去打听他们的状况,不去打扰他们。”

伯尼迪克特思索着。“看起来你遵守了你的诺言,杰克。”

我没作声。伯尼迪克特刚才说了谎。他并没有在 Facebook 上逐一浏览过去的众多女友,即使查看过,也未必会投入太大的热情。但是有一次我闯入他办公室的时候——同他一样,我也不敲他的门——恰好看到他在网上访问 Facebook。我在一瞬间瞥见,他盯着的正是那个他在皮夹里珍藏照片的女人的相片专页。伯尼迪克特迅速关掉了网页,我打赌他一定频繁地查看这个专页,甚至每天都在看。我打赌他浏览过这位他永远爱着的唯一的女人的每一张新上传的照片。我打赌他关注着她目前的生活、她的家庭,也许同样关注着与她同床共枕的她的丈夫,用与凝视皮夹里那张照片同样的目光凝视着她现在的一切。对此我没什么证据,只是一种感觉,但是我不认为我的猜测离事实相差得很远。

就像我已经说过的,我们每个人都有着自己热切追寻的东西。

“你究竟想说什么?”我问他。

“我只是告诉你,你承诺过不打扰他们,可那个‘他们’的概念,已经不复存在了。”

“很久以前娜塔莉就不再属于我的生活了。”

“你真这么认为?”伯尼迪克特问道,“她同时要求你承诺过忘掉你自己的感觉吗?”

“我以为你害怕失去你最好的哥们儿。”

“你的长相没那么英俊。”

“狠心的浑蛋。”

他站起了身。“我们人文学的教授懂得这一切。”

伯尼迪克特留下我走了。我站起来走到窗前,朝着校园的草坪望去。我看着来来去去的大学生们,就像我在遇到生活中的难题时经常会想的那样,我又一次想到如果这些学生中的哪一个处于我目前的境况,我会对学生提出什么样的建议。霎时间,没有任何事前征兆,过去的一切全都涌入了我的脑海——白色的小教堂、她在婚礼上的发式、她举起戴着婚戒手指的样子,那种痛苦、那种欲望、那种激情、那种爱恋、那种伤害。我的膝盖在发软。我认为我已经结束了对她的单相思。她无情地碾碎了我,可是我终究还是拾起碎片,重新整合出一个自我,继续开始了自己的生活。

这些念头多么愚蠢、多么自私、多么不合时宜。这位女士刚刚失去了自己的丈夫,而我这个卑下的小人,却还沉溺在自己受过的创痛之中。别这样,我告诉自己。忘掉这件事,忘掉她。做该做的事。

可我做不到,我生来就不是能这么做的胚子。

我最后见到娜塔莉是在她的婚礼上。现在我又将在葬礼上见到她。也许有人认为命运的这种安排充满了讽刺意味,我可不这么想。

我返回电脑前,订下了一张飞往萨凡纳的机票。

第三章

事情不大对头的最初迹象,出现于人们在葬礼上致辞的时候。

帕尔梅托虽说是一座城镇,却更像是一处相对独立的居民社区。这座新建不久的小城美丽整洁,管理井井有条,精心的规划、合理的布局完全经得起历史的推敲——所有这些都给人以缺乏生气、如迪斯尼的未来世界主题公园般虚假的感觉。所有的一切都显得过分完美。那座熠熠生辉的白色小教堂——是啊,又是一座小教堂——坐落在这样一处风景如画的地方,使它本身似乎,嗯,也变成了一幅并不真实的画片儿。不过,这里的炙热高温倒是格外真实,是无可逃避的一种活生生的存在,与之相伴的还有又浓又厚的湿气。

我的脑袋再次清醒了片刻,发出究竟为何要来此地的疑问。我坚决地拒绝考虑这个问题。我现在已到此地,因此这样的问题已变得毫无意义。帕尔梅托城的旅馆看起来很像电影棚的布景。我走进旅馆里那家令人愉悦的小酒吧,请同样令人愉悦的女招待给我来一份不加冰的苏格兰威士忌。

“您是来参加葬礼的?”她问我。

“是的。”

“真是不幸。”

我点点头,只是盯着我的酒杯。令人愉悦的女招待领悟了我的心思,没再说下去。

我为自己是个有教养的人而自豪。我不相信什么天意、命运或者其他任何迷信的说法。可是现在的我,却把自己的鲁莽行为看作是冥冥之中的某种安排。我注定应该到这里,我这样对自己说,我被什么东西驱使着乘上了飞机。我不明白这一切是怎么回事。我是用自己的眼睛看着娜塔莉嫁给别人的,可即便如此,在很大程度上我还是不能接受这个事实。我仍然有着寻求一种了结的强烈需求。六年前娜塔莉抛弃了我,她写了一张纸条告诉我她将嫁给她过去的情人。第二天我又收到了她的婚礼请柬。显然这一切至今让人感觉……很不完整。现在我来到了这里,即便不能获得彻底的了断,我也希望能有一个相对完整的结局。

我们想做什么事情的时候为自己寻找理由的本事,从来是让人吃惊的。

不过,我来这儿究竟想做什么?

我喝完酒,谢过令人愉悦的女招待,开始审慎地接近那座教堂。当然,我注意保持距离。也许我是个麻木无情、讨厌至极的不速之客,然而还不至于去强行侵扰一位正在安葬自己丈夫的寡妇。我躲在一棵大树后面——当然是棕榈树,还会是别的吗?——就连正眼望一望那些吊唁者的勇气都没有。

圣歌响起了。我估计最危险的时刻已经过去。我迅速扫了一眼后，更加确信了这一点。人们已步入了教堂。我朝那里走去。福音唱诗班的歌声听起来庄严华丽。我不确定应该做什么，便试着碰了碰教堂的门。门没锁（咳！还用说吗？）。我推门进入时低着头，一只手遮在脸上，像是抓挠某处发痒的地方。

多棒的伪装。多可怜的家伙。

并不需要伪装。教堂里挤得满满的。我同其他找不到座位的迟到者一起站在后面。唱诗班的演唱结束后，有个男人——我不知道他是执事还是牧师，或有别的什么身份——走上了讲坛。他开始谈论托德，评价他是一位“充满爱心的医生、邻里尊重和喜欢的居民、真诚慷慨的朋友和充满了家庭责任感的男人”。医生。我原来一直不知道他的职业。那人滔滔不绝地历数托德生前的各种好处——他慈善事业的成就，他永远进取的个性，他宽宏豪爽的品格，他那种能让每个人都感到自己值得自豪的能力，他那种在任何人、不论是朋友还是陌生人需要的时候，立即卷起袖子出手相助的精神。我很自然地把这些视为葬礼上并不鲜见的老生常谈——对于死者，人们本能地不吝过誉之辞——但是我看到出席葬礼的人眼里含着泪水，看到他们对那些评价频频点头表示赞同，仿佛他们是在领略一首唯有他们才听得明白的歌曲。

我从后排站立的位置使劲儿地朝前张望，想看娜塔莉一眼，可是有太多的脑袋挡住了我的视线。我不想引来别人的注意，就放弃了自己的努力。再则说，我已迈进了教堂，目睹了葬礼的情景，甚至聆听了对于死者的赞美。这不足够了吗？我在这儿还有什么可做的呢？

是离开的时候了。

“首先致辞的，”讲坛上的那位主持人说道，“是埃里克·桑德森。”

一个十几岁、面色苍白的小伙子——我判断他有十六岁左右——站起身走上了讲坛。我的第一个想法就是，这个埃里克一定是托德·桑德森的（广而言之，也是娜塔莉的）侄子。可是这个念头很快就被小伙子的开场白击得粉碎。

“我的爸爸是我心目中的英雄……”

爸爸？

我花了几秒钟来思索。人们的思维具有沿着某种既定的轨迹运行的特点，不容易实现急转弯。当我还是孩子的时候，我的父亲让我猜个谜，以为可以难倒我。“爸爸和儿子出了车祸。爸爸当场就死了，儿子被火速送到医院。外科医生说：‘我不能给这个孩子做手术，因为他是我的儿子。’这是怎么回事？”这里就有一个能否跳出我说的那种通常的思维轨迹的问题。我估计对于我爸爸那一代人来说，这个谜还是有一定难度的。可是对于我这个年龄段的人，它的答案却显而易见——外科医生是孩子的妈妈。我记得我当时笑出了声。“还有别的谜吗，爸爸？您是不是需要打开八声道的音响播放器①？”

眼前的状况一定是类似的谜题。我不由得问自己，一个娶了娜塔莉才六年的男人怎么会有个十几岁的儿子？答案：埃里克是托德的亲儿子，却不是娜塔莉的。可能托德在娶娜塔莉之前曾结过婚，或至少是与另外的女人有过一个孩子。

---

① 作者提到思维的“轨迹”时，用的是单词“track”。track 除（车的）轨迹、轨道等含义外，也指声道、音轨等。所以杰克这样调侃。

我重新在前排的那些人中寻找娜塔莉。我抻长了脖子,站在我旁边的女人对我夸张地叹口气,对她的空间遭到侵犯提出抗议。讲坛上,托德的儿子埃里克表现极佳。他的话语优美动人,使教堂里所有人的眼睛都变得湿润,呵,除了我以外。

现在到底该怎么办?只是站在这里?向新寡的女人表示我的慰问,然后怎么着,让她在举丧的日子里陷入窘困和混乱?我若自私如此,情何以堪?我当真愿意再次见到她的身影,看着她为失去生活中的挚爱而泣不成声?

我可不这么想。我看了看手表。我已经预订了今晚的返程航班。没错儿,闪一下就走。悄无声息,不惊不乍,不在这里过夜,不为住宿破费,实现一个低成本的了结。

关于娜塔莉和我的事情,有些人会给出一个明确无误的判断——我对我们两人共同相处的感觉做了大大超出实际情形的、过于理想化的渲染。我理解他们的看法。客观地说,我觉得这种看法并非没有道理。但是,一个人的心不是冷冰冰的纯客观的东西。我作为当代那些伟大的思想家、理论家、哲学家的崇拜者,不会将自己的水准降低到如此程度,以至使用"我心明白"这类平庸的语言。但是,我的心就是明白。我明白娜塔莉和我之间曾经是怎么回事。我能够用清澈的、不被哪怕是最素淡的色彩遮蔽的目光,看清我们之间确实存在过真挚的感情。也正因如此,我无法弄懂后来我们的关系怎么了。

总之,我至今不明白我们之间究竟发生了什么。

埃里克致辞后回到了座位上,抽咽和啜泣的声音回响在这座明亮整洁的白色小教堂里。那位主持葬礼的神职人员重新走上布道坛,做出了一个无论在哪里都通用的"请起立"的手势。

众人开始站起身，我趁着人们注意力分散，悄悄溜到外面，穿过街道，重新躲到那棵棕榈树之后。我靠在树干后面，避开了可能从教堂方向投来的视线。

“您没事儿吧？”

我转过身。原来是那位令人愉悦的女招待。“我挺好，谢谢您。”

“医生是个了不起的人。”

“是啊。”

“您和他的关系很好吧？”

我没有回答。不一会儿，教堂的大门开了，那口棺材出现在刺眼的阳光下。包括死者的儿子埃里克在内的护柩者环绕着棺材，将它缓缓地推向灵车。接着走出教堂的是位戴着黑色宽檐儿大帽子的女人。女人用胳膊揽着一个大约十四岁的小姑娘，而她自己则倚在身边一个高个子男人身上。男人的长相有点儿像托德。我估计这是托德的弟弟和妹妹，当然这只是一种估计。护柩者抬起棺材，将它滑进了灵车的后部。戴着黑帽子的女人和小女孩儿被人引到灵车后面的第一辆轿车。那个高个子的、可能是死者弟弟的男人为她们拉开了车门。接着埃里克也坐进了那辆车。我看到参加葬礼的其他人陆续走了出来。

还是没见娜塔莉的影子。

有点儿奇怪，不过倒也不必为此大惊小怪。两种不同的情况我都见过。有些时候，妻子是第一个走出教堂的人，她跟在棺木后面，可能还会把手搭在上边。而有些时候妻子走在最后面，她要等到宾客完全散去的时候才鼓足勇气缓缓地步出教堂。我记得我的母亲不愿在父亲的葬礼上同任何人寒暄，为了避开成群结队的亲朋好友,她竟然从侧门溜了出来。

我继续注视着走出教堂的人们。他们的悲伤同这座南方小城的高温一样,是真实的、活生生的、显而易见的。这些人不是仅仅出于礼貌才来到这里,他们喜欢这个人,他们为他的死而震惊和难过。话说回来,我能期望别的什么吗?难道我真以为娜塔莉会为了一个一文不值的倒霉蛋而抛弃我吗?我输给这样一位受爱戴的、治病救人的家伙,不是好于输给一个灰不溜丢的蠢男人吗?

问得多好。

女招待还站在我的身边。"他是怎么死的?"我小声问道。

"您不知道?"

我摇头。沉默。我转向她。

"凶杀。"她说。

她的声音回旋在潮湿的空气中久久不散。我重复道:"凶杀?"

"是的。"

我张开嘴,合上,又张开了:"怎么会?"

"听说是被人开枪杀死的,我说不准。警察还没找出是谁干的,他们认为可能是在抢劫过程中出了岔子。知道吧,一个家伙破门而入,没想到家里有人。"

我的感觉开始变得迟钝。不再有集中的人流从教堂里涌出。我盯着大门,等待着娜塔莉的出场。

可是,没有她。

主持葬礼的那个男人出来了,回手关上了大门。他坐进了灵车的前面,灵车开始向前移动。第一辆轿车跟了上去。

“有侧门吗?”

“什么?”

“这座教堂,还有别的门吗?”

她皱起眉。“没有,”她说,“只有这一道门。”

送葬的队伍已开始上路。娜塔莉到底跑哪儿去了?

“您不去墓地吗?”女招待问我。

“不去。”我说。

她的一只手放到我的小臂上。“您看起来应该再喝一杯。”

很难拒绝。我有些趔趄地跟着她走回那间酒吧,几乎是瘫在刚才坐过的那把椅子上。她又给我倒上了一杯苏格兰威士忌。我的目光继续盯着送葬的队伍、教堂的门口还有前面的小广场。

没有娜塔莉。

“顺便说一下,我的名字叫特丝。”

“杰克。”我说。

“您是怎么认识桑德森先生的?”

“我们上过同一所大学。”

“真的吗?”

“是真的。怎么了?”

“您看着更年轻。”

“的确是的。我们是不同时期的校友。”

“噢,是这样。这就说得通了。”

“特丝?”

“嗯?”

“桑德森先生的全家人您都认识吗?”

“他的儿子埃里克曾和我的外甥女约会过，他是个好孩子。”

“他多大了？”

“十六岁，也许是十七。太不幸了，他和他爸爸非常亲近。”

我不知道应该怎样引出我的话题，就干脆问道：“您认识桑德森医生的妻子吗？”

特丝扬起了头。“您不认识？”

“不认识。”我撒谎说，“我从来没见过她。我和托德仅仅是在学院的几次活动中见过面。他都是一个人来的。”

“您看来对一个只是在几次活动中见过的人，还真是挺有感情的呢。”

由于不知怎么回答合适，我先是咽下一大口酒，然后才说：“呃，只是我在葬礼上没有见到她，所以才问问。”

“您怎么会知道？”

“什么？”

“您刚说从来没有见过她。那您是怎么知道的？”

天哪，我真不是这块料，对不对？“我看过一些照片。”

“那些照片的质量肯定很差。”

“什么意思？”

“她就在葬礼上。是和凯蒂一道跟在棺材后面出来的。”

“凯蒂？”

“是他们的女儿。埃里克在护柩者队伍里。接着是桑德森医生的弟弟陪着凯蒂和迪莉娅从教堂里走出来的。”

当然了，我记得他们。“迪莉娅？”

“就是桑德森医生的妻子。”

我的脑袋出现眩晕。“我想她的名字应该是娜塔莉。”

她抱起膀子,对我皱着眉头。“娜塔莉?不,她的名字是迪莉娅。她和桑德森医生从高中时代起就是恋人。他们都是这条街上长大的,结婚已经好多年了。”

我只是目瞪口呆地望着她。

“杰克?”

“怎么?”我问道。

“您肯定您应该出席的不是另外一个葬礼吗?”

第四章

我返回机场去乘下一趟归家的航班。我还能做什么呢？我猜我倒是可以走到站在墓穴旁边的那位哀痛的寡妇跟前问问她，为什么她的逝去的亲爱的丈夫在六年前娶了我一生都爱着的女人。只不过，这种做法不知怎的让我感觉不大合适。我就是这样一个通情达理的人。

考虑到用一个教授的薪水购买的、航空公司只售不退的机票，加上明天还有课程、还有约见的学生，我只好不甚情愿地钻进了一架“高速喷射”[①]的飞机。相对我的身材，机舱的空间实在狭窄。我蜷起双腿，膝盖已顶到了下巴上，就这么将就着飞回了兰佛。我住在一幢墙砖早已褪色、对人的个性发展实在有害无益的校园宿舍里。依照最宽容的评价，内部装修可称为“实用”。我倒是认为它颇为干净和舒适，何况屋里还摆放着睡床和双人沙发二合一的、在高速公路旁的大卖场里标价为六百九

① 这里指 ExpressJet（中文译名为高速喷射航空公司）。它从美国大陆航空公司分离后独立经营，从事快递服务、企业航空服务及支线航班服务。作者的幽默之处在于信手为其名称中的 Express 打上了引号。

十九美金的家具。这套房子给人的总体印象不能说糟糕透顶，只能说有些冷清。不过，这也许只是我用来宽慰自己的个人见解。小小的厨房里有一台微波炉、一台小烤箱——也有一台名副其实的大烤炉，然而我不记得曾经用过它——还有一部毛病百出的洗碗机。你可能已经猜出来了，我很少在这里款待客人。

这并不意味着我从来不同人家约会或不发展任何男女之情。我接触女人，不过最具实质性的关系，也在仅仅三个月的约会后便终结了。也许有人自以为从娜塔莉和我只是维持了三个多月的事实中，洞悉了我难以同别的女人相处过长的奥秘。我不能苟同他们的判断。不，我并不是始终怀着一颗伤痛的心生活。我并没有在夜里非得哭泣后才能进入梦乡。我已经，我告诉自己，战胜了痛苦。可是当我这么说的时候，我自己也感到它听起来是那么空洞和做作。事实上——不论我是否愿意——在生活的每一个日子里我依然思念着她。

现在怎么办？

这个娶了我梦中情人的男子，看起来还娶了另一个女人——更不用提的是，呃，他已经死了。从另外的角度看，娜塔莉没有出现在她丈夫的葬礼上，这似乎使得我有理由从我这一方做出某种反应，对不对？

我记起了我信守六年的诺言。娜塔莉说过，“答应我，你今后不再打扰我们。”我们，不是他或是她。听起来可能有些冷酷，而且过分咬文嚼字，不过再也没有她说的“我们”了，托德已经死了。我坚定地相信，这就意味着即便当初的承诺仍然存在，可由于“我们”已不复存在，那份承诺应该算是失效了。

我启动了电脑——是的，它已经老掉牙了——把娜塔莉·

艾维里的名字输入了搜索引擎。屏幕上蹦出了一些相关的条目，我开始仔细查阅，可很快就气馁了。她的作品专页仍然有一些画作挂在那里，可是竟然没有一幅新的，嘿，这可是整整六年的时间啊。我看到了有关画展开幕什么的几篇文章，也都是过去的。我敲键查找最近一个时期的链接，大片空白的网页上只闪出两个条目，可是其中一位叫娜塔莉·艾维里的女人已七十九岁，丈夫的名字是哈里森。另外一位也有六十六岁，丈夫叫托马斯。电脑里还有一些程序，能够帮助你查到几乎一切人的名字——登录家族网站、高中和大学时期校友网页，等等。

但是，到头来没找到任何有用的东西。

我的娜塔莉究竟怎么了？

我决定搜索一下托德·桑德森，看看能否有点儿收获。他真是个医生——更确切地说，是外科医生。不赖。他工作在佐治亚州的萨凡纳市，同时与纪念大学的医学中心有着密切的合作。他的专业是整形外科。我不知道这是不是指重度腭裂修复术或隆胸术，我同样不知道这同我关心的事情有什么关联。桑德森医生的社会交往并不广泛。他没有 Facebook 账号，也没有邻客音和推特①的，什么网址都没有。

有些地方略微提到托德·桑德森和妻子迪莉娅为一个叫“新起点”的慈善机构事业做了许多贡献，然而我也无法从中发现什么有价值的东西。我尝试着把他和娜塔莉的名字联结在一起进行搜索，毫无结果。我靠在椅背上沉思了一会儿，重又俯身

① 邻客音（LinkedIn）：美国最大的职业社交网站；推特（Twitter）：美国移动社交网络及微博客服务网站。

向前，开始搜索他们的儿子埃里克·桑德森。他是个孩子，所以我不认为网上会有很多关于他的资料。但我估计他可能会有Facebook的个人主页，我应该由此入手。做父母的可能不去建立Facebook的相片页，可是我到现在还没有遇到哪个孩子没有这样的网页。

几分钟后，中彩了。埃里克·桑德森，佐治亚州萨凡纳市。

足以令人心酸，主页的画面是一张埃里克与他的父亲托德的合照。两个人笑逐颜开，正在快乐地使足力气往上托举一条大鱼。父子结伴钓鱼行——我怀着一个很想做父亲的男人的痛楚想象着。西斜的落日在他们身后，所以他们的脸部是逆光的，但是你能感觉出穿过我的电脑屏幕发散出来的他们那种满足感。我突然间产生了一个奇怪的念头。

托德·桑德森是个好人。

是的，这只是一张照片。而且，是的，我明白一个人会怎样地伪装出笑容，甚至伪装出整个的人生形象。但是这张照片，还是让我感受到了善良和美德。

我查看了埃里克的其他照片，大多数都是埃里克和他的朋友——可不是嘛，他才十几岁——在学校、在派对、在体育活动中。你知道孩子们惯常的那副样子。为什么现今的人们在照片中都要噘嘴或做出一种手势？这么做是想表现什么？这显然是愚蠢的问题，可是人说不上会冒出什么样的念头。

我找到了又一个存放相片的文件夹，它标注着“家”的字样。其中的照片覆盖了埃里克至今为止的全部岁月。埃里克的婴儿时代，接着是他妹妹加入了进来。迪斯尼乐园、另一些钓鱼场景、家庭的聚餐、教堂里的坚信礼以及足球比赛，我把所有这些照片都浏览了一遍。

托德从来没留长发——任何照片里都没有。他也从来都是把胡须剃得光光的。

这说明了什么?

毫无头绪。

我点击了埃里克的“墙”,或不管你称它是什么,反正是那种大家在上面可以留言的地方,那里有十来条表示哀悼和慰问的留言。

你的爸爸是最棒的。我好难过。

真希望我能为你做点儿什么。

安息吧,桑德森医生,您受惊了。

我永远不会忘记你爸爸救助我妹妹的情景。

接下来的一条让我做了一些思量:

如此难以理喻的悲剧。我永远不能理解人的残暴。

我点击“更早邮件”。还有六条留言,其中有一条吸引了我的注意:

我希望他们能抓住干这事的王八蛋,用电椅处死他。

我启动了新闻报道搜索引擎，想找到更多的信息。不大一会儿我就撞见了这篇文章：

萨凡纳发生凶杀案

外科医生遭谋杀

昨夜，本地富有声望的外科医生和慈善家托德·桑德森先生在家中遭人谋杀。警方认为，此案可能是罪犯在入室盗窃遇阻后进而犯下的罪行。

有人推了推我的门，可是门已被我锁上了。我听到门口的脚踏垫儿窸窣作响——有一次突发灵感，我把一把备用的钥匙藏在了它的下面——接着是钥匙插进锁孔的声音。门开了，伯尼迪克特走了进来。

“嗨，”他说，“在色情网站上冲浪吗？”

我皱起眉头。“没人再用‘冲浪’这个说法了。”

“我是老旧派，”伯尼迪克特走到冰箱前，抓出了一罐啤酒。“你这趟旅行如何？”

“出乎意料。”我说。

“说说看。”

我照做了。伯尼迪克特是位了不起的听众。他属于这样一种类型的家伙：仔细倾听你说的每一句话，始终保持着对你的注意力，并且从来不打断你。这一切不是他装出来的，而他也绝不只是对最亲近的朋友才这样做。周边的其他人总是使他深深地着迷。我愿意把这一点看成是伯尼迪克特作为一位教师最突出的优点。不过,说这是他作为唐璜式风流人物最显著的长处,也许更合适。单身女人往往能击退许多男人通常的搭讪,但是她们怎么可能拒绝一个真诚地倾听着她们的任何话语的家伙?企图依赖女人活下去的小白脸儿们,请切切记住这一点。

我说完了,伯尼迪克特灌下了一大口啤酒。“哇!我是说……哇!我能说的就是这些。”

“哇?”

“是啊。”

“你肯定你不是一位讲英语的人文学教授吗?”

“你要知道,”他慢吞吞地说下去,“这一切事情也许有一个合乎逻辑的解释,对不对?”

“比如?”

他摩挲着自己的下巴。“也许托德就是那种有着好多家室的家伙,而那些女人相互间并不知晓这一点。”

“噢?”

“一个登徒子,有多名妻子和孩子,打比方说,其中一个女人住在丹佛,而另外又有个女人住在西雅图。他在两头周旋,女人们却不知情。你在安排男女约会的网站上随时能找出这样的故事。他们是重婚者,或者说是主张一夫多妻论的家伙,而且他们能在这种状态下安然地混过好多年。”

我做了个鬼脸儿。“如果这就是你的合乎逻辑的解释,那我还是听听你那些不靠谱的推论吧。”

“说得深刻。我干脆就挑最明显不过的说说行吗?”

“最明显不过的解释?”

“是呀。”

“讲讲看。”

伯尼迪克特摊开两手。“这不是你那位托德。”

我不作声。

“你不记得那家伙的姓,是不是?”

“没错儿。”

“那么你怎么肯定他就是那个家伙?托德可不是这个世界上多么稀罕的一个名字。想想看,杰克。你过了六年才看到一张照片,你的记忆同你开起了玩笑,于是,你瞧,你以为他就是你那个十恶不赦的魔鬼。”

“他不是我的魔鬼。”

“他不再是你的魔鬼。他死了,记得吗?因而可以用过去时态了。不过说真的,你想听听最明显不过的解释?”他朝我凑过身来,“这一切很简单,你认错人了。”

当然,我早已考虑过这种可能性,我甚至也考虑过伯尼迪克特所说的重婚的可能性。这两种解释听起来更合乎情理,比起……比起什么呢?到底还有别的什么呢?难道还有别的什么解释——显而易见的也好,符合逻辑的也好,哪怕是最离谱的也好——存在吗?

“怎么样?”伯尼迪克特问道。

“不无道理。”

“是不是?”

“这位托德——托德·桑德森,医学博士——看着同娜塔莉那位托德不大一样。这位的头发太短,脸也刮得很干净。”

“你这么想就对了。”

我避开了他的目光。

“怎么了?”

“我不敢肯定我真会这么想。”

“为什么不呢?”

“就说一件事,这个人是被谋杀的。”

“那怎么了? 如果说起这事,倒是印证了我关于一夫多妻的说法。他和他不应该碰的姑娘搞在了一起,就被人杀了。”

“得了吧,你自己也不会对这种答案信以为真。”

伯尼迪克特坐了回去,开始用两根手指拽自己的下嘴唇。“她为了另外的男人而甩掉了你。”

我等着他说下去。见他不再说,我就说道:“啊,是啊。这才是最明白不过的事情,我记着呢。”

“这让你很难受。”他用沉思的表情和哀伤的语调说道,“我明白,我比你能想象的要明白得多。”此刻的我不禁想到他保存的那张照片,想到他失去的爱,想到世上会有多少人像我们这样,揣着一颗受伤的心四处奔波,却竭尽全力地掩饰着自己的痛苦。他接着说道:“你们两个相爱过,所以你一直不能接受这样的事实——她怎么就能抛弃你跑到另外的男人那里去呢?”

我又皱起眉头,可是我能感受到胸口的抽搐。“你肯定不是一位心理学教授吗?”

“你渴求得太强烈了——渴求第二次的机会、重新挽回一切的机会——于是你忽略了最基本的事实。”

“什么样的事实,伯尼迪克特?”

“她离开了你,”他说得干脆,“她把你甩了,没什么东西能改变这个事实。”

我噎得不行，面对着水晶一样清澈透明的现实尽力地挣扎。“我总觉得事情比这要复杂得多。”

“在哪些方面？”

“我不知道。”我老老实实地承认。

伯尼迪克特又思索了一会儿。“你不会放弃，还是想查明事实，对不对？”

“我会放下这件事的，”我说，“但是今天不会，也许明天也不会。”

伯尼迪克特耸耸肩膀，站起身，又取出一罐啤酒。“那就让我们一起干吧。我们下一步做什么？”

第五章

我对他提出的问题毫无答案,而且天也很晚了。伯尼迪克特建议去酒吧寻点儿乐子。我承认这会是一种很管用的排遣方式,可是我还得给学生评卷,所以就婉言拒绝了。好歹批阅了三个学生的作业之后,我确信自己的心思并不在这里,这种状态下评估学生的学业成果,对他们是不公平的。

我自制了一份三明治,又到网上寻找娜塔莉的线索。这次我选的路径是“形象”搜索。我看到了一张她曾用在个人履历上的旧照片,她的容颜给我的心口带来强烈的撞击,所以我马上把照片关闭了。我找到了她过去的一些画作,其中有几张是对我的双手和上部躯干的写生。痛苦的记忆不是缓缓地飘回我的脑海——它们猛地撞开大门,全体集结在一起、在同一个时刻涌了进来:她歪着脑袋的模样、穿过天窗泻入她工作室的灿烂阳光、她工作时专心致志的神情、她放下画笔休息时绽放出的顽皮笑容,这些记忆带来的痛苦使我的身体蜷缩成一团。我对她怀着无尽的思念,其中有肉体的渴求,更有超乎其上的东西。六年来我不时地抵御着这种情感,可是猛然间对于她的渴望洪水似的向我袭来,如同我们在乡间小木屋里最后一次做爱时那样不可遏止。

快别这样。

我想见到她,不论后果怎样。如果娜塔莉与我再次相会后仍然拒绝我,好吧,我认为我能够承受这样的结局。但是,现在我做不到,今晚我做不到。此刻我需要的不是别的,就是找到她。

好吧,从容一点,让我好好想一想,目前做什么。首先,我必须搞清托德·桑德森是否就是娜塔莉的那位托德。还真有相当一些情况表明,就像伯尼迪克特说的,这一切可能是由于我认错人造成的。

怎样判定我的对错呢?

需要对他有更多的了解。比如,已有幸福婚姻和两个孩子、住在萨凡纳市的托德·桑德森医生,六年前跑到佛蒙特州的艺术家乡间寓所去做什么?我需要找出他更多的照片,我需要查查他更多的背景情况,从……

从这里开始。就从兰佛开始。

这就对了。学院至今仍然保留着每个学生的档案资料,不过这些资料只能由学生本人或经学生本人许可的有关人查阅。几年前我查过自己的学生档案,总体上说,里面没什么非同寻常的东西。但是我刚入学那年,教我们西班牙语的教授怀疑我在"适应性"方面存在问题,并认为我如果去看看学院的心理医生可能会获益良多。这当然是无稽之谈。我当时的确放弃了西班牙语的选修。我学西班牙语很笨——外语始终是我的阿喀琉斯之踵——而大学新生为了保持较高的平均学分而放弃一门学科的选修,是学院允许的。档案里的这份评价竟然是那位教授亲笔所写,就更加让人感觉不舒服。

说这些是什么意思?

就是说,托德的档案里也许会有一些东西。假如我能有办法弄到手的话,它会告诉我一些关于他的事情。你也许要问"告诉你什么事情",我只能回答"我还一无所知"。尽管如此,我感觉值得着手试试。

还能做什么?

很明显,查寻娜塔莉。如果我查出娜塔莉依然在同她的托德过着幸福的婚姻生活,我就会立即放弃这一切。这是一条最直接的路径,对不对?问题在于,怎么才能找到娜塔莉?

我继续在网上搜索,希望碰巧获得一个地址或一条线索。可是,查无所获。我知道,在当今时代人们普遍认为,我们的全部生活都和网络紧紧维系在一起,可是我发现娜塔莉是个例外。如果有人愿意躲藏在阴影下,他们是能够做到的。一个人确实可以避开网络过活,尽管这很不容易。

也许问题就在这里:既然很不容易,为什么这个人一定要这么做?

我在内心争论着要不要给她的妹妹打电话——如果能找到电话号码的话——不过我到底应说些什么呢?"嗨,嗯,我是杰克·费舍尔,多年前曾经和你姐姐,呃,有过一段情。嗯,娜塔莉的丈夫死了吗?"

这条路估计很难走得通。

我还记得她们姐妹俩在电话里交谈的情景。娜塔莉极度兴奋地对朱莉说:"噢,等你见到我这位金不换的男朋友……"没错儿，我和她妹妹后来到底见面了，那也算是见面吧，在娜塔莉嫁给另外一个男人的婚礼上。

她的父亲去世了。找她的母亲，嗯，将是同找她妹妹一样的情形。找娜塔莉的朋友……照样会引出麻烦。娜塔莉和我同时在佛蒙特州卡夫特波罗镇的乡间寓所度过了一段时光。我住在一间小木屋里写我的政治学论文，娜塔莉在不远处的农场小屋里作画。我本来要待六个星期，结果待了多出一倍的时间。这是因为，第一，我遇到了娜塔莉；而第二是，自从遇到娜塔莉我便不能集中精力写作。我从来没去过位于新泽西州北部的她的家乡，她也仅仅是到我的校园做过一次短暂的游览。我们两人一直沉迷在佛蒙特州的肥皂泡之中。

我几乎可以看出，听到我这番话后你正在若有所悟地点着自己的脑袋。哈，你在想，解释得足够清楚了：我与娜塔莉发生的事情，无非是不必承担任何责任、也不具备任何真实情感的、完全建立在虚幻世界之中的一场夏日罗曼史而已。在那样的环境中，很容易迅速地滋生毫无根基的情爱和痴恋，等到了九月凉风刮起的时候，一切也就迅速地枯萎和凋敝了。娜塔莉是我们两人中更富有洞察力的一个，她看清了也接受了这样的现实。我却没有。

我对人们抱有这样的看法是能够理解的。而我能说的只是，这样的看法是完全不对的。

娜塔莉妹妹的名字是朱莉·波特汉姆。六年前，朱莉带着一个出生不久的儿子出嫁了。我开始在网上查寻她，这一次没花太多工夫。朱莉住在新泽西州的拉姆齐镇。我把她的电话号码记在一张纸片儿上——同伯尼迪克特一样，我也是个老旧派。

我盯着这些数字。窗外传来学生们的笑声。已经是午夜,这时打电话太晚了,最好等到明天再说。同时,我手头有学生的作业需要批阅,有明天的课程需要准备。就是说,我有自己的生活需要打理。

不能考虑睡觉了。我集中精力评阅学生的论文。它们多数都很枯燥,缺乏新意,仿佛是为了迎合高中老师死记硬背的要求而炮制的。这些学生上大学前都是一流的尖子生,懂得如何写出能获得 A + 的高中作文。他们过去接受的什么提纲挈领的开篇、阐明要义的语句和论据充足的中间段落这一套死章法,使论文令人吃惊的干瘪无味。如我在前面提到的,我的职责在于引导学生把握批判性的思维方法。我始终认为这比记住霍布斯或是洛克那些具体的政治哲学观点重要得多。你可以永远地仰视这些伟人,记住他们有多么了不起。可是,我宁愿我的学生们在景仰霍布斯和洛克等所有大师的同时,学会大胆地藐视他们。我希望学生们不仅跳出框框去思考,而且动手把束缚他们的各种框框砸得粉碎。

有些学生做到了这一点,多数学生目前还做不到。不过,嗨,如果他们都能做得到,还要我这样的教师干什么?

大约凌晨四点的时候,我上了床,打算睡一会儿。梦乡拒绝接纳我。到早晨七点钟,我打定了主意:给娜塔莉的妹妹打电话。我记得白色小教堂里她那副机器人般的笑容和苍白的脸色,她当时问我是否还好,似乎对我的感受抱有同情和理解。也许,她会是我的一个盟友。即便不是,我又有什么可失去的呢?

昨天夜里打电话时间太晚,而现在又实在太早。我洗了个淋浴,到维塔尔楼去为学生讲授早八点开始的“法治的原则”这门课。课一结束,我就给娜塔莉的妹妹打电话。

我以为这堂课会像梦游一样稀里糊涂混过去。无疑我处在心神不定的状态,而且说句实话,八点开课对于大学生们来说也太早了一点儿。但是今天的课堂效果出乎意料,已不能仅用"生动"这个词来形容。学生们纷纷举手发言,鲜明对立的不同观点激烈交锋,彼此却无任何冷言恶语。我一边掌握着讨论的节奏,一边为这些学生感到惊喜。这堂课进入了巅峰状态。通常学校早课的挂钟指针就像在黏稠的糖浆里挣扎着。今天我却想伸手攥住愚蠢的指针,阻止它飞快前行的脚步。我珍惜课堂上的每一分钟。九十分钟的课不知不觉过去了。我又一次地意识到我有这样一份职业是多么幸运。

职业上是幸运的,爱情上是不幸的,看来我就是这么一回事。

我走回克拉克楼的办公室去打电话。经过黛妮丝摩尔夫人的桌子时,我停了下来,尽全力给她送去一个魅力无可阻挡的笑容。她皱眉说道:"这对当下的那些单身女人管用吗?"

"什么,你是说我迷人的笑容?"

"对了。"

"有时还是管用的。"我说。

她摇着头。"而且她们以为有了这样的笑容就可以天长地久了。"黛妮丝摩尔夫人叹了口气,理了理桌上的文件。"好吧,就当你的微笑让我浑身燥热不安。你想让我干什么?"

我尽量把想象中的她那副燥热不安的模样赶出脑海,可这并不容易。"我需要弄到一份学生档案。"

"你得到那个学生的许可了吗?"

“没有。”

“所以你才笑得那么迷人?”

“是这样。”

“是在你课堂上课的学生?”

我重新堆起刚才的笑容。“不是,他从来没做过我的学生。”

她扬起了眉毛。

“事实上,他二十年前就毕业了。”我说。

“你开玩笑,是不是?”

“我看着像是开玩笑吗?”

“准确点儿说,露出那么一脸的笑,你看起来像是患了便秘。那个学生叫什么名字?”

“托德·桑德森。”

她靠回椅背,抱起膀子。“我好像刚从校友网上读到他的讣告。”

“你说对了。”

黛妮丝摩尔夫人仔细研究着我的脸。我的微笑消失了。过了几秒钟,她扶了扶自己的老花镜,说道:“我会瞧瞧我能做点儿什么。”

“谢谢你。”

我走进办公室,关好了门。再没有什么延宕的理由了,现在已近上午十点钟。我掏出纸片儿,盯着昨夜记下来的那行数字,终于拿起话筒,按下键子转成外线,开始拨出号码。

我事先演练过如何去说,可是怎么着我都不像是个精神正常的家伙,所以我打算一切跟着感觉走。电话铃声响了两次,接着是第三次。朱莉也许不想接电话。人们已经不大接听家里的电话，特别是陌生的号码。那头的话机会显示出呼叫的电话来自兰佛学院，我不知道这会促使对方接听还是相反。

第四声铃响过后，有人接起了电话。我攥紧了话筒等待着。一个女人用犹疑的声音问道："你好？"

"朱莉？"

"请问是哪一位？"

"是杰克·费舍尔。"

没有反应。

"我曾经是你姐姐的男朋友。"

"再说一遍你的名字？"

"杰克·费舍尔。"

"我们见过面吗？"

"算是见过吧。我是说，我们都参加了娜塔莉的婚礼……"

"我不明白。你到底是谁？"

"在娜塔莉和托德结婚之前，她和我，嗯，我们约会过。"

沉默。

"喂？"我说。

"这是个玩笑吗？"

"什么？不。在佛蒙特。你姐姐和我——"

"我不知道你究竟是谁。"

"你经常和你姐通电话。说真的，我甚至听到你们俩在电话里谈论过我。婚礼结束后，你抓住我的胳膊问我不会有事吧。"

"我一点儿也听不懂你在说什么。"

话筒被我攥得太紧了，随时可能碎裂。"就像我说的，娜塔莉和我约会过——”

“你想干什么？你为什么要给我打电话？”

哇，问得太好了。“我想和娜塔莉通个话。”

“什么？”

“我就是想知道她目前的状况。我看到了托德的讣告，于是我觉得也许我应当主动联系她，就是，我也说不好，想表示我的慰问。”

更长时间的沉默。我静静地等着。

“朱莉？”

“我不知道你是谁，也不知道你在说什么。不过你别再打电话了，明白吗？别再打。”

她挂断了。

第六章

我又把电话拨回去,朱莉没有接。

我不明白。难道她当真忘了我是谁?我表示怀疑。难道我突如其来的电话吓着她了?我说不清楚。我们之间的通话显得荒诞离奇,甚至令人悚然。这件事表明,娜塔莉不想同我有任何联系。也许托德还好好地活着,是我把事情弄错了。可不管怎么说,朱莉竟然不知道我是谁。

这怎么可能呢?

现在该做些什么?冷静下来,这是该办的一件事,做深呼吸。我需要从两个方面同时做出努力:一是搞清楚已故的托德·桑德森的情况;二是找到娜塔莉。当然,如果做到了第二件,就不必再为第一件事费心。一旦我找到了娜塔莉,我就会知道所有的一切。我思索着究竟怎样才能找到她。网上搜寻过,没有结果。她妹妹那里,看来同样是个死胡同。还应该做什么?我说不清楚。不过在当今这样的时代,想搞到她的地址真的就这么难吗?

我忽然想到个主意。我登录学院的内网查看教学时刻表。

桑塔·纽琳教授将在一个小时后授课。

我按响了黛妮丝摩尔夫人的呼叫器。

“怎么着,你以为我这么快就能搞到那份档案?”

“不,不是这事。我想或许你会知道纽琳教授在什么地方。”

“噢,噢,如今事情变得越来越有趣了。你知道她已经订婚了,是吧?”

我应该想到她会来这一套。“黛妮丝摩尔夫人……”

“放松点儿,别太兴奋。她正和由她指导论文的学生在瓦伦丁一起就餐呢。”

瓦伦丁是学院的自助餐厅,我快步穿过校园朝它走去。令人不解的是,学院的教授必须如同演员一样始终注意自己的形象。你必须昂起你的头,你必须保持微笑或是对经过的每个学生招招手,你必须记住他们每个人的名字。行走在校园里有种成了一个名人似的怪怪的感觉。我得声称我对此从不在意,不过也得承认,我喜欢别人对我的关注并且认真地对待这种关注。所以即便是现在这种时刻,尽管我步履匆匆、紧张焦虑、心神不定,我还是注意确保没有哪个学生感到受了怠慢。

我没去那两间主餐厅,它们是学生就餐的地方。一些教授有时到那里和学生一道吃饭,而我还是感到他们做得有些过分。我承认,教师和学生之间的那道界限有时是模糊的、纤弱的、也颇有主观划定的色彩,可是我仍然坚持画出这道界限并注意不去逾越它。纽琳教授是一个在各方面都出类拔萃的人,她同样不会愿意在学生众多的主餐厅里招摇,因而我确信她目前一定是待在后面的哪间小餐厅里。这种小餐厅本来就是为教员同学生的沟通互动而准备的。

她在希拉德庇尔餐厅。校园里的每幢建筑、每间屋子、每套桌椅书架、甚至每块瓷砖，都是用赞助者的名字命名的。对此有些人愤愤不平，我倒是挺喜欢这种做法。这所被常青藤覆盖着的学院，正如人们认为它应当做到的那样，处于足够的同外部隔绝的状态。时常让这里的人们感受一下真实的世界、特别是金钱关系冷冰冰的现实，不会有什么害处。

我隔着窗户朝里张望，桑塔·纽琳遇到了我的目光，举起一根手指表示再等一小会儿，我点点头等在外面。五分钟后门开了，学生们拥了出来。桑塔站在门边，等学生们都离开后，她说："跟我一道走走，我还得去个地方。"

我照做了。纽琳拥有着我见过的印象最为深刻的个人履历。她毕业于斯坦福大学，做过罗兹学者，后又考入哥伦比亚大学法学院。结束学业后，她在 CIA 和 FBI① 工作过，又在上一届政府中担任过助理国务卿。

"什么事？"

她待人接物从来都很直率。她刚来学院时我们一道吃过晚餐。不算是正式约会，只是"让我们看看是否可以约会"的一次相会，两者间有着微妙的差别。晚餐后，她没有选择对我展开进一步的追求，而我也觉得这样挺好。

"我需要你帮个忙。"我说。

纽琳点点头，鼓励我提出请求。

---

① CIA(Central Intelligence Agency)：美国中央情报局英文缩写；FBI(Federal Bureau of Investigation)：美国联邦调查局英文缩写。

“我正在查寻一个人,是位老朋友。我尝试过所有通常的办法——登录谷歌,给家人打电话,什么都试过。可我连个地址都找不到。”

“考虑到我的工作背景,你认为我能够帮点忙。”

“差不多是这么回事。”我说,“噢,是的,就是这么回事。”

“她叫什么?”

“我可没说过那人是‘她’。”

桑塔皱起眉。“名字?”

“娜塔莉·艾维里。”

“你最后一次见到她或知道她的联系方式是在什么时候?”

“六年前。”

桑塔继续朝前迈步。她走路具有军人风范,腰板笔直,步履生风。“她就是那位吗,杰克?”

“对不起,什么?”

她的唇边浮起淡淡的微笑。“你知道吗,为什么我们第一次约会后我没有要求继续约会?”

“那不算是真正的约会,”我说,“应算是‘让我们看看是否可以约会’的见面。”

“什么?”

“别介意,我认为你没提出继续相处是由于你没兴趣。”

“啊,应该不是那么回事。那天晚上我的印象是这样的:你是个不错的家伙,你很风趣,也很聪明,你有份全职的工作,你还有一双让人神魂颠倒的蓝眼睛。你以为我遇到过许多具备这种条件的正经的单身男人吗?”

我不知道该怎么回答,于是保持沉默。

“我能够感觉出来。也许是因为受过特工训练,我对肢体语言有研究,我观察那些细微的东西。”

“你感觉出了什么?”

“你是个非常棒的家伙。”

“呵,谢谢。”

她抖了抖肩膀。“有些人一直放不下过去的恋人,有些家伙——不是很多,但有一些——由于这种思念而郁郁寡欢,耗尽自己的生命。这就使得他们在追求新的爱情时长期遇到某种障碍。”

我不吭声。

“这么说,你突然间一心要找到的这位娜塔莉·艾维里,”桑塔说,“就是你难忘的恋人?”

隐瞒还有什么意义?“是的。”

她停住脚,抬头望着我。“她让你非常痛苦吗?”

“你怕是很难想象。”

桑塔·纽琳点点头,又开始迈步,把我留在了身后。“我今天就给你搞到她的地址。”

第七章

电视节目里,侦探总是回到犯罪现场。或者,如果细想一下,也许是那些罪犯更经常地这么做。不管怎么着,我目前困在死胡同里,所以我觉得应该回到这一切发生的那个地方去看看。

佛蒙特州的乡间寓所。

兰佛离佛蒙特的州界只有四十五分钟的车程,但是你还得再开两个小时才能到达娜塔莉和我最初相遇的地方。佛蒙特州的北部是一片乡村。我在费城长大,娜塔莉的家乡在新泽西州的北部,我们过去都没见过如此乡村化的地方。是啊,自认为客观公正的观察家也许会又一次地指出,正是由于处在这样一处与世隔绝的地方,才会茂盛地滋生出那种不切实际的爱情。我或许会同意这种观点,但是我或许要反过来指出,在缺乏其他消遣的情况下——那里没有任何可供分散注意力的事物——恋人间过度的形影不离,倒是很可能使爱情窒息而亡。这可以证明,我们之间确实有着比夏日萍水相逢的恋情更为深刻的东西。

经过 14 号公路边当年我隐居的小木屋时,阳光已经开始变弱。这家六英亩的"自给性农场",由常驻作家达利 · 沃纳蒂克管理，同时他还负责对来此居住的文人们的作品给予评论或批评。也许有人不大了解，所谓自给性的农场经营，就是通过耕作为农场主及其家庭提供最基本的生活必需品，没有剩余产品拿到市场去销售。简言之，自己种庄稼，自己消费，不出去售卖。也许还有人不大了解，所说的常驻作家是什么意思，他究竟凭着什么样的资格对文人们的作品发表评论。具体的解释是，这位达利是农场的所有者，他每周都为当地免费出版的小报《卡夫特波罗镇零售快讯》的购物专栏撰写文章。寓所一次能接纳六位舞文弄墨的作者。作者们在主寓所里各有一间卧房，另外每人有一处小木屋（也叫“工作室”）用来写作。所有人晚上聚在一起吃晚餐，如此而已。没有互联网、没有电视、没有电话。不错，电灯还是有的，然而没有汽车、没有一丁点儿的奢侈品。奶牛、绵羊和小鸡在农场里四处游逛。这种生活起初的确令人舒缓和放松。我在这种去除一切雕琢浮华、切断一切外部联系的淳朴和孤寂中，尽情享受了大约，嗯，三天。然后我发觉我的大脑细胞开始生锈和退化。从理论上似乎可以认为，一位文人感到无所事事、百无聊赖的时候，他或是她一定会把记事簿或笔记本电脑当作救星，猛然冲过去抓起它们，哗哗地写出洋洋洒洒的文字。起初我还真是这样，然而不久我就感到仿佛被人关进了孤独难耐的禁闭室。我曾花了整整一下午的时间，观察一群蚂蚁搬起一块面包屑穿过“工作室”的地面。我对这项小小的娱乐十分着迷，竟然拿出更多的面包屑在屋内各个角落进行战略性布局，以此诱发昆虫的接力大赛。

与隐居在这里写作的同伴们共进晚餐，对解除我的烦闷也帮助不大。他们都是些正在写作下一部杰出的美国小说的、知识界极其稀缺的伪精英人物。我把我那篇非小说类的论文主题讲给他们，如同轻盈地抛出一枚硬币。结果，它砰的一声重重地砸在破旧的厨房餐桌上，仿佛是一大摊臭驴粪。有的时候这些伟大的小说家充满激情地朗诵自己的作品。这些作品其实都是些矫揉造作、冗长乏味、极度自恋的破烂货，如果换成大白话来表述，可以直接写成“瞧我！请你们瞧瞧我！”。当然，我从来没有大声说出我的看法。在他们朗读的时候，我坐在那里，脸上一成不变地挂着我能做出的最为专注和入迷的表情，在规律性的间歇时刻，煞有介事地点点头以表示我的聪明和品位，同时也是为了防止自己忍不住打盹儿。有个叫拉斯的家伙写了一首六百页的长诗，从爱娃·布劳恩的那条狗的视角，描绘希特勒在地堡度过的最后岁月。他的开篇朗诵是模仿狗吠声，持续了十分钟。

“这才能调动起情绪。”他这样解释。如果说调动起的情绪是想朝他的脸上狠狠地揍上一拳，那么他算说对了。

娜塔莉居住的艺术家们的乡间寓所却截然不同。它被命名为“创意充电部落”，明显地带有更多的酥脆格兰诺拉燕麦卷、大麻卷烟、嬉皮士风格和民谣歌曲的味道。艺术家们休息时到生长着有机物（我指的不仅仅是食物[①]）的园地劳动。夜晚他们聚在篝火旁唱歌，悠扬宁静、和谐悦耳的歌声足以让琼·贝兹[②]噤若寒蝉。足够有趣的是，他们对陌生人抱着警惕的态度（也许因为这里生长着欣欣向荣的有机物），有的表现出艺术圈内人那种谨慎的、排他的优越感。这处一百多英亩土地的农场，设

---

① 暗指这里还种植着一些大麻。

② 琼·贝兹（Joan Baez）：美国著名女民歌手。

有主寓所，有带着壁炉和私人露天平台的真正的工作室，有修建成池塘状的游泳池，还有一个自助餐厅提供非常地道的咖啡和各种各样的三明治，只是那些三明治的味道让人不敢恭维——在紧邻的卡夫特波罗镇的边上还有一座白色的小教堂，如果有人愿意的话，可以在那里举行婚礼。

我注意到的第一件事情，是这里的入口没有了标志。过去这里有一块漆得鲜亮、写着“创意充电”的牌子，同你在孩子们的夏令营见过的招牌一样，现在已经不见了。一道粗粗的铁链挡住了我的车。我停在路边，熄火后跨出了车门。这里还有几块“不得随意入内”的警示牌，不过当年也有。然而，由于多了一道铁链，也由于少了旧日标识展现过的欢迎姿态，这些牌子给人一种不祥的感觉。

我不明白现在应该怎么办。

我知道路前方四分之一英里的地方就是那处主寓所。我可以把车留在这里，徒步走过去，看看究竟是怎么回事。可是这有什么意义吗？我已经有六年没来这里。这块地方也许已经卖出去了，而新的农场主渴望打造一个不受干扰的私密空间。大概就是这么回事。

还是感觉不大对头。

走过去，敲敲那处主寓所的门，又会有什么害处呢？然而，粗铁链和禁止入内的牌子毕竟不是门口缀有“欢迎”字样的脚踏垫儿。正在我举棋不定的时候，一辆卡夫特波罗的巡逻警车停到了我身旁。两个警察走下车来。一个是矮胖子，拥有一身经常在健身房锻炼的鼓胀肌肉；另一个又高又瘦，梳着光滑的背头，还有一撮儿当年无声电影里的角色常留的小胡子。两个家伙都戴着飞行员式的太阳镜,所以我看不到他们的眼睛。

矮胖子向上拉拉自己的裤子,问我:"我能帮你做什么吗?"

他们的眼睛严厉地瞪着我。或者至少是我觉得他们在瞪着我,因为我看不到他们的眼睛。

"我想踏访一下创意充电部落。"

"想干什么?"矮胖子问我,"为什么?"

"因为我需要富有创意地为自己充充电。"

"你还和我油嘴滑舌?"

他的声音里带着很大的火气。我不喜欢这种态度,我也不能理解他们为什么会是这种态度。除非由于他们当警察的这个镇子太小,除了那些未到法定年龄偷偷喝酒的孩子外,我大概是他们可以找找碴儿的第一个家伙。

"不,警官。"我说。

矮胖子看了看瘦高个儿。瘦高个儿保持着沉默。"你一定是搞错了地址。"

"我相当肯定这就是那个地方。"我说。

"这里没有什么创意充电部落。它已经关闭了。"

"究竟是哪一个呢?"我问。

"什么?"

"是我搞错了地址,"我说,"还是创意充电部落已经关闭了?"

矮胖子不喜欢我这么说话。他快速摘下太阳镜,用它对我指点着。"你还在跟我耍小聪明?"

"我是在寻找我的乡间寓所。"

"我不知道你的什么寓所。这地方属于德雷茨曼家族,已经有多少,杰里,五十年了吧?”

“至少是。”瘦高个儿回答。

“我六年前来过这里。”我说。

“我不知道你说的这些,”矮胖子说,“我只知道你现在踏入了私人领地,如果你不马上滚开,我就要把你带到警局。”

我低头瞧了瞧脚下。我没有站在私家车道或任何私人领地,我站在公路上。

矮胖子凑近前来,侵犯了我的私人空间。我得承认我心里害怕,可是我在酒吧当保安的日子里还是学到了一些东西。永远不要显露你的恐惧。当一个人生活在动物王国的时候,这就是你不断听到的告诫。而且请相信我,还有什么比在深夜酒吧里“放松”的人更像是野性十足的动物呢?所以尽管我不喜欢眼前的一切,尽管我处于劣势并正在设法安全地逃离此地,但是在咄咄逼人的矮胖子面前我并没有退缩。他不喜欢我的样子。我稳稳地站在原地,俯视着他,自上而下地盯着他。他真的是不喜欢这个样子。

“让我看看你的证件,你这个自命不凡的家伙。”

“为什么?”我问道。

矮胖子转向瘦高个儿。“杰里,把他的车牌号码输到系统里查一查。”

杰里点点头,走回那辆巡逻车。

“凭什么?”我问道,“我不明白。我就是到这儿来看看我休养过的地方。”

“你有两个选择。”矮胖子对我说,“一是”——他举起一根粗短的手指——“别再回嘴,把你的身份证件给我看看。”“二是”——没错儿，又是一根圆胖的手指——“我以非法侵入罪逮捕你。”

所有这些都不对劲儿。我瞥了一眼后边那棵树，发现有个像是监控摄像机的东西正对着我们。我不愿意看到这玩意儿，我不喜欢眼前发生的一切。不过惹毛一个警察并没什么好处，我需要把饶舌的大嘴巴闭上。

我把手伸进口袋掏皮夹，矮胖子却迅速地举起一只手说道：“别动，慢一点儿。”

“什么？”

“把手伸进你的口袋，可是不能做出突然的动作。”

“你开玩笑，是不是？”

我的嘴巴闭得多么紧。

“你看我像是开玩笑吗？用两个指头，你的大拇指和食指。慢慢伸进口袋。”

我的皮夹在前胸口袋的深处，用两根手指抓出它着实要费一番功夫。

“我等着呢。”他说。

“再等一会儿。”

我终于夹住了皮夹，掏出来递给了他。他马上动手翻检，就像一只在垃圾堆里寻觅的动物。看到兰佛学院的工作证，他停住了，看看上面的照片，又看看我，然后皱起了眉头。

“这是你？”

“是的。”

“雅各布·费舍尔。”

“人们都叫我杰克[①]。”

他仍然皱着眉看我的照片。

“我明白，”我说，“想把我天然的性感气质拍进照片里并不容易。”

“这是学院的证件。”

我听到的不是疑问句，所以没有作答。

“你做学生可是老了点儿。”

“我不是学生，我是教授。没看到证件上注明的身份是‘教职工’吗？”

瘦高个儿从车那边走过来，摇了摇头，像是意味着从车牌号码中没查出别的什么。

“为什么堂堂的一位教授会到我们这小小的镇子里来呢？”

我想起了有次在电视上看到的一段情节。“我需要把手再次伸到口袋里，行吗？”

“要干什么？”

“你会看到的。”

我掏出了自己的智能手机。

“你拿它干什么？”矮胖子问道。

我用手机对准他，按下了视频键。“这会直接传输到我办公室的电脑里，警官。”这是谎言。视频只会保存在我的手机上，可是去他的。“我的同事们可以看到你们所说所做的一切。”更大的谎言，但是的确很棒。“我想知道你为什么要查看我的证件，并要问那么多有关我的问题。”

---

① 雅各布（Jacob）的昵称为杰克（Jack）。

矮胖子重新戴上了太阳镜,似乎这样就能掩盖他恼怒的神情。他紧紧地绷住颤抖的嘴唇,把皮夹还给了我并说:“我们接到了有关你擅自侵入的投诉。尽管发现你已经踏进了私人领地,而且还听你编造了根本就不存在的所谓休养寓所这样的故事,我们还是决定对你提出警告后让你离开。请赶快离开这个地方。祝你愉快。”

矮胖子和瘦高个儿回到了他们的巡逻车上。他们在前排一直盯着我坐进自己的车。这儿没什么戏可看了。我把车开走了。

第八章

我没有走远。

我把车子开进了卡夫特波罗镇。如果能够得到大量的、突然间汇集于此的建设工程和货币资金，这里也许会达到美国标准小城的水平。目前这儿像是从一部老电影里拷贝出来的。我甚至隐约感觉会在这里碰到戴草帽的理发店四重唱组合①。这里有一家杂货店（招牌上的店名就叫“杂货店”）、一家古老的磨面工厂（设了一处不见旅游者踪迹的“游客中心”）、一处连带开着只有一把椅子的理发馆的加油站，还有一家书吧咖啡馆。娜塔莉和我在这家书吧咖啡馆里消磨了许多时光。它的空间很小，所以没有更多可以浏览的东西，但是它有一张角桌，娜塔莉和我常常坐在那里翻报纸、喝咖啡。那时经营这家店的，是从大城市跑到这里来的女面包师曲奇，还有她的合伙人德妮丝。曲

---

① 理发店四重唱（Barbershop Quartet）：无伴奏四声部合唱音乐，起源于尚无收音机、电视机等的十九世纪后期，最早在美国黑人中流行。理发店是许多美国黑人经常聚会交流的地方，无伴奏合唱是他们重要的交谊和演出活动，由此有了“理发店四重唱”这一名称。

奇总是播放约瑟夫·亚瑟的专辑《被救赎者的儿子》和戴米恩·莱斯的专辑《O》[①]。过了一些时间,娜塔莉和我竟开始把它们当成——哎,快捂住嘴——"我们"自己的专辑。我想知道曲奇是否还在。娜塔莉认为曲奇能够烤制有史以来世界上最棒的司康烤饼。不过得这么说,娜塔莉喜欢一切烤饼。而我在区分司康烤饼和坚硬如石的面包干的细微差别方面,至今仍然会遇到不小的困难。

瞧,我们两人是存在着差别的。

我把车停在大路上,沿着六年前我踉踉跄跄地走下来的那条小道,徒步开始了我的回归之旅。这条林间小道约一百码长。到了林中的空地,我一眼看到了坐落在农场旁边的那座白色小教堂。这就是我当年被人踹了的地方。有个仪式或是会议刚刚结束,教堂里走出来的人面对西垂的太阳使劲儿地眨巴着眼睛。就我所知,这座小教堂并不受某一教派的专门控制。它看起来更注重实用功能而不是精神皈依,更多地作为一个聚会场所使用,而不仅仅是膜拜神灵的殿堂。

我等在那里。有十来个人经过我身边走向那条小路。我露出家乡人才会有的毫不见外的笑容,亲切友善地向他们点头致意。我仔细查看,却没有发现一张六年前熟悉的面孔。这并不奇怪。

一位脑后利索地盘着发髻的高个子女人站在教堂台阶上。我走上去,脸上保持着亲切友善的笑容。

---

① 约瑟夫·亚瑟(Joseph Arthur):美国著名歌手,2002 年发行的《被救赎者的儿子》(Redemption's Son)是他的第三张歌曲专辑;戴米恩·莱斯(Damien Rice),爱尔兰音乐家,2002 年发行了歌曲专辑《O》。

“我能帮您做什么吗?”她问道。

问得好。我到底来这儿做什么?我似乎没有明确的打算。

“您是不是要找凯利牧师?”她又问我,“他这会儿不在。”

“您在这里工作吗?”我问。

“也算是吧。我叫露茜·卡廷,是这儿的文件管理员,干这个属于志愿服务。”

我站在原地。

“有什么事情需要帮忙吗?”

“我不知道怎么说才好……”我开了个头,接着又说了下去,“六年前我在这里参加了一场婚礼。我熟悉新娘,但是不认识新郎。”

她的眼睛由于好奇而不是警觉微微眯起。我乘势继续。

“不管怎样,我后来看到了一条关于托德的讣告。那个新郎的名字就是托德。”

“托德是个相当普通的名字。”她说。

“是啊,当然了。但是还有一张死者的照片。他看起来,我知道听着离谱,但是他看起来像是那个娶了我朋友的男人。问题在于,我没记住托德姓什么,所以我搞不清究竟那个死者是不是他。如果真是他,我想表示我的哀悼之情。”

露茜·卡廷摸着她的脸颊。“为什么你不打个电话?”

“我希望我能打个电话,但是不行。”我说的一直是实话,这种感觉真好。“首先我不知道娜塔莉——这是新娘的名字——我不知道她现在在哪里。她的姓已经改成他的了,我想。所以我找不到她。同时,我直截了当地说吧,过去我和这个女人有过一段情。”

“我明白了。”

“因此，如果那个我在讣告里看到的人不是她的丈夫——”

“她就不会希望你同她联系。”她帮我做出完整的补充。

“一点儿不错。”

她想了想。“而如果那确实是她的丈夫？”

我耸耸肩，她又摸了摸自己的脸。我尽力让自己显得温和，甚至是娴雅，虽然依我的身材很难制造出这种效果。我几乎扑闪起了眼睫毛。

“六年前我不在这里。”她说。

“噢。”

“不过我们可以查查记事簿。他们保留着完整的记录——所有的结婚典礼、婴儿洗礼、圣餐仪式，还有割礼，不管是什么。”

割礼？“那太棒了。”

她引导我走下台阶。“您还记得婚礼的日期吗？”

我当然记得。我给了她准确的日期。

我们来到了一间很小的办公室。露茜·卡廷打开文件柜迅速查找，抽出了其中一个记事簿。在她翻找的过程中，我确信她说得很对，这里的活动记录得非常完整。不同的栏下分别记载着日期、仪式内容、当事人、起始时间——所有这些都是用堪称书法艺术的笔迹手书记载的。

“让我们看看它能告诉我们什么……”

她用些许夸张的动作戴上眼镜，以女学究的派头舔了舔自己的食指，继续翻动着册子，终于找到了她要找的那一页。她的手指顺着表格自上而下地滑动。当她皱起眉头时，我的心不由得一紧：啊噢……

“您记的日期准确吗？”她问我。

“没问题。”

“在这一天的记录里没有婚礼。在此之前的两天，有一场拉里·罗森和海蒂·弗莱希尔的婚礼。”

“那不是我说的婚礼。”我说。

“有什么事吗？”

一个声音把我们两人吓了一跳。

露茜·卡廷说：“噢，你好，牧师。没想到你这么快就回来了。”

我转过身看到那个人，高兴得几乎要抱住他。中大奖了。他就是主持娜塔莉婚礼的那位头剃得光光的牧师。牧师伸出手同我握了握，露出早有准备的训练有素的微笑。不过看到我的面孔之后，我发现他的笑容变得闪烁不定。

“您好，”他对我说，“我是凯利牧师。”

“杰克·费舍尔。过去我们见过。”

他露出怀疑的表情，转身朝向露茜·卡廷。“你们干什么呢，露茜？”

“我在为这位先生查一份记录，”她做着解释，他耐心地听着。我仔细观察着他的脸，但不确定能看出什么，因为他在尽力控制着自己的表情。露茜说完，他转向我，向上翻开两只手掌：“如果记录里没有的话……”

“您在那里。”我说。

“您说什么？”

“那场婚礼是您主持的。我们在婚礼上见过面。”

“我可想不起来了。这么多的活动和仪式，想必您能理解。”

“婚礼结束后，您和新娘的妹妹一道走出了教堂。她的名字是朱莉·波特汉姆。我在您旁边经过时，您说这真是个举办婚礼的好日子。”

他扬起眉毛。“我怎么会把这些都忘了呢？”

一般来说，讽刺挖苦的表情与神职人员并不相配，可是它出现在凯利牧师的脸上，却像是手工订制的衣服一样再合适不过了。我说：“新娘叫娜塔莉·艾维里，她是创意充电部落中的一个画家。”

“什么地方？”

“创意充电部落。这地方也属于那家农场，对不对？”

“您说些什么呀？这儿归镇里所有。”

我这会儿没心思同他争论不动产契约和土地边界之类的问题。我换了个角度继续努力。“那场婚礼，是匆忙中定下来的，也许这是没有记录的原因。”

“我很抱歉，您叫……”

“费舍尔。杰克·费舍尔。”

“费舍尔先生，首先，即使是匆促举办的婚礼，我们也肯定会有记载；其次，嗯，我不大明白您究竟在寻找什么。”

露茜·卡廷替我做出了回答。“他想知道新郎姓什么。”

牧师迅速地瞪了她一眼。“我们可不是什么信息服务机构，卡廷女士。”

她低下头，恰如其分地做出了接受责备的姿态。

“您应当记得那场婚礼。”我说。

“很抱歉,我不记得了。”

我走近前去,目光朝下逼视着他。“您记得,我知道您还记得。”

我听得出我的声音里那种豁出去的语气,我并不喜欢这样。凯利牧师企图迎视我的目光,却又躲避了。“您是说我在说谎?”

“您是记得的。”我说,“为什么您不愿意帮助我?”

“我不记得。”他说,“可是您为什么这么焦急地寻找另一个男人的妻子,或者说,如果您说的故事是真的,一位刚刚守寡的女人?”

“表达我的哀悼。”我说。

空泛的话语回荡在过分潮湿的空气之中。没有人动弹,没有人说话。到头来还是凯利牧师打破了沉默。

“不管您寻找这个女人的动机是什么,我们没兴趣参与到这件事当中。”他往一旁挪开脚步,指着门口对我说,“我认为您最好马上离开这里。”

时隔六年后,我又一次怀着遭到背弃和伤害的心情,晕晕乎乎地走下这条小路,开车朝镇子里驶去。我可以理解这位牧师的态度。如果他确实记得那场婚礼——我觉得他记得——也不愿向早被抛弃的所谓娜塔莉的男朋友提供任何他想了解的新的信息。这纯粹是我自己做出的推测,不过至少在一定程度上是合乎情理的。我怎么也不能理解的、绞尽脑汁也想不出原因的是,为什么露西·卡廷在那本工整无比、毫无瑕疵的记事簿里找不到娜塔莉和托德举办婚礼的记录。还有,为什么他妈的没有人听说过创意充电部落?

我实在是想不通。

现在该做什么？我到这里是为了……到底为了什么？想查出托德姓什么，这算是一件事。知道了他的姓，其他事情就容易了。如果查不出来，那么也许这里的什么人还和娜塔莉保持着联系。找出这样的人也就好办了。

“向我承诺，杰克。向我承诺你永远也不打扰我们。”

这就是我一生最爱的女人对我说的最后一句话。而现在，六年以后，我却回到这一切开始的地方，以行动背弃我的诺言。我想用一些话语尖锐地嘲讽自己，却没有想出什么恰当的词句。

我来到了镇中心。空气中轻柔地飘散着一股刚刚焙烤出的糕饼的味道，我下意识地将车停在了路边。卡夫特波罗书吧咖啡馆。娜塔莉最喜爱的司康烤饼。我想了想，认为值得一试。

我拉开门。小铃铛响了起来，然而未引起更多的注意。音响里的埃尔顿·约翰正在唱着“孩子的名字叫列文，他以后会成为优秀的人”①。我的心由于一阵激动而颤抖。屋里的桌子都被人占着，当然了，包括我们最喜欢的那一张。我盯着那张桌子，像个大傻瓜一样地呆站着。有那么一阵儿，我敢发誓我听到了娜塔莉的笑声。一个戴着栗色棒球帽的人在我后面想走进来，我却仍然挡在门口。

“哎，对不起。”他说。

我挪到一边，给他让开了路。我的目光投向了吧台。一位没有节制地蓬散着一头鬈发、穿着紫色扎染衬衫的女人正背朝

---

① 埃尔顿·约翰(Elton John)是英国著名流行音乐歌手，这里提到的是由他作曲和演唱、伯尼·陶品作词的歌曲《列文》(Levon)。

我站在那里。毫无疑问,是曲奇。我的情绪陡然高涨。她转过身看到我,微笑着问:“您想来点儿什么?”

“嗨,曲奇。”

“嗨。”

沉默。

“你还记得我吗?”我问。

她用一条毛巾揩拭着手上沾着的白色面粉。“我不大能记住人的长相,更记不住人的名字。您来点儿什么?”

“以前我常来。”我说,“那是六年前了,我的女朋友叫娜塔莉·艾维里,我们总是坐角落里的那张桌子。”

她点点头,然而不像是记起了什么。她点头的样子像是在缓解精神错乱患者的情绪。“总是有许多顾客来来往往的。咖啡?面包圈?”

“娜塔莉喜欢你的司康烤饼。”

“那就来点儿烤饼。加点儿蓝莓吗?”

“我是杰克·费舍尔,我当时在写法治原则的论文,你还问过我有关论文的事。娜塔莉是在这儿休养的画家,她平时总是把画板放在那个角落。”我朝那里比画着,仿佛这一点很重要似的。“六年前。那一整个夏天。真见鬼,最早还是你向我介绍她的。”

“啊—哈,”她一边说,一边用手指摆弄着脖颈上的项链,好像那是一串念珠。“您瞧,这就是被人叫作曲奇的好处。您不会忘记曲奇这样的名字,它会扎根在您的脑袋里。可是这个名字不好的地方在于,既然别人记住了你的名字,他们就以为你也同样记住了他们。您懂我的意思吗?”

“我懂。”我说,可还是问道,“你真的不记得了吗?”

她甚至不屑于回答。我环视一下四周,坐在桌边的人朝这里投来目光。那个戴着栗色棒球帽的家伙浏览着杂志,装作没有听见什么。我重新望着曲奇。

“请来小杯的咖啡。”

“不要烤饼吗?”

“不,谢谢。”

她抓过一只杯子开始斟咖啡。

“你还是和德妮丝一道干吗?”

她的身体变得僵硬。

“她也在山坡上的休养寓所干过活儿,”我说,“所以我认识她。”

我看到曲奇咽了一口唾沫,说:“我们从来没到休养寓所干过活儿。”

“你们当然干过。那个创意充电部落,顺着那条路走上去就是。德妮丝总是给我们带去咖啡和你烤的烤饼。”

她斟满了咖啡,把杯子放到我面前的吧台上。“您瞧,先生,我还有不少活儿要干。”

我朝她探过身子。“娜塔莉喜欢你的烤饼。”

“您已经说过了。”

“你们两个人经常在一起没完没了地谈论烤饼。”

“我同许多人谈过我的烤饼,您明白吗?很抱歉我认不得您了。也许我应该更礼貌一些,装模作样说:‘噢,对了,您和您那位喜欢烤饼的女朋友。您两位现在过得怎样?’可我没这么做。这是您的咖啡。还需要什么吗?”

我掏出了印有我所有电话号码的名片。“如果您想起来什么事情……”

“您需要什么吗?”她又问我,声音里添加了一丝火气。

“不需要。”

“一块五美金。祝您愉快。”

第九章

我现在体验到了有人说起的那种仿佛被人跟踪时的感觉。

怎么知道有人在跟踪你？也许靠的是直觉。我的脑袋里负责做出本能反应的、被称为“蜥蜴脑”的那个部分，感觉出了这一点。我能够从生理上感受到它。再加上有辆车——一辆挂着佛蒙特州牌照的灰色雪佛兰面包车——从我离开卡夫特波罗镇就一直跟在我后面。

我倒是不敢打赌，不过我觉得开那辆车的人戴着一顶栗色的棒球帽。

我不知道面对这种情况应该怎么办。我想认清车牌号码，可天色已经太暗了。我慢下来，他就慢下来；我一加速，嚯，他也跟了上来。我想出个主意。我在公路的一处休息点停下车，想看看这条尾巴如何动作。我见到面包车先是减速，后又驶了过去。自此，再没看到那辆车。

也许并不是在跟踪我。

离兰佛只剩十分钟车程的时候，我的手机响了。我已经把手机设置成可以通过车上的蓝牙设备来接听——我总是会花很长的时间才能弄明白这类有点儿技术含量的东西——我能够从收音机的屏幕上看到这是桑塔·纽琳打来的电话。她答应过今天给我弄到娜塔莉的地址。我按下方向盘上的一个键子接听电话。

“我是桑塔。”她说。

“是啊,我知道。我这儿有来电人的显示。”

“我还以为我在 FBI 待的那些年会让我与众不同呢,”她说,“你在哪儿?”

“我正开车回兰佛。”

“从哪儿回来?”

“说来话长。”我说,“你找到她的地址了吗?”

“我就是为这事打电话的,”桑塔说道。我听得到背景里有些声音——像是一个男人的说话声。“目前还没有弄到。”

“噢?”我说,因为我说不出别的什么来。“有什么麻烦吗?”

“等我到明天早晨,好吗?”

“当然,”我说,接着又重复问道,“有什么麻烦吗?”

停顿的时间长了点儿。“你就等我到明天早晨吧。”她挂断了电话。

怎么回事?

我不喜欢她那种语调。我也不接受一位在 FBI 内部有着广泛人脉的女人,需要等到明天早晨才能找到随便某个人的地址这一事实。我的智能手机响了一下,提示我有新邮件。我没理它。我不是个一本正,不过我从来不在开车时收发短信或是电子邮件。两年前,有个兰佛的学生一边开车一边发短信,结果在车祸中受了重伤。而坐在副驾驶位置上的十八岁的男孩儿,也是听我的“法治的原则”这门课的一位一年级新生，在撞车时当场死亡。越来越多的事实再明显不过地证明，在驾驶汽车时收发短信，即使不算是一种过失犯罪，也是彻头彻尾的愚蠢之举。早在具有这样的认识之前，在那场事故发生之前，我就不赞成开车时摆弄手机。我喜爱驾车，喜爱音乐的陪伴和那份独处的感觉。尽管我早先曾担忧科技的发展会使人际间日益冷漠，但是我主张所有的人都应该更为经常地体验一下隔绝信息的孤独。我的话听起来就像是个脾气不好的老家伙，因为我一见到围着桌子坐在一起的学院的“朋友”们就要抱怨。这些人虽然身体坐到了一起，却都在不可遏止地给不在场的其他人发短信，或是在网上搜索、始终不停地搜索。我猜他们是在人生旅途中不停顿地寻找某种更好的东西，他们试图在数字世界里寻找更加葱茏的青草①，他们愿意越过眼前的花丛去嗅闻远方的玫瑰。而我倒是觉得，在强迫自己关掉电脑和手机的时候，我才能难得地体会到更加宁静、更加和谐、更加具有禅意的——如果愿意这么说的话——一种心境。

这当口，我正在切换车上的调频广播，最后选了一家播放二十世纪八十年代起流行的另类摇滚歌曲的音乐台。一般公众问道，电台里为什么听不到含着款款柔情的节目了②？我也在问同样的问题。款款柔情哪里去了？既然说到这里，娜塔莉又哪儿去了？

---

① 此处的句意源自谚语“The grass is always greener on the other side”，与中文的“这山望着那山高”意思类似。

② 作者在这里用乐队和歌曲名称组成句子来描述主人公的心境。“一般公众”(General Public)是英国一个著名乐队，它的代表作《款款柔情》(Tenderness)在北美和英国享有盛誉。

我的精神变得越来越不正常了。

我把车停在我的宿舍门前——我不去称它为我的房子或是我的公寓,因为它就是、而且它给人的感觉也就是校园的一处宿舍。夜幕已经降临,不过这里毕竟是学院的校园,人工照明倒是从不匮乏。我查看收到的邮件。邮件来自黛妮丝摩尔夫人。主题是:

你要找的那个学生的档案

我心想,干得好,老美人儿。我按了一下“查看”。正文是:

对“你要找的那个学生的档案”这句话,需要做很多解释吗?

答案很明白,不需要什么解释。

要想阅读附件,我的手机屏幕可是太小了,我加快了脚步,恨不得马上打开屋里的手提电脑。我把钥匙插进锁孔,推开前门,点亮了灯。出于某种说不清的理由,我以为会看到家里遭人搜查后一片狼藉的样子。我看的电影太多了。我的宿舍依然保持着那种,按照最宽容的说法,毫不起眼儿的状态。

我扑向电脑进入邮箱,打开黛妮丝摩尔夫人发来的邮件,下载了它的附件。我在前边已说过,我曾经看到过我自己当年做学生时的档案。我当时觉得读到教授们在与你背靠背的情形下给你写出的评语,多少是件让人心里不安的事情。估计学院感到要保存过去的所有这类文件是一个负担,所以把它们输入了电脑,做了数字化处理。

我从托德入学的那一年开始查起。没有什么特别引人注目的东西,嗯,除了托德本人引人注目以外。所有课程的成绩都是A+。没有哪个大学新生全部课程都能得到A+。查尔斯·鲍维尔教授评价托德是“一个超常的学生”。拉什·库格尔马斯教授称赞他是“一个特殊的孩子”。甚至从不轻易夸奖别人的马尔科姆·休谟教授也这样评论:“托德·桑德森几乎具有超乎自然的某种天分。”哇,我感到难以置信。我算是这所学院的一个好学生了,可我在自己档案里发现的唯一的一段教授的评价还是负面的。如果一切正常,教授们就不会再说什么了,让你通过考试就是了。记录学生表现的一条通常的原则就是:“如果没有什么负面的东西要说,那就什么也不说。”

可是对这位了不起的托德,通常的原则不适用了。

二年级的第一个学期仍是相同的模式——成绩优秀得不可思议——可是接下来事情有了戏剧性的变化。紧接着的第二个学期用大大的字母记录着“请假缺勤”。

请假缺勤?

哦噢。我想搞清他为什么缺勤,可档案里面只写着“由于个人原因”。这可是怪怪的。这种在学生档案里仅仅标上“由于个人原因”的情况,即便发生过,也是极少极少的。这种档案是机密的,是不能公开的,或者说至少在理论上应该是这样的,因此我们在评论和记载学生的有关情况时不需要遮遮掩掩。

为什么托德的“请假缺勤”却得到如此慎重的对待呢?

所谓“个人原因”,通常都与财力拮据或是疾病有关。患病的也许是学生本人或是他的亲人,疾病也许是身体方面的或是精神方面的。然而这些原因从来都记录在学生的个人档案之中。这份档案却没有任何这方面的内容。

有意思。

不过也许这不算什么。一是二十年前的学院在涉及学生个人的事由上采取的可能是比现在更为谨慎的态度。二是……咳,管它呢?作为二年级学生的托德有段时间请假离开了学院,这同他迎娶娜塔莉、后来死去并抛下另外一个妻子有什么关系呢?

托德回学院上课后,档案里出现了教授们更多的评价——然而并不是学生们期盼的那种。一位教授认为托德"心不在焉",另一位教授指出托德"明显很痛苦",而且"判若两人"。还有一位建议托德继续离开一段时间以进一步解决个人"面临的问题"。没有人提到他"面临的问题"究竟是什么。

我点击下一页。托德曾被传唤到了纪律审裁委员会。一些大学让学生自己组织起来解决学生纪律方面的问题,而我们这里的委员会是由三位教授组成的,学院的教授们轮换着担当此任。去年我就充当过这个角色,任期两个月。我们要处理的主要是两类校园里的流行病:未到法定年龄饮酒和考试作弊;剩下的,则是一些尚未严重到接受法律制裁的小偷小摸、威胁使用暴力及某些形式的性侵扰等。

提交到纪律审裁委员会的这起案子,是托德和另外一个学生瑞安·麦卡锡争吵斗殴。麦卡锡由于鼻梁骨折和其他外伤住进了医院。学院当时要求给托德以强令停学察看甚至是开除学籍的处分,可是最后三位教授组成的委员会却让托德安然过关了。这让我很吃惊。档案里没有关于听证会及以后审议过程的原始记录或任何细节。这同样让我很吃惊。

经过仔细寻找,我在档案里发现了一份手写的结论意见:

托德·桑德森是兰佛学院的一位十分优秀的学生。他前不久在生活中受到一次重大打击,不过我们认为他正处在有效地摆脱这一阴影的过程中。目前他正在与学院的一位教员合作创立一家慈善组织,努力以这样的实际行动来改正自己最近的错误。他对自己的行为产生的不良后果已经有了充分的认识。鉴于这起事件中存在一些十分罕见的需要予以充分考虑的因素,我们一致认为不应当对托德·桑德森给予开除学籍的处分。

我的目光落到这一页的最下方,想看看委员会的这个结论是哪位教授签署的。我做了个鬼脸儿。埃伯恩·特雷纳教授。我应该猜到的。我对埃伯恩有足够的了解。我们之间可谈不上有什么交情。

如果我想更多地了解托德受到的这个"重大打击"或是这份处理结论的内情,我就得和埃伯恩谈一谈。这不是一件让我翘首以盼的事情。

夜已深了,不过我并不担心惊醒伯尼迪克特。他从来只使用手机,而且睡觉时就会关掉它。三声铃响后他接起了手机。

"怎么了?"

"埃伯恩·特雷纳。"我说。

"怎么着?"

"他仍然对我恨之入骨吗?"

“我想是这样。为什么问这个?”

“我需要问他一些有关托德·桑德森的事情。你能帮我斡旋一下吗?”

“斡旋一下?当然可以。你不知道有那么多人都认为我具有说服别人的魅力吗?”

“因为你善于把女学生弄上床?”

“当有求于人的时候,你的确懂得如何去恭维别人。我明早给你打电话。”

我们挂掉了电话。我靠在椅子上,接下来不知该做点儿什么。电脑响了一声,又来了一封新邮件。我打算不理它。如同我认识的其他所有人一样,我每天都会收到数不清的垃圾邮件。毫无疑问,又来了一封。

我看了一眼发件人的地址:

RSbyJA@ ymail. com

我盯着它,不觉间眼睛变得湿润,仿佛有一股激流在脑际涌动。我周围的一切陷入了完全的静谧。我继续目不转睛地盯着屏幕,上面的字母没有发生任何变化。

RSbyJA

我没费一点儿神就破解了它的含义:约瑟夫·亚瑟的《被

救赎者的儿子》[1]——娜塔莉和我在咖啡馆百听不厌的歌曲专辑。

邮件没有标出主题。我摸索到了鼠标。我想把光标移动到位,打开邮件,可是我的手得先停止颤抖才行。我深吸了一口气,希望稳住自己的手。整个房间一片寂静,似乎抱着同样的期盼注视着我。我终于把光标对准了邮件,打开了它。

我的心脏瞬间骤停。

屏幕上出现的只是寥寥几个单词。只是几个单词,然而它们却像一把挥舞的镰刀划开了我的胸膛。我茫然无措地瘫在椅子上。屏幕上的那句话还在冷冷地注视着我:

你做过承诺。

---

① *Redemption's Son by Joseph Arthur*。发件人地址由这些单词的首字母拼成。

第十章

邮件没有署名,不过没关系。

我迅速点击“回复”,写道:

娜塔莉? 你还好吧? 我想知道的就是这个。

我点击“发送”。

我应该对你说等待她的下个邮件的时间显得多么漫长难耐,可事实并没有给我留出这个余地。只过了三秒钟,就有了收到新邮件的提示。我的心狂跳起来,却看到发件人的名字是:

电邮之神

我点击“打开”,心里已经明白结果是什么:

您回复邮件的地址并不存在……

我沮丧至极，差点儿挥起手猛地拍打电脑，仿佛它是一台吐不出银河牌巧克力条棒的糖果售卖机。我真真切切地大喊了一声“不”。我实在不知道该怎么办。我坐在那里。我开始下坠。我感觉我正在沉入水底，无论怎样挣扎都无法浮出水面。

我又回到网上，进行了各种各样的尝试，结果只是浪费时间。我又读着她的邮件：

你做过承诺。

我的确做过，是不是？而且如果冷静下来认真想一想，为什么我要违背我的诺言呢？一个男人死了。这人可能是她的丈夫，也可能不是。不管怎样，这就是我对她食言的理由吗？也许是，起初也许是。可是现在她已经表明了态度。她的邮件意在于此。她提醒我不要忘记自己的诺言，因为她明白我不是一个随意许诺的人。

正因如此，她当初要求我做出了承诺并从此远离她的生活。

我想着这些。我还想到了我出席的那个葬礼、我对佛蒙特的探访和我查看的那份学生档案。把这些加在一起能说明什么呢？我不知道。如果开始的时候这些事情可以说为我提供了违背诺言的理由的话，现在我已经无法再借用它们为自己辩护。娜塔莉传递的信息再明确不过了。

你做过承诺。

我用手指犹疑地触摸着屏幕上的这句话。我的心又一次被击碎了。太糟了,你是个汉子。那么,好吧,破碎的心经不住打击,任她去吧。我会放下这一切,我会继续信守自己的诺言。

我爬到床上,睡意马上袭来。我知道你怎么想,我自己也为此惊奇。不过我猜是读到那篇讣告以来的那些冲击和震动、那些记忆和情感、那些痛心和迷茫,已经把我耗得精疲力竭。就像是经受了残酷的十二个回合身体击打的一名拳击手,终于,我就这么垮了下来。

与伯尼迪克特不同,我经常忘记关掉自己的手机。他的电话在早晨八点钟惊醒了我。

"埃伯恩很勉强地答应见见你。"

"你对他说了是怎么回事了吗?"

"你没告诉过我是怎么回事。"

"噢,对了。"

"你九点钟有课。你结束的时候他会在他家等你。"

我感到了胸口深处的疼痛。"他的家?"

"是的,我不认为你会喜欢这个。这是他坚持的。"

"典型的大浑蛋的做法。"

"他还没那么坏。"

"他是个淫荡的下三烂。"

"这就那么坏?"

"你做不出他干的那些事。"

"你并不知道他都干了些什么。去吧。表现得好点,得到你需要的东西。"

伯尼迪克特挂断了手机。我查看了邮箱和短信,什么都没有,我生活中的这段经历就像是一场荒诞的梦。我费好大气力不去想它。我上午九点钟确实要给学生上“宪法和法律”这门课。上课重新成为了我最重要的事情。没错儿,我把别的事情推到了脑后。我在冲淋浴时唱起了歌。我穿好了衣服。我昂起头,面露微笑穿过校园。我的步伐带着弹性。整个校园沐浴在温暖的、上帝恩赐的阳光之中。我保持着微笑。我向着等待常青藤爬满墙壁的楼体微笑,还向着树木、向着碧草、向着著名校友的雕像、向着远处山坡下的运动场微笑。学生们对我打招呼,而我报以他们的那种极度热情的回应,使他们不禁怀疑我是否突然间皈依了某种新的宗教。

上课了,我站在教室前面叫喊了一声“大家早上好!”,活像个再次出场时喝多了红牛饮料的啦啦队长。学生们向我投来好奇的目光。我也开始感到自己的样子有些可怕,暗想着应该有所收敛。

你做过承诺。

那么你呢,娜塔莉?你那时的语言和行为,是不是至少也是对我做出了某种隐含的承诺?你怎么能俘获一颗心、又这样无情地将它击得粉碎?是的,我是个汉子。我明白坠入爱河的风险。可是我们之间彼此倾诉过,共同感知过,这些都不是逢场作戏。到头来你抛弃了我。你还邀请我参加你们的婚礼。为什么?为什么一个人会如此残忍?或者你是想让我面对事实彻底死心,重新开始新的生活?

我的确开始了新的生活。你牢牢抓住了我的这颗心,从心窝里掏出它来,把它扯碎,又扬长而去。而我弯腰拾起了碎片,继续着我自己的生活。

我摇摇头。拾起了碎片？天哪，这种比喻可真烂。爱得昏头昏脑的毛病就在这里，它让你说话的语气变得像是在哼唱一曲糟糕透顶的乡间民谣。

娜塔莉给我发来了邮件。或至少我认为那是娜塔莉。还会是谁？不论怎么说，即使她是在警告我继续远点儿待着，这也是一种交流。是她主动联系了我。她主动？当然是。她用了那么一个邮箱地址。RSbyJA。她还记得那张专辑。它仍然对她具有某种意义，仍然能够引发她的共鸣，而这给了我——我不知道能不能这么说——希望。希望很残酷。希望提醒你想起几乎实现却未能实现的夙愿，希望将痛苦重新奉还给你。

我让艾琳·辛娜格拉发言。她是我最聪明的学生之一。她开始阐述《美国宪法原理》收录的多篇麦迪逊文章中的一个精辟的观点。我恰如其分地颔首，鼓励她接着说下去。就在这时，我眼角的余光瞥见了什么东西。我走近窗户向外望去。我呆住了。

“费舍尔教授？”

停车场里有一辆灰色的雪佛兰面包车。我细看车的牌照。距离太远，看不清数字。不过我看得到它的颜色和式样。

佛蒙特州的车牌。

我没有更多地思量。我没去考虑这也许不代表什么：灰色的雪佛兰面包车并不鲜见，马萨诸塞州西部能够见到很多佛蒙特州的牌照。这些都不值得考虑。

我冲到教室门口才大喊一声：“我马上就回来，你们等着！”我沿着走廊快速奔跑。地面刚用拖布擦过。我绕过“小心地滑”的牌子，砰地撞开大门。停车场在草坪的另一侧。我跳过一丛灌木，全速奔跑在草坪上。课堂里的学生们一定以为我突然精神崩溃了。我毫不在意。

“来，费舍尔教授！小心点儿！”

错以为我是跑来参与他们游戏的，有位学生竟把一只飞盘抛向了我。我任它落在地上，继续朝前跑着。

“嗨，您得练练抓盘的功夫。”

我不理睬他们的喊声。我离那辆雪佛兰越来越近，可这时我看到它的车灯亮了一下。

驾车人开始发动面包车。

我跑得更快了。强烈的阳光洒在车窗玻璃上，使我看不清司机的模样。我低下头，两腿更加用力地迈动。可是那辆雪佛兰已经倒出车位。我离得还是太远，我追不上它了。

面包车开始挂前挡。

我慢下脚步，试图看清司机的面孔。不行，玻璃的反光太强。不过我觉得我看到了……

一顶栗色的棒球帽？

无法肯定。我到底还是记下了车牌——好像这会有用、会带来什么好处似的——我站在那里，喘着粗气，望着面包车加速离去。

第十一章

埃伯恩·特雷纳教授坐在屋前的门廊里。这是一幢极其迷人的第二帝国式维多利亚风格的住宅。我对这幢房子再熟悉不过了。在长达半个世纪的时间里,它的主人一直是我的导师马尔科姆·休谟教授。这幢房子见证了无数美好的时光。政治学学者的葡萄酒品尝、学院同事的晚间聚餐、深夜里的法国科涅克白兰地、哲学思想的激辩、文学现象的讨论——所有这些都发散着浓郁的学术氛围。可是,唉,上帝具有一种不易捉摸的幽默感。在共同度过四十八年的婚姻生活后,休谟教授的妻子告别了人世。接着,休谟教授的健康状况也出现了问题。他终于无法亲自打理这所古老宽敞的房子了。他目前住在佛罗里达州的弗隆滩。而埃伯恩·特雷纳教授,整个校园里最接近于被称为是我的敌人的家伙,买下了这处人们钟爱的房产,使自己成为了这所府邸的新主人。

我感到手机在衣袋儿里嗡嗡作响。桑塔发来了短信:

朱迪。下午一点。

真会遣词造句，我明白她的意思。我们将于下午一点在缅因大道的朱迪餐馆见面。好吧。我装起手机，迈上门廊的阶梯。

埃伯恩站起身，对我露出屈尊俯就的微笑。“杰克，真高兴见到你。”

他的手握起来油腻腻的，指甲倒是修剪得很精心。女人们会认为他还蛮有魅力，特别是那一头狂放不羁的长发和大大的绿眼珠，颇带一点儿陈年花花公子的味道。他的皮肤苍白柔软。他的脸仿佛正在融化或是仍处于某种表皮治疗的恢复过程中。我估计他是用了保妥适①。他穿了一条尺码过紧的便裤和一件应该再系一粒扣子的白衬衫。他身上的古龙香水闻起来就像是太多的欧洲商人挤进了一部清晨的电梯。

“你不介意坐在门廊里吧？”他这样问，“外面的景色实在太美了。”

我巴不得地同意了。我不想走进屋里目睹他对这幢房子的任何改变。我相信他的肆虐是广泛而深刻的。我敢肯定，那些深色的木墙板和家具、那种白兰地和雪茄烟混合形成的感觉，通通不知魂归何处。取而代之的，一定是那种金色的木制家具和称为“蛋壳”或“搅制奶油”颜色的沙发，而家庭聚会提供的只会是白葡萄酒和雪碧汽水，因为它们不会给室内的装潢留下抹不去的污迹。不出所料，他建议我来点儿白葡萄酒。我婉言谢绝了。现在还没到中午，他自己却端起了一杯。我们两人坐在铺着大坐垫儿的柳条椅上。

“我能为你做些什么，杰克？”他问道。

---

① 保妥适（Botox）：注射用 A 型肉毒素，用于面部除皱等。

我在读二年级的时候上过他的课,他讲授的是二十世纪中叶的戏剧艺术。他的课讲得并不坏。然而他乐于引人注目,也惯于矫揉造作。他属于这么一类教师:喜爱自己的滔滔不绝胜过一切,而当自己难得地觉得无聊时——在任何课堂里这都不是什么好事——课程就偏离到以教授为中心的轨道上。他曾花了一个星期对着我们大声地朗读让·热内的《女仆》剧本[①]。他交替充当其中的每个角色,始终沉醉于自己的表演,遇到受虐和施虐的场景时就更不用说了。他的表演还不错,这倒不必担心,可是,唉,除了他就没有别人的。

"我想向你打听一个学生。"我说。

埃伯恩把两道眉毛都挑了起来,似乎我的话既很有趣又令人吃惊。"噢?"

"托德·桑德森。"

"噢?"

我看到他的身体突然僵住了。他不希望我看到他这副样子,不过我还是看到了。

他移开目光,摸着自己的下巴。

"你记得他。"我说。

埃伯恩·特雷纳又摸了摸下巴。"这个名字听着有点儿耳熟,但是……"他的下巴得到了进一步的抚摩。然后,埃伯恩表示认输地抖了抖肩膀。"很抱歉。这么些年。这么多的学生。"

为什么我不能相信他?

---

① 让·热内(Jean Genet,1910—1986):法国著名剧作家、小说家和诗人。1947年发表剧作《女仆》。剧里有三个角色,假扮与真我、想象与现实在剧情间反复交错。

“你没有给他上过课。”我说。

“噢?”

他又来个“噢”。

“他被纪律审裁委员会传唤过,那时是你负责。应该是二十年前的事情了。”

“而你认为我仍然应该记得这件事?”

“经过辩论,是你帮助他留在了学校。在这儿,我给你看一下。”我拿出手提电脑,调出了他手书的那份结论的扫描页面。我举起了电脑。埃伯恩迟疑着,仿佛害怕里面藏有炸弹。他戴上眼镜浏览屏幕。

“等等,你从哪儿搞到这个的?”

“这很重要,埃伯恩。”

“这是学生档案中的内容。这些档案是保密的。”他的唇边浮出一丝微笑。“看这样的档案不是违背规定吗,杰克?你不会说这么做是逾越了应当遵守的界限吧?”

果然在这儿等着呢。六年前,就在我即将去佛蒙特农场寓所写论文的前几个星期的一天,埃伯恩·特雷纳在他当时的住所里举办了一场毕业派对。特雷纳经常在家里办各类派对。事实上,由于既积极举办也热心参与各类社交活动,他成为了校园里具有某种传奇色彩的人物。我上二年级的时候,我们的近邻、只招收女生的琼斯学院发生了一起颇为出名的事件。火灾警报器在凌晨三点钟凄厉作响,该学院某栋宿舍里的人员全部被强制疏散到户外,其中站着半裸的特雷纳教授。是的,那晚与他相会的女孩子已达到了法定年龄,而且也不是他自己的学生。不过,这就是典型的特雷纳。他是个色鬼,也是个酒鬼。我一点儿也不喜欢他。

六年前那场毕业派对的参加者主要是学生，其中有不少是低年级的，未达到可以饮酒的法定年龄。派对提供了酒水，很多的酒水。有人报告了学院的警察。两个学生由于酒精中毒被送进医院。这类事情在校园里出现的频率越来越高，或者这也许只是我自己的看法，因为我愿意相信我们当学生的时候事情并没有这么糟糕。

特雷纳教授的行为受到学院行政部门的审查。有人要求他辞去教授职位，他拒绝了。他声称，是的，他为派对的出席者提供了酒水，但是他邀请的只是那些年龄已超过二十一岁的毕业班的学生。如果有低年级的学生擅自混入了派对，那不应视为他的责任。他还指出，他的派对开始之前，大学生联谊会在附近举办的啤酒聚餐已经使学生们摄入了不少酒精。

校园里教授们实行的是自我管理。一般我们对于教授当中出现的问题只是予以象征性的处罚。处理教授违纪的委员会，同处理学生问题的纪律审裁委员会一样，都是由教授们轮流任职。事有凑巧，这起事件发生时正轮到我在委员会任职。特雷纳在学院拥有终身教职，是不能被开除的。但是我坚定地认为应当对他给予必要的纪律处分。我们围绕是否免去特雷纳英文系主任一职进行了投票。我主张让他受到惩罚，因为他的历史劣迹斑斑。有意思的是，我敬爱的导师马尔科姆·休谟不同意我的想法。

"你真打算让埃伯恩为学生们喝得太多承担责任吗？"

"关于学生们参加提供酒水的联谊活动，我们有明确的规定。这些规定的设立不是没有理由的。"

“你一点儿也不考虑那些情有可原的具体情况吗?”

如果我不了解已成为埃伯恩特色招牌的他的那些恶劣行为和粗鄙品位的话,也许我会考虑。我们不是法院,面对的也不是如何保障当事人权利的问题。埃伯恩从事的教授这份好工作,已经让他享受了相当的特权。按照我的看法,凭着他的行为他完全应该遭到解雇——那些被我们开除的学生犯下的错误,比埃伯恩轻微得多,其证据也远不这么充分——即便做不到,在最低限度上他也应当受到降职的处罚。于是我没有理会我导师的劝说,坚持投票赞成撤销埃伯恩的系主任职务。然而我的提议由于票数上的不小差距而被否决了。

听证会的辩论早已结束了,而由此结下的怨恨却长久地存在着。在据说是不得对外透露内容的辩论过程中,我的确使用过这样一些词句描述他的行为——“破坏了不容亵渎的规定”“触犯了不容逾越的界限”。没想到我自己的话语今天被对方原封不动地奉还回来了。不过,这可能也是我活该。

“这位特定的学生,”我说,“已经死了。”

“所以他的原本应当保密的档案,就成了可以公开捕猎的动物?”

“我不想同你讨论法律规定的细枝末节。”

“当然,当然了,杰克。你从来都是个从大处着眼的家伙,不是吗?”

纯粹是浪费时间。“我实在不能理解你为什么不想谈论这件事情。”

“这倒让我惊讶,杰克。你始终都是一个遵章守纪、坚持原则的家伙。你打听的那些东西都是保密的。我是在保护桑德森先生的隐私。”

“可是就像我说过的，”我说，“他已经死了。”

我不想继续待在这里了。在曾经与我敬爱的导师共同度过那么多美好时光的这道门廊里，我一分钟也待不下去了。我站起身，伸手取我的笔记本。他没有把电脑还给我，又开始摩挲自己的下巴。

“坐下。”他说。

我坐下了。

“你愿意告诉我吗，为什么这么久远的一件事情现在同你有了关联？”

“这很难解释得明白。”我说。

“不过对你显然很重要。”

“是的。”

“托德·桑德森是怎么死的？”

“被人谋杀的。”

埃伯恩闭上了眼睛，仿佛我的消息使一切变得糟糕无比。“谁杀的？”

“警察还没破案。”

“真具有讽刺意味。”

“这话怎么说？”

“是说他会死于暴力。我记得那起事件。托德·桑德森在一次激烈的争吵中动手伤害了他的同学。嗯，这种表述不是很准确，事实上，托德·桑德森差点儿杀死了他的同学。”

埃伯恩再次移开目光，吞下一大口酒。我等着他说下去。

着实等了一会儿，不过最后他还是张嘴说道：“是在 Chi Psi① 周三晚上的啤酒聚会上发生的。”

从人们记忆所及的时候起，Chi Psi 就在每个周三的夜晚举办啤酒聚会。十二年前学院管理方打算制止它。可是，一位富有的校友干脆在校园外边儿买下一所房子当作继续聚会的场所。他本可以把这笔钱捐到更有价值的事情上，然而他最愿意做的是为联谊会的小弟弟提供一个聚在一块儿喝酒的地方。想想吧。

“他们两个人在聚会上都喝多了，”埃伯恩说，“互相争吵了起来。不过没有疑问，是托德·桑德森先动的手，把这场口角变成了相当可怕的肢体冲突。结果，另外那个学生——对不起，我记不准他的名字了，也许是麦卡锡或者麦卡弗莱什么的——被送进了医院。他的鼻梁断了，颊骨也被打碎了。然而这还不是最糟糕的。”

他又停住了。我明白他希望我来发问。

“最糟糕的是什么？”我问道。

“托德·桑德森差点儿把那个学生掐死。上去五个人才把他拉到了一边。另外那个学生失去了知觉，医院不得不对他进行人工呼吸和紧急复苏治疗。”

“哇。”我说。

埃伯恩·特雷纳闭了一会儿眼睛。“我不明白说这些事情还有什么意义，我们应该让死者得到安息。”

---

① Chi：希腊文的第 22 个字母，加上第 23 个字母 Psi，也是一个大学生联谊会的名称。

“我问他的情况不是出于什么低级趣味。”

他的嘴角重新浮现出了淡淡的微笑。“噢,我知道,杰克。先不提你的其他优点,你至少是一个非常正直的人。我肯定你对这件事的兴趣是最为健康的,完全是出于一片好意。”

我听凭他的讥讽。

“那么桑德森为什么没受处分呢?”我问他。

“你读过我的结论。”

“读过,”我说,“里面说到了极不寻常的情有可原的具体因素什么的。”

“说得正确。”

我等待着他说下去,因为我觉得我后面的问题再明显不过了。看到他不说话,我适当地催了他一下:“这种情有可原的因素究竟是什么呢?”

“另外那个学生——麦卡锡。他叫这个名字,我现在想起来了。”特雷纳深深吸进一口气。“麦卡锡对一个特定的事件做了诽谤性的评论。桑德森听到他的评论后,多多少少——这是可以理解的——失去了控制。”埃伯恩在我脸前举起一只手,似乎是阻止我提出反对意见,实际上我根本没想这么做。“是的,杰克,我知道我们对任何情况下的暴力行为都是要否定的。我敢说这就是你的立场。但是我们从各个不同的角度分析了这件不同寻常的案子。我们还听取了一些桑德森支持者的意见。特别是其中的一位,他以极大的热忱为桑德森进行了辩护。”

我遇上了他的眼神,从中瞥见了一丝嘲弄。“那会是谁呢,埃伯恩?”

“提示:他曾是这处房产的主人。”

我大吃一惊。“休谟教授为托德·桑德森辩护?”

“律师们对自己的辩护常用的词儿是什么来着?”他又抚摩起下巴。“不遗余力。案子结束后,他甚至还帮助桑德森建立了一个慈善机构。”

我尽力想把事情弄明白。休谟憎恶一切形式的暴力。他是那种极富悲悯情怀的人,任何程度的残暴行为都令他愤慨不已。如果你由于暴力而受到伤害,他也就会随之产生受伤和痛苦的感觉。

“我得承认,”埃伯恩继续说道,“对此我同样很惊讶。但是,你的导师一直懂得去理解各种情有可原的具体情况,不是吗?”

这已经不是在谈论托德·桑德森了,所以我把话题转了回去。

“在这件事情上那种情有可原的因素到底是什么呢?”

“嗯,首先,托德·桑德森在请假很长时间后刚刚回来。他由于个人的原因缺了一个学期的课。”

我实在受够了。“埃伯恩?”

“嗯?”

“我们别再绕来绕去好吗? 托德·桑德森遇到了什么事情? 为什么他离开了学校? 就连马尔科姆·休谟这种强烈反对暴力的人都为这起极端的伤害案辩护,其中的所谓情有可原的具体因素到底是什么?”

“档案里没说吗?”

“你知道档案里没有。什么记载都没有,除了那份结论。他究竟发生了什么事情?”

“不是他，”特雷纳回答，“是他的父亲。”

他把手伸到后面取出一只玻璃杯递给我。他没有征求我的意见，就把杯子递了过来。我接过杯子，让他倒上了葡萄酒。仍然没到中午，然而我觉得这时候对于上午饮酒做出任何评论大概都不合时宜。我接受了他的酒，而且希望酒精能够进一步打开他的话匣子。

埃伯恩·特雷纳靠在椅子上，交叉着双腿，盯着手里的酒杯不放，仿佛那是一只水晶球。“你还记得马丁代尔少年棒球联合会事件吗？”

这回轮到我盯着酒杯了。我啜了一小口。“是娈童丑闻吧？”

“对了。”

这事已经过了十五年、也许是二十年的时间，不过我还大致记得。因为它当时是吸引许多媒体关注的最重要的案件之一。“好像是教练或是联合会的头儿强奸了几个小男孩儿，是吗？”

“根据指控是这样，是的。”

“并不是真的？”

“不是。”埃伯恩缓缓地说道，接着又饮了一大口酒。“这不是真的。”

我们静静地坐在那里。

“那么这和托德·桑德森有什么关系呢？”

“不是他，”埃伯恩的声音变得有些含糊。“是那个教练或是少年棒球联合会的头儿，像你刚才描绘的。”

这回我明白了。“那是托德的爸爸？”

埃伯恩对我伸出指头点了一下。“正确。”

我不知道对此应该说什么。

“托德·桑德森那个学期请假，是去帮助他的爸爸。”埃伯恩说，“他挣钱资助家庭——他父亲本来是学校老师，出事后被开除了，这是当然会发生的——还为家里提供精神上、道义上的支持。托德做了他能做的一切事情。”

我很惊讶，也很困惑。这进一步引出了这一系列问题当中最为核心的问题：这些事情能同我的娜塔莉有什么关系？

“关于这起案件我记得不是很清楚。”我问他，“它的结局如何？托德的父亲被判刑了吗？”

“没有。他被证明是无辜的。”

“噢？”我说。

“对这个结局媒体报道得不是很多。这几乎成了我们的一种规矩。犯罪指控能上第一版，撤销起诉就不大有人去报道。”

“这么说他被判无罪。”

“正确。”

“可是宣判无罪和当事人确实无辜两者间还有不小的区别。”

“的确是这样。”埃伯恩说，“不过这件案子并非如此。在案件审理的第一周就发现，有一对父母由于托德父亲没让他们的儿子当投手而怀恨在心，从而编造出了整个故事。谎言像雪球一样越滚越大。可是到头来，对托德父亲的一切指控都是无中生有。”

“于是托德回到了学院？”

“是这样。”

“而我估计，你说的那种诽谤性的评论同托德父亲受到的指控有某种联系?”

埃伯恩举起颤抖的手,做出祝酒的样子。“你说得很对,先生。你知道吗,尽管有新的证据,许多人仍然认为无风不起浪,如同你一样。他们觉得托德的父亲一定是做了什么不好的事情,也许不是这件事,但可能是别的事。审判结束后发生的情况特别能说明问题。”

“审判结束后发生了什么?”

他重新盯着酒杯,神情迷离。

“埃伯恩?”

“我正在琢磨这些事情。”

我等待着,不再催他。

“托德·桑德森出生于一个南方小镇。他父亲在那里生活了一辈子。可现在,呃,你能想象出那种情景。他找不到工作。他的朋友都不理他了。要知道,没有人真正相信他。谎言听多了也会成为真理,有人这么说过,不是吗?只有一个人仍然相信他。”

“托德。”我说。

“对。”

“他家没有别人吗?托德的妈妈呢?”

“早已去世了。”

“后来发生了什么?”

“当然,他的父亲被压垮了。但是他坚持要托德返回学院。你看过托德的成绩单吗?”

“看过。”

“那你就已经知道了。托德是个了不起的学生,即使在兰佛这样的学院,他也是最出色的,他将有辉煌的前程。他父亲也看出了这一点。但是托德不想回学院,托德觉得这等于是在父亲一生中最需要的时刻背叛他。托德表示一定等家里的情况有所好转后才回学院。可是,当然了,就像我们都知道的那样,这种情况不会有什么好转。所以,托德的父亲做了他认为是既能解除自己的痛苦,又能解脱儿子、让他继续学业的唯一的一件事情。"

我们的目光锁在一起。他的眼睛已经湿润了。

"噢,不。"我说。

"噢,是的。"

"怎么……"

"他父亲闯入了他曾经教过书的学校,在那里朝自己的脑袋开了一枪。你瞧,他不想让自己的儿子成为第一个发现他尸体的人。"

第十二章

在娜塔莉抛弃我的三个星期前——那时我们还在疯狂地热恋着——我们偷偷溜出卡夫特波罗的乡间寓所，一起来到了兰佛。“我想看看这个对你来说意义非凡的地方。”她这样说。

我还记得我们手牵着手走在校园里的时候她那种兴奋不已的样子。娜塔莉戴着一顶宽檐儿大草帽，还戴着一副太阳镜，既惹人喜爱又有些古怪，看着有点儿像是担心别人认出自己的电影明星。

“你在这儿念书的时候，”她问我，“把那些火辣女生带到什么地方？”

“直接带到床上。”

娜塔莉开玩笑地打了一下我的胳膊。“我说正经的呢，我饿了。”

于是我们去了缅因大道上的朱迪餐馆。店主人朱迪做的空心松饼和苹果酱非常棒，娜塔莉为之赞不绝口。我看到娜塔莉仔细观察并欣然认同了店里的一切——墙上的美术品、装潢的格调、年轻的服务员、递到手里的菜单。“就是说，这儿就是你款待女孩儿们的地方。”

“这儿只领那些优雅的、够品位的女孩儿。”

“等一等，你带那些，嗯，不那么优雅的女孩儿去哪儿呢？”

“巴索罗蒂，挨着这儿的一家下流酒吧。”我微笑着说。

“什么？”

“我们玩儿一种安全套轮盘赌游戏。”

“你说什么？”

“不是和女孩儿，我那是开玩笑。我和朋友们去那家酒吧。那儿的男厕所摆着一台安全套发放机。”

“安全套发放机？”

“没错。”

“就是大街上那种安全套自动售卖机？”

“完全正确。”我说。

娜塔莉点着头。“真是优雅。”

“我明白，你不用笑话。”

“那么安全套轮盘赌的规则是怎样的呢？”

“别这样，蠢透了。”

“噢，你甭想那么容易就混过去。我想听听。”她那种别样的笑容迫使我做出了退让。

“OK，”我说道，“参加游戏的有四个人……这真的很傻。”

“说吧，我喜欢听，快点儿。你们四个人一起玩儿……”她做出让我继续的姿势。

“那里的安全套共有四种颜色，”我解释道，“午夜蓝、樱桃红、柠檬黄和橘橙色。”

“有的颜色的名字是你编出来的。”

“也许是吧。重要的是,它们一共是这四种颜色,而从外包装上你没法知道你拿到的是什么颜色。所以你瞧,我们每个人一次出三美金,再选定一种颜色。我们当中的一个到机器那里取回安全套。再说一遍,你只有撕开包装才能知道它是什么颜色的。有人在旁边敲击鼓点,还有人做实况解说,仿佛这是场奥运会比赛。最后,包装被撕开了,谁碰上了事先选中的颜色,谁就赢钱了。”

“噢,这太有趣了。”

“是啊。当然了,赢家负责买后面的几扎啤酒,所以得来的意外之财倒是剩不下多少。到后来,巴什——他是那家酒吧的老板——制定出了有关规则、成立了联赛组织,还挂出了排行榜,把它发展成一种十分完善的赌博游戏。”

她握住了我的手。“我们去玩儿好吗?”

“什么?现在?不。”

“求你了。”

“没门儿。”

“玩儿完游戏,”娜塔莉低语,灼热的目光几乎要烧焦我的眉毛。“我们用掉这些安全套。”

“我选午夜蓝。”我说。

她大笑起来。

走进朱迪餐馆时我听到了她的笑声,似乎她仍然坐在这里冲我荡气回肠地大笑,仍然在享受着捉弄我的快乐。我已经有,呵,六年没来这家餐馆了。我朝我和娜塔莉坐过的那张桌子望去,它是空着的。

“杰克?”

我朝右边转过身。桑塔·纽琳坐在飘窗旁边一张不显眼的桌子旁。她没有招手或是点头。她平时的肢体语言总是表达着强烈的自信,可现在看着却完全不对劲儿。我坐到了她的对面,她几乎没有抬起眼来。

"嗨。"我说。

桑塔仍然只是盯着桌子,说道:"告诉我所有的事情,杰克。"

"为什么?你怎么了?"

她抬起了眼睛,用审问者似的目光盯着我。我看出她又变成了一个FBI的探员。"她真是你过去的女朋友吗?"

"什么?哦,当然了。"

"那么,你为什么突然间这么想找到她?"

我迟疑着。

"杰克?"

那封邮件映入我的眼帘。

你做过承诺。

"我是请你帮我个忙。"我说。

"我明白。"

"因此,或者你告诉我都发现了什么,或者我们干脆就忘掉这件事。我还不能肯定我应该让你知道更多的东西。"

年轻的女招待——朱迪一直雇用学院的学生——拿来了菜单,问我们是否喝点儿什么。我们俩都点了冰茶。女招待离开后,桑塔重新看着我,目光很严厉。

番茄三明治。女招待离开后，我在桌上探过身子问道：“你说什么都没有，是什么意思？”

“你连‘什么都没有’都听不明白吗，杰克？关于你原先的女朋友，我什么也找不到——零、无、没有。没有地址，没有纳税申报表，没有银行账户，没有信用卡对账单。没有一样东西，没有，什么都没有。没有一点点证据能够证明你的娜塔莉·艾维里曾经存在于这个世界上。”

我试图领会这一切。

桑塔把双手放在桌子上。“你知道一个人要这样子脱离整个世界而生活，会有多么不容易吗？”

“我并不真正知道，不是很知道。”

“在计算机和各种技术这么发达的时代，想这么生活几乎是不可能的。”

“也许会有合理的解释。”我说。

“比如？”

“也许她迁居到了海外。”

“可是没有她出境的任何记录。没有办理护照的手续，没有入境或出境的电脑存档。就像我刚说过的——”

“什么都没有。”我替她说完。

桑塔点点头。

“她是个活生生的人，桑塔。她存在于这个世界上。”

“是呀，她存在，六年前存在。我们搜集到的她的最后信息就是那时候的。她有个妹妹叫朱莉·波特汉姆。她妈妈西尔维娅·艾维里目前在一家老人赡养院。你知道这些吗？”

“知道。”

“她嫁给了谁?”

应该告诉她吗?我看不出有什么害处。“托德·桑德森。”

她匆匆记下了这个名字。“那么,为什么你现在想起要寻找她呢?”

你做过承诺。

“没什么要紧的,”我说,“算了,我想这事就到此为止吧。”

“你当真吗?”

“是啊,这只是我一时兴起。我是说,已经六年了。她同另一个男人结了婚,还让我许诺永远不再打扰她。你说说看,到底为什么我还要寻找她呢?”

“我恰恰对此感到好奇,杰克。”

“为什么?”

“六年来你一直信守这个诺言。为什么你突然间要打破它呢?”

我不想回答她,而且突然冒出来的其他念头开始让我有些不安。“你为什么对这件事这么感兴趣?”

她没有回答。

“我请你帮着找个人。你尽可以告诉我找不到她的线索就算了。为什么你要问我这么多关于她的问题?”

桑塔似乎有些不知所措。“我只是想提供帮助。”

“你有事情瞒着我。”

“你也一样。”桑塔说,“为什么是现在,杰克?为什么现在你这么想找到你过去的情人?”

我瞅着桌上的松饼，想着六年前坐在这家餐馆时的情景。娜塔莉一小块一小块地掰下松饼，神情专注地在松饼上涂抹奶油。餐馆里的一切都让她感到愉悦。在我们相处的时光里，甚至那些最琐碎的事情似乎都充满了意义，相互间最轻微的触碰都会带来极大的快乐。

你做过承诺。

即使是现在，即使在发生了这一切之后，我仍然不能够背叛她。我太愚蠢？是的。我太天真？噢，比这要低好几个档次。不过我的确不能背叛她。

“对我说明白。杰克？”

我摇脑袋。“不。”

“到底为什么不说？”

“谁点了火鸡培根生菜番茄三明治？”

这是另一位女招待。相比之下，她不那么活泼，却带着一丝的不耐烦。我扬了扬手。

“还有烤蘑菇三明治？”

“给我打包，”桑塔说着站了起来，“我没有胃口。”

第十三章

我第一次见到娜塔莉时,她戴着太阳镜。在室内。更要命的是,在晚间。

我骨碌了一下眼珠,心想她是在追求某种效果,我猜她一定自命不凡,以为自己是最了不起的艺术大师。我们正在举办艺术家和作家学者两个部落的联谊会,交流彼此间的创作成果。我是第一次参加,但我很快就了解到这样的聚会每周都会有一次。美术作品陈列在达利・沃纳蒂克的谷仓后部,一排排的椅子是为欣赏作家朗诵的听众准备的。

戴太阳镜的女人——我到目前还没同她认识——抱着膀子坐在最后一排。一个留着胡须、黑色鬈发的男人坐在她的旁边。我猜测他们两人是否是一对儿。记得从爱娃和希特勒那条狗的视角写诗的那位大言不惭的诗人拉斯吗?他朗诵了很长时间。我开始烦乱不安。戴太阳镜的女人仍然一动不动地坐在那里。

我实在听不下去了,便不管是否失礼,径直走到谷仓后面观看陈列在那里的各种艺术作品。其中的大多数,呵,我要宽厚地予以评价,实在是难以“看懂”。有个名字叫《美国的早餐》的现代装饰艺术作品,不过是厨房餐桌上一堆散落着各种麦片的纸包装袋儿。再没别的。有克朗奇船长麦片、搭配克朗奇船长麦片的花生奶油爆玉米花(有位观众正在低语:“你看到了吗?竟然没有克朗奇草莓麦片——为什么?——艺术家想表达什么?”),还有幸运星麦片、可可球形麦片、甜味噼啪麦片,甚至有我当年最喜欢的桂格快熟甜燕麦片。我望着撒得满桌都是的各种麦片。作为艺术它并没有向我说明什么,只是我的肠胃发出了一点儿咕咕的叫声。

旁边有人问我:“你觉得怎么样?”我几乎想回答,这里还应该有点儿牛奶。

我继续边走边看。只有一位画家的几幅作品真正拦住了我的脚步。我停留在一幅油画前,它画的是坐落在山顶上的一幢小别墅。黎明的光线柔和地投射在房子的一侧——出自东方第一抹晨曦的那种粉红色。不知为什么,我感到有些哽咽。也许是由于那些黑洞洞的窗户,我说不好,它们意味着曾经充满温馨的小别墅如今已人去屋空。我惘然若失、感慨良多。我在这几幅油画间缓步移动着。它们都具有某种强烈的冲击力。有的画让我陷入莫名的忧郁,有的画让我产生淡淡的乡愁,有的让我突发奇想,有的让我激情难抑。没有一幅让我无动于衷。

我可以留给你做出这个“重大发现”:这些画都是娜塔莉的作品。

我的反应引来了一位女人的微笑。她问我:“您喜欢它们吗?”

“非常喜欢,”我说,“是您画的吗?”

“天哪!那可不是。我在镇里开一家面包咖啡店。”她向我伸出手,“他们都叫我曲奇。”

我同她握手。“慢着。您烤面包和糕点,您的名字又叫曲奇?”

“哈,我明白。难得的巧合,是不是?”

“也许有点儿太巧了。”

“这位画家叫娜塔莉·艾维里。她就在那儿。”

曲奇指了指那个戴太阳镜的女人。

“噢。”我说。

“噢什么?”

根据在室内戴太阳镜的做派,我早已把她排进了《美国的早餐》创作者的行列。拉斯刚刚结束朗诵。人们礼貌地报以稀拉的掌声,而拉斯卖弄地披着一条领巾鞠躬致谢的样子,像是面对着全体起立发出雷鸣般喝彩的成百上千的观众。

人们纷纷起身,只有娜塔莉还坐在原处。留着胡须的鬈发男人站起来的时候冲着她耳语了什么,可是她仍然没动。她依然把双臂拢在胸前,看来仍沉浸在爱娃和希特勒那条狗深邃的吠声之中。

我走向她。她正眼面对着我。

“你画的那幢小别墅,它在什么地方?”

“啊?”她猛地一惊,说道,“你说什么地方?什么画?”

我皱皱眉。“你是娜塔莉·艾维里吗?”

“我?”我的问题似乎让她很困惑。“是啊,为什么?”

“你画的那幢小别墅,我真的很喜欢。它……我不知道怎么说好,它打动了我。”

“小别墅?”她直起腰,摘下太阳镜揉着眼睛。“对了,是的,小别墅。”

我又皱了皱眉。我不知道我究竟期望她做出什么样的反应,但至少应该比她目前这个样子更积极一些。我站在那里朝下望着她。我不是一个领悟力很强的人,可是当她又一次揉起眼睛的时候,我突然明白了。

“你刚才睡着了。”我说。

“什么?”她说,“没有。”

然而她还在揉着眼睛。

“别扯了。我说你为什么戴一副太阳镜,这样别人就看不出来。”

“嘘——”

“在人家朗诵的全部时间里,你都在睡觉。”

“小点儿声。”

她终于仰起头看了看我,我记得我当时觉得她的脸庞挺好看。不久我就意识到,娜塔莉的美丽更多地属于那种“耐看型”,开始你可能注意不够,慢慢地却会越来越被她的容颜所吸引,每次见面都会发现她变得更加迷人,直至为她绝对无可挑剔的美丽而惊叹不已。以后不论什么时候,只要见到她,我的整个身体都会不由自主地产生反应,如同第一次见面,或者说比第一次见到她更美妙、更强烈。

“我睡着的样子很明显吗?”她悄声问我。

“一点儿也不。”我说,“我还以为你是个只知道装腔作势的蠢货。”

她扬起了眉毛。“你想融进这群人里,还会有比这更好的伪装吗?”

我摇摇头。“当我看你的油画时，我却认定你是个天才。”

“真的吗？”我的称赞似乎使她有些不知所措。

“真的。”

她清了清嗓子。“而现在你却看到了我是多么善于欺骗。”

“我现在认为你是个很可怕的天才。”

娜塔莉喜欢我这么说。“你的确不应该挑我的毛病。那位叫拉斯的家伙就像是催眠药，他一张嘴朗诵，我就睡过去了。”

“我叫杰克·费舍尔。”

“娜塔莉·艾维里。”

“你愿意去喝杯咖啡吗，娜塔莉·艾维里？看你的样子应该来一杯。”

她有些迟疑，仔细观察着我的面孔，直到我的脸开始发红。她把一小绺黑发捋到耳后，站了起来。她走近我的身边，她的身材比我看到她坐在那里时猜测的要矮一点，显得娇弱迷人。她仰起脸望着我，脸上渐渐浮出了微笑。我必须承认，她的微笑太美了。她说：“当然，为什么不去呢？”

有好一阵子，她微笑的模样停留在我的脑海里，后来终于仁慈地消失了。

我和伯尼迪克特坐在图书馆酒吧里。这是名副其实的一家图书馆酒吧——它本来就是校园里一座深色木墙围装饰的老图书馆，近来才被改造为一处复古式样的呼酒买醉的地方。开酒吧的老板很聪明，对老图书馆没做大的改动。那些书籍仍然摆在橡木书架上，按照字母顺序或是杜威十进制图书分类法或是图书馆员原先采用的其他方式排列着。“吧台”就是原来的图书借阅台。杯垫儿是用图书卡片叠压加膜做成的。灯具用的仍然是图书馆的绿色台灯。

年轻的酒吧女招待们都把头发盘成朴素严谨的圆发髻，都穿着合体的却远非时髦的服装，当然了，还都戴着角质框架的眼镜。没错儿，一副奇妙的图书馆女郎的范儿。每个小时有那么一次，播放乐曲的音响里会大声传出图书馆管理员要求保持肃静的“嘘”声。女招待们闻声便一起摘下眼镜，散开发髻，解开衬衫最上面的纽扣。

不算高雅，倒也吸引人。

伯尼迪克特和我都很有些醉意了。我用胳膊松垮垮地揽住他，朝他倚了过去。“你知道我们该做些什么吗？”

伯尼迪克特做了个鬼脸儿。“醒醒酒？”

“哈！好主意。不，不。我们应该举办一场激动人心的安全套轮盘赌锦标赛。实行淘汰制。我考虑可以请六十四个队参加。就像我们的‘疯狂三月’①那样。”

“这里可不是巴索罗蒂酒吧，杰克。这地方没有安全套售卖机。”

“没有吗？”

“没有。”

“太烂了。”

“是啊，”伯尼迪克特表示同意，接着突然对我耳语，“有两个火辣辣的小美人儿在三点钟方向。”

---

① “疯狂三月”（March Madness）：指每年三月举行的美国大学生篮球联赛，由美国全国大学生体育协会主办。

我想转头看看左边，却又想看看右边，突然间我根本搞不清“三点钟方向”这个概念了。“等等，”我说，“你先告诉我十二点钟方向的时针朝哪面？”

伯尼迪克特叹着气。“你现在正面对着十二点钟方向。”

“那么说三点钟方向应该是……”

“朝你的右面看，杰克。”

也许你猜得出我已经精神恍惚了。人们会为此感到奇怪，他们看到我这种大块头身材的男人，总以为我们会轻松地把小个子喝到桌子底下去。我没有这两下子。我的酒量同第一次出席学院联谊会的一年级女生差不多。

“怎么样？”

没等看清楚她们，我就确信我明白她们属于什么样的女人。坐在那里的是两个金发女子。在图书馆酒吧幽暗的灯光下你会觉得她们越来越漂亮，而在第二天清晨的阳光下你会发现她们很普通，甚至挺难看。伯尼迪克特凑了过去，开始同她们调情。伯尼迪克特有本事对着任何一组文件柜调情。那两个女人越过他的肩头望向我，伯尼迪克特招招手让我加入。

他妈的为什么不？

你做过承诺。

见鬼，我是做过承诺。谢谢提醒。也许我最好是信守承诺并且勾搭上一个小妞儿，对不对？我摇晃着向他们走去。

“女士们，见见我们传奇般的教授杰克·费舍尔。”

“哇，”其中一个金发女人说，“他可真是个大家伙。”禁不住卖弄的伯尼迪克特眨着眼说："你还有所不知，甜心。"

我忍住叹息，同她们打声招呼坐下了。伯尼迪克特用一些花言巧语同她们混了个自来熟，特别是他信手拿这家酒吧借喻："这里是图书馆，所以借书压根儿不应该是问题。""如果我逾期还书会被罚款吗？"①等等。两个女人挺喜欢他这一套。我试图加入进去，可我这个人从来不善于与萍水相逢的人打情骂俏。娜塔莉的面孔不时地浮现在我的眼前，我不停地将其驱走。我们叫了更多的酒，又叫了更多。

过了一阵儿，我们都歪斜在当年儿童借阅区的沙发上。我的脑袋懒懒地靠着沙发，可能我还睡了一会儿。待我睁开眼睛，其中一个金发女人开始同我攀谈。我向她介绍了自己。

"我叫云迪。"她说。

"温迪？"

"不，是云迪。元音是 i 不是 e。"她这样说，仿佛以前这样说过一百万次。我估计，她是说过这么多次。

"喜欢那首歌？"我问。

她看起来有些惊讶。"你知道那首歌？你看起来可没有那么老。"

"人人都知道她是云迪。"我唱道，接着说，"我爸爸喜欢联合体乐队②。"

"哇，我爸爸也喜欢。我的名字就是从这首歌来的。"

---

① 这里的借书（Check out）、逾期还书（keep out）等词语也含有带着对方结账离开、留住对方在身边等意思。

② 联合体乐队（The Association）：美国一支著名的流行音乐乐队，其演唱的歌曲《云迪》（Windy）于 1967 年发行唱片。

于是，突然地，我们之间转入了真正的交流。云迪三十一岁，是一家银行的出纳员。不过她正在离此不远的社区大学里攻读小儿科护理课程，那是她梦想有一天能够从事的职业。她目前照料着残疾的弟弟。

“亚历克斯患有脑瘫。”云迪说，拿出一张她弟弟坐在轮椅上的照片给我看。小伙子的脸上有着一种圣洁的光芒。我目不转睛地瞧着照片，似乎期盼着他的美好和善良能够从照片里发散出来，使我得到滋养。云迪看着我点点头，用温柔的声音说道：“他是我生活中的阳光。”

一个小时过去了，也许是两小时，云迪和我一直在聊着。在此类的夜晚里总会有那么一个时刻，到了这样的时刻你会准确地意识到双方今晚的这一单是否会成交（还是用与图书馆相关的隐喻来说吧，你的借书卡上是否会盖上同意借阅的印章）。云迪和我现在就到了这样的时刻，很清楚，答案是：会的。

女士们起身去补妆。我感到酒精已使我浑身松弛懈怠。我有些担心我的表现是否会尽如人意，可在总体上，我对此并非真正在意。

“你知道我喜欢她们什么吗？”伯尼迪克特的手指向书架。“她们的胸部很丰满，明白吗？图书馆，这么多书，摞在一起[①]？”

我抱怨地哼出声来。“我觉得我快要吐出来了。”

“真有趣，”伯尼迪克特说，“对了，昨晚你到哪儿去了？”

“我没告诉你吗？”

---

① 这里用的单词是 stacked。它有堆叠、摞放的含义，也有形容女性丰满的意思。

“没有。”

“我去佛蒙特了，”我说，“去娜塔莉当年休养的地方看了看。”

他不禁转过身来。“为什么去那儿？”

奇怪的事情在于，只要伯尼迪克特一喝多，他说话就会露出点儿英式口音。我估计这同他小时候接受的学前教育有关。他喝得越多，他的口音就越重。

“去寻求答案。”我说。

“找出什么来了吗？”

“是的。”

“说说看。”

“第一，”——我向空中举起一根手指——“没有人知道娜塔莉是谁。第二，”——又一根手指——“没有人还记得我。第三，”——你明白我的手指会如何——“教堂里根本就没有娜塔莉在那里结婚的记录。第四，我见过的那位主持婚礼的牧师发誓说，根本就没有这回事。第五，我们以前常去的那家咖啡馆的老板娘，她是当年第一个向我介绍娜塔莉的人，竟然认不出我是谁，也丝毫不记得娜塔莉或者是我。”

我放下了自己的手。

“哦，还有娜塔莉的乡间寓所，”我接着说，“那处创意充电部落，它已经不在那儿了，而且人人都向我证明它从来就没在那里存在过，那儿一直都是一处家庭农场。一句话，我想我快要疯了。”

伯尼迪克特转回身啜着啤酒。

“你想说什么？”我问。

“没什么。”

我推了他一下。“得了吧。你什么意思?”

伯尼迪克特仍然低着头。“六年前,当你去乡间休养和写作的时候,你的状态很不好。”

“可能是不太好。那怎么?”

“你父亲去世不久,你感觉很孤单。你的论文写作不很顺利。你心烦意乱,爱发脾气。特雷纳没受一点儿惩罚就滑过去了,这也让你很生气。”

“你到底想说什么?”

“没什么,”他说,“忘了它吧。”

“别和我来这套。到底是什么?”

我的脑袋眩晕着。我刚才真应该少喝几杯才对。我想起刚上大学那一年,有一次喝得过量后想走回宿舍,实际却没能到达目的地。醒来后我发现自己躺在一排灌木上面。我记得我望着天上的繁星,奇怪地想着地上为什么铺满了针刺。我现在的状态和那次差不多,就像是坐在狂暴的大海里的一条小船上。

“娜塔莉。”伯尼迪克特说。

“她怎么?”

他用被眼镜放大的两只眼睛盯着我。“我怎么会从来没见过她?”

我的视力开始变得模糊。“什么?”

“娜塔莉。我怎会从没见过她?”

“因为我们一直都在佛蒙特。”

“你们从来没回过学院?”

“只有一次。我们去了朱迪餐馆。”

“那你怎么会没让我见见她?”

我耸肩的动作由于酒精而显得夸张。“不知道。也许你不在家?”

“那年夏天我哪儿都没去。”

沉默。我努力在回忆。我曾想过让她和伯尼迪克特认识一下吗?

“我是你最好的朋友,对不对?”他问。

“当然。”

“如果你和她结婚,我一定会是男傧相。”

“这你明白。”

“可我一直没见过她,你不觉得这挺奇怪吗?”他问我。

“你说这话的时候……”我皱起眉,“等等,你是想说明什么观点吗?”

“不,”他低声回答。“只是觉得这很奇怪。”

“怎么奇怪?”

他什么也不说。

“奇怪的好像是我编造出了她这么个人?这就是你的意思?”

“不,我只是说说而已。”

“说什么?”

“那个夏天。当时你需要有个寄托。”

“而我找到了寄托。后来又失去了。”

“好吧,好,不说它了。”

但是,不行,不说不可能。现在肯定不行,尤其在我很生气又喝了不少的情况下。“如果说到这儿,”我说,“我怎么会一直没见过你爱着的那位呢?”

“你说些什么?”

噢,伙计,我可是喝多了。“你皮夹里的那张照片,我怎么从来没见过她?”

我似乎是朝他脸上扇了一巴掌。“别提这事,杰克。”

“我就是要提。”

“别——提——这——事。”

我张开嘴,又合上了。女士们回来了。伯尼迪克特晃了晃脑袋,微笑突然间又回到了他的脸上。

“你想要哪一个?”他问我。

我望着他。“当真吗?”

“没错儿。”

“云迪。”我说。

“哪个是她?”

“你真不知道?”

“我记不住名字。”伯尼迪克特说。

“那个和我聊了一晚上的姑娘就是云迪。”

“换句话说,”伯尼迪克特说,“你想要那个更漂亮的。好,不管怎样都行。”

我去了云迪的住处。我们缓缓地开始,后来变得越来越急促。倒说不上是其乐无穷,然而留下的是一种甜美的感觉。大约凌晨三点,云迪送我到了门口。

不知说什么好,我傻傻地说了一句:“呵!谢谢你。”

“呃,我得说不客气吗?”

我们的嘴唇轻轻触在一起。这里不会有什么天长地久,我们彼此都明白,这只是一次小小的、短暂的风流韵事。而在这个世界上,有些时候发生这类事算不上多大的错。

我晃晃悠悠地穿过校园。仍然有些学生待在外面。我不想被人撞见,偏偏那个每周五都来我办公室的学生巴里发现了我。他喊道:“您在外边儿过夜了吧,教授?”

我摆出一副宽厚的样子冲他招招手,继续朝我的宿舍蜿蜒行进。

进门时我突然感到一阵强烈的头晕。我不敢乱动,等待着两腿能重新站稳。眩晕稍有减弱,我马上走进厨房,抓过一杯冰水,喝干后又倒上了一杯。明天会很难受,对此不需有任何怀疑。

我已经筋疲力尽了。我迈进卧室,打开了灯。就在那里,就在我的床边,坐着那个戴着栗色棒球帽的男人。我向后一退,大大地吃了一惊。

那人热情地挥了一下手。“嗨,杰克。嘘……瞧瞧你的样子。出去痛饮了几杯?”

有那么一秒钟,不会更多,我只是呆站在那里。那人向我微笑着,仿佛这是世界史上一次最自然、最亲切的相会。他甚至用手碰了碰帽檐儿,好像一位专业高尔夫球手正在向观众致意。

“你到底是谁?”我问道。

“这并不相干,杰克。”

“不相干才见鬼。你是谁?”

那人叹了口气,似乎我坚持要他自报家门太过荒谬,使他万分失望。“你就当我是一位朋友。”

“你去了那家咖啡馆。在佛蒙特。”

“不好意思。”

“而你又跟踪我来到这里。是你开的那辆面包车。”

“更不好意思。伙计,你闻着喝了不少便宜酒,还搞了不那么值钱的娘们儿。不过这也不是什么坏事。”

我尽力克服眩晕。“你想干什么?”

“想拉你出去兜兜风。”

“去哪儿?”

“哪儿?”他扬了扬眉毛。“别捉迷藏了,杰克,你知道该去哪儿。”

“我一点儿也听不懂你在说什么。”我说,“你到底是怎么进这屋的?”

我的问话使他的眼珠翻得只剩眼白。“咳,好啊,杰克,我们还要浪费时间讨论这类事情——我是怎么撬开你的房子后门的那把破锁的?下次出门你还不如找一块透明胶带把门封上。”

我张开嘴又合上,最后又张开了。“你到底是谁?”

“鲍勃。行吗?既然你绕来绕去总想知道我的名字,我的名字叫鲍勃。你是杰克,我是鲍勃。现在我们可以上路了吧,行吗?”

那人站了起来。我挺起身子,准备重现当年做保安时的雄风。这家伙今天不向我说清楚就别想出这门。如果他已经有些胆怯,他倒是把自己遮掩得挺好。

“准备走了吗?”他问我,“或者你还想浪费一点儿时间?”

“去哪里?”

鲍勃皱起眉头,仿佛我是在明知故问。“得了,杰克。你以为会去哪儿?”他指指我身后的门。“当然是去见娜塔莉。我们最好快点儿。”

第十四章

那辆面包车停在摩尔宿舍楼后面的教工停车场上。

校园现在已变得十分安静。音乐的声响消失了,取而代之的是蟋蟀们连续不断的唧唧声。远处还有几个学生的身影,然而从总体上说,凌晨三点钟已经是传说里的巫婆出来游荡的时刻了。

鲍勃和我肩并肩走着,像是在夜里闲逛的一对伙伴。我的大脑中特定部分的神经元仍然无法躲避酒精的撩拨和舔舐,但是凌晨的凉爽空气和不速之客的突然造访,正在使我加速清醒。当我们接近如今我已颇为熟悉的这辆雪佛兰面包车时,它的后门开了,又一个男人从车里迈了下来。

这可不大妙。

这个男人又高又瘦,锐利凸出的颧骨可以切开土豆,发型得到了十分精心的打理。他看着像是一个男模特儿,正在做出T台上常能见到的一脸愁苦的表情。当保安的那些岁月,开发了我能够预先感知麻烦的第六感觉。你只要在那类行当中混得足够久,你就会获得这种能力。有人从你身边走过时,你立即能感觉到危险就像一股热浪一样正在向你发散,如同动画片里那种胡乱抖动的波形曲线。眼前这个家伙就像天体中一颗正在爆炸的超新星,释放出滚烫滚烫的危险热波。

我停住脚。“这是谁?”

“你还是那么在意人的名字,哈?”鲍勃说着,戏剧性地叹口气后补充道,“他是奥托,杰克。见见我的朋友奥托。”

“奥托和鲍勃。”我说。

“没错儿。”

“都是回文结构①。”

“你们这些大学教授净说些特别的词儿。”我们来到面包车旁。奥托闪开门让我上车,可我没有动弹。“快上车。”鲍勃说。

我摇头拒绝。“我妈妈告诉我不能和陌生人一道上车。”

“怎么了,老师?”

我顺着声音望去,不由得睁圆了眼睛。巴里朝这边小跑过来。他明显喝多了,所以他的步态像是被一根扭曲的细绳牵引着的木偶。“怎么了,老师? 我能问问——”

巴里没能够完整地吐出他的句子。没有事先的警告,没有片刻的迟疑,奥托迎上前去,稍稍躬起身子,向着巴里的脸盘中央猛击了一拳。突如其来的出手让我惊呆了。巴里冷不防被打得双脚离地,重重地摔在沥青路面上,脑袋无力地耷拉到一边。他的眼睛紧闭着,鲜血从鼻孔里喷了出来。

我单腿跪到他的身旁。“巴里?”

---

① 奥托(Otto)和鲍勃(Bob)这两个名字都是倒读和顺读完全一样的英语回文词。

他没有反应。

奥托掏出了一支枪。

我往左移动一下身子,挡住了奥托指向巴里的枪口。

“奥托不会朝你开枪,”鲍勃用毫无变化的冷静语气说道,“不过你要是不上车,他就会向那些学生开枪。”

我用胳膊揽起巴里的脑袋,感觉到了他的呼吸。我正要查查他的脉搏,却听一个声音喊道:“巴里?”这是又一个学生。“你在哪儿,哥们儿?”

奥托举起了枪,恐惧攫取了我的全身。我刚想向他扑过去,奥托却仿佛看出了我的企图,从我的身旁挪开了一步。

又有学生喊道:“我想他是在那儿,在面包车那里。巴里?”

奥托的枪口对准了声音发出的方向。鲍勃瞅我一眼,只是耸耸肩膀。

“好吧,”我低声喊出,“我上车!别朝他们开枪。”

我迅速跨进了面包车的后门。车的一侧有排椅子,座位早已被腾空了,我坐到了那里。奥托垂下枪口坐到我的身旁,鲍勃坐到前边驾驶员的位置上。巴里仍然躺在车外不省人事。我们的车正在驶离时,其他学生已经跑了过来。我听到有人在喊:“怎么回……,噢,上帝啊!巴里?”

鲍勃和奥托似乎并不在意有人会记下他们的车牌号。鲍勃驾车的速度缓慢得令人无法容忍。我希望鲍勃加大油门,我希望这辆车飞快行驶,我希望奥托和鲍勃离那些学生越远越好。

我对奥托说:“你他妈为什么要动手打他?”

奥托转过脸来,眼神令我全身冰凉。他的两只眼睛是冷漠呆滞的,看不出一丝光亮。与他的目光相遇,就如同望向一个毫无生命迹象的物件,仿佛我面对的是一张茶几,或者是一个纸箱。

鲍勃坐在前面命令我:“把你的皮夹和手机掏出来放到前头副驾驶的座位上。”

我照他说的办了。我迅速地扫视了一眼车的后部,没有发现令我鼓舞的东西。车厢底板的地毯已不知被撕扯到哪里,只剩下了光秃秃的金属地面。奥托的脚下摆着一只生了锈的工具箱,不知里边装着什么东西。有根金属杆焊在我对面的车厢壁上。看到上边吊着的手铐,我不由得咽了口唾沫。手铐的一只环铐在了金属杆上,另一只环敞开着,看样子是在等待一只手腕。

奥托的枪口一直对着我。

车开上了高速公路,鲍勃用手掌心漫不经心地摆动着方向盘。当年我爸爸周末拉我去商店采购日用品时,就是这样子轻松自如地开着车。

“杰克?”鲍勃喊我。

“嗯?”

“往哪儿开?”

“啊?”我问。

“很简单,杰克。”鲍勃说,“你得告诉我们娜塔莉在什么地方。”

“我?”

“没错儿。”

“我压根儿就不知道她在什么地方。我以为你说要——”

奥托这个浑蛋照我的腹部狠狠地打了一拳。霎时间所有的空气都被挤出了我的双肺。我像压瘪了的手提行李似的蜷缩成一团，双膝重重地跪到了面包车的金属地板上。如果你曾有过完全上不来气儿的体验，你就会明白，这种情况下你会彻底失去行动能力。

你觉得你正在活活地憋死。你做不了别的，只是在那里缩成一团，祈祷上帝让你再吸入一口氧气。

传来鲍勃的声音。“她在哪里？”

我实在无法回答，即使我知道答案。我仍然不能喘息。我尽力挺着，提醒自己只要不乱扑腾就会慢慢找回呼吸。我感觉就像是有人把我的脑袋使劲儿按在了水下，我唯一的希望就是指望那人开恩，撒开按住我的手。

还是鲍勃的声音。“杰克？”

奥托对着我的脑袋使劲儿踢了一脚。我四脚朝天仰在车上，眼前直冒金星。我的胸膛开始起伏，谢天谢地，终于可以小口地呼吸了。奥托又朝我的脑袋狠踢了一脚。我陷入漫无边际的黑暗之中，眼睛朝后翻了过去，胃里一阵翻江倒海。我感到我要呕吐，而人的思维往往很奇怪，这种时刻我竟然想到他们扯掉车厢的地毯可是件好事，收拾我吐出来的脏物会更容易。

“她在哪里？”鲍勃又问我。

我一边朝车厢的远处爬挪，一边好歹说出话来。“我不知道，我发誓！”

我的后背靠在车厢一侧，那根金属棒上的手铐就在我的左肩上方晃动。奥托继续用枪指着我。我一动不动。我尽力拖延时间，恢复正常的呼吸，积攒一点儿体力，找出一条出路。醉意尚未完全消失，我仍然有些迷迷糊糊的，但是疼痛却有效地唤回了我的清醒,迫使我的注意力集中到了眼前这生死攸关的时刻。

我蜷起双膝靠向胸前。这时我感到有什么小东西戳在我的小腿上。我猜是一小片碎玻璃,或是一块粗糙的小石粒。我朝下望去,伴随着袭来的恐惧,我发现两者都不是。

那是一颗牙齿。

我的嗓子一阵发紧。我向对面抬起头,看到奥托那张模特儿般的脸上浮出了一丝微笑。他打开了箱子,里边露出了一套生锈的工具。我看到有一把钳子、一把弓形钢锯、一把美工切割刀——我没再看下去。

鲍勃又喊道:“她在哪儿?”

“我早就告诉过你,我不知道。”

“你这种回答,”鲍勃说着,我能看到他的后脑勺儿在遗憾地摇动,“太让人失望了。”

奥托不动声色。他的枪口继续指向我,然而他现在却不时地朝那个工具箱投去爱意的目光。一双毫无生机的眼睛掠过钳子、钢锯和切割刀之类的东西时,竟然会发出一丝光亮。

鲍勃又说:“杰克?”

“怎么?”

“奥托现在要给你戴上手铐。你别做任何蠢事。他有把手枪。而且,嗨,我们随时可以把车开回校园,拿你的学生当靶子练练。你明白吗?”

我又吞咽了一下。我的意识还有些模糊。“我什么事情都不知道。”

鲍勃更加戏剧性地叹息着。“我没问你知道不知道什么,杰克。哦,当然了,刚才我是问过你,可现在我问的是你听明白我的话没有——关于手铐,还有拿你的学生当枪靶。你听明白了吗,杰克?”

“是的。”

“好,那就老实待着。”鲍勃打亮方向灯驶入左边的车道。我们仍然行驶在高速公路上。“奥托,开始吧。”

我没有更多的时间了,我明白这一点,也许只剩下几秒。一旦手铐将我铐住——将我锁定在面包车的厢壁上——我就完蛋了。我低头看看那颗牙齿。

对于即将出现的结局,它已经做出了清楚的提示。

奥托从车门旁挪到我的跟前。他仍然举着枪。我可以扑向他,不过我估计他已料到我会这么做。我想过拉开车门跳出去,从时速超过六十英里的面包车上滚到高速公路去试试运气。可是车门锁已经压下去了。我绝对没有足够的时间抠起门锁再拉开车门。

奥托终于开口了:“举起你的左手抓住手铐旁边那根铁棍。伸出所有的手指去握。”

我明白他要干什么。我的一只手将被铐起来。这样他需要对付的只剩下一只手,不会有任何问题。他只需要再有一秒钟就能啪的一下用手铐扣住我的手腕,然后,嗯哼,游戏就算结束了。我握着那根金属条——想出了一个主意。

这是孤注一掷,也许根本就做不到。但是一旦我被铐住,我就彻底成了笼中之鸟,奥托就会用他工具箱中的小工具来慢慢收拾我……

我没有别的选择。

奥托正在防备着我朝他扑去。他没有防备的是,我会朝另外的方向出击。

我尽量放松自己。现在时间就是一切。我个子很高,不然我连一点儿机会都没有。同时我还寄希望于这样一个事实:奥托不会真的对我开枪,他们确实需要我活着——鲍勃威胁我时曾提到,他们会对着学生开枪,而不是我。

我会有一秒钟的机会。不会那么长,也许只是十分之一秒。

奥托的胳膊伸向了那副手铐。当他的手指触到它时,我开始了行动。

用我抓住的那根金属棒作为杠杆,我摆动起双腿——不过并没有踢向奥托。那不会有什么效果,他对此早有准备。我一蹬一抬,使我长长的身体处于水平状态。我没能完全像那些格斗高手一样飞过整个车厢。不过凭着我的身长和过去受到的基础训练,我还是能够把双腿像鞭子似的挥舞起来。

我的鞋跟儿朝着鲍勃的脑袋侧面踹了过去。

奥托的反应很快。就在我的鞋跟儿初战告捷之际,奥托在半空中擒抱我的躯体,使我重重地摔落在车厢地面上。他接着用胳膊紧紧箍住了我的脖子。

他还是晚了一步。

我踹到鲍勃太阳穴上的那一脚很猛,他的脑袋猝然被拧到一边。鲍勃的双手本能地松开了方向盘。面包车冷不防转向,把奥托和我掀到了一边,那把手枪被甩了出去。

搏斗在继续。

奥托的胳膊仍然扣着我的脖子。可是他手里没有了枪,我们两人间变成了纯粹的人和人的肉搏。他是个有经验的打斗好手,我也是个有经验的打斗好手。他大约有六英尺高、一百八十磅重。我接近六英尺六英寸、重二百三十磅。

优势在我。

我猛击一拳，把他打得撞到后车厢板上。他箍着我脖子的胳膊松弛了下来。我又击一拳，他放开了我。我在车厢里四处寻找那把枪。

不见踪影。

面包车还在左一下、右一下地来回转向，鲍勃正在忙着重新控制它。

我跪在地上向前摸着。我听到了金属滑动的声音，看到那把枪就在我前面的角落里。我朝它爬过去，可是奥托抓住我的腿把我向后拉。我们进行着拔河比赛，我全力去够前面的枪，他死死地朝后拉住我不放。我想蹬开他的脸，可是蹬偏了。

奥托突然低下头，张嘴使劲儿咬我的腿。

我疼得号叫了一声。

他紧紧咬住我的小腿上多肉的部分。我怀着恐惧用力地踢蹬着腿。他咬住我不撒口。疼痛使我的视线重新变得模糊。亏得面包车又转到另外的方向。奥托被甩到了右边。我向着左侧滚去。他停在了离工具箱很近的地方。他的手指消失在箱子里面。

那把枪他妈的跑哪儿去了？

我又找不到它了。

鲍勃在前座发出了声音。“别再抵抗了。我们不会伤害更多的学生。”

我才不信这套鬼话。我左右寻觅着，还是不见枪的影子。

奥托的手回到了我的视野之中。他已经拿起了那把美工切割刀,用拇指按下了弹簧钮,刀刃啪地弹了出来。

我在身材上的优势突然间变得没有了用处。

他举着利刃向我逼了过来。我困在角落里无处可躲。还是找不到枪。扑倒他的同时躲开那把刀的可能性是零。我只剩下了一个选择。

凡是拿不准的时候,就继续按已奏效的路子做。

我转过身,朝着鲍勃的后脑勺儿猛击了一拳。

面包车又开始打转,奥托和我又被掀到了空中。当我砸回车厢地面时,我看到了一个机会。我低下脑袋冲着奥托一头撞了过去。奥托手里仍然握着切割刀。他挥刀向我乱刺,但是我攥住了他的手腕。这次我还是想充分利用我在体重上的优势。

在前面,鲍勃更加抓狂地重新控制车辆。

奥托和我滚打在一起。我始终用一只手摁住他的手腕,又用双腿牢牢缠住他的身子。我用腾出来的一只小臂去挤压他的弯曲的脖颈,想进而压迫他的气管。他用力压低下巴抵挡着。不过我的前臂毕竟还是压在他的胸口和下巴的缝隙之间,如果我能让胳膊更深地挤压下去……

意外就在这时发生了。

鲍勃踩下刹车,面包车猛然停住了。车的惯性瞬间颠起我们,又把我们重重地摔回地板。重要的是,我的前臂一直挤压在他的喉咙附近。想想吧,我的重量,车的速度,还有猛然的刹车——这一切使我的小臂在一刹那变成了一部打桩机。

我听到一串可怕的声音,像是有不少树枝在噼里啪啦地折断。奥托的气管如湿乎乎的纸盒一样塌陷下去。我的胳膊一直触到了某种坚硬的东西——事实上,我隔着奥托的皮肤和软骨组织触到了面包车的金属底板。奥托的整个身体松弛了下来。我低头望着他那张年轻帅气的脸。他的眼睛睁得很大,如今它们不仅是看着缺乏活力——它们实实在在地没有了任何活力。

我希望这两只眼睛能眨一眨。没有这种迹象。

奥托死了。

我把他推到一边。

“奥托?”

这是驾驶座上的鲍勃在喊叫。我看到他把手伸进衣服口袋里。我怀疑他是在掏枪,但是我可没心思等在这里对此做出确认。我摸到面包车后门的锁钮,把它提了起来,拉动车门手柄,在车门大开的时候向车里望了最后一眼。

没错儿,鲍勃有把枪,而且这把枪已经对准了我。

我猛然低头,子弹从我的头顶飞了过去。他还说过不会向我开枪呢。我一个滚翻逃出面包车,右肩首先摔在坚硬的地面上。有辆车的前灯罩住了我。我不禁瞪圆了眼睛,这辆车正对着我疾驶而来。

我缩起脑袋,向路旁接着翻滚。轮胎发出刺耳的摩擦声。那辆车紧贴着我开了过去,甩起的灰土溅了我一脸。汽车喇叭叫个不停。有人在咒骂。

鲍勃的面包车开始移动了。我的全身顿时有种解脱的感觉。我爬向相对安全的左侧路肩。路上有这么多的车呼啸而过,我估计鲍勃只好将车开走。

他没有。

面包车同样在公路的左侧路肩停了下来,离我趴着的地方大概有二十码远。

鲍勃手里提着枪从驾驶室一侧跳了出来。我已经耗尽了全身力气。我觉得我已经无法挪动了。可是问题在于，当有人拿着枪奔过来时，疼痛也好，疲惫也罢，只能列在第二位。

我仍然只剩下一个选择。

我一跃而起，向路边的灌木丛跳了进去。我没有做什么预先的观察或试探性的摸索，就那么径直跳了下去。黑暗中我看不清路坡的斜面。我在灌木丛上滚过，任由地心引力把我带到远离路面的地方。我本以为很快就能到达沟底，可是滚落的过程十分漫长。

我翻滚得很远很狼狈。我的脑袋撞上了一块石头，我的两腿撞到了一棵树，我的肋骨撞在了……我根本不知道那是什么。我继续翻滚着。我滚过树丛，还在滚着、滚着，直到我的眼睛睁不开，周围的世界陷入一片黑暗和寂静。

第十五章

我看到渐近的车灯，长喘了一口气，重新朝一旁翻滚。车灯追逐着我。

“先生?”

我平躺在地面，眼睛直直地盯向空中。真有意思，如果我是面向空中躺着，这辆车如何能迎面朝着我开过来呢？我抬起胳膊遮挡刺眼的车灯，肩胛骨顿时出现撕心裂肺的疼痛。

“先生，您怎么样?”

我遮住眼帘并用力眯着眼睛。两盏车前灯现在汇成了一只手电筒的光束。用手电照我的人把光柱从我脸上移开了。我不停地眨着眼睛，发现有个警察站在旁边低头看着我。我慢慢地坐了起来。我的整个身体都在向我发出强烈的抗议。

“我这是在哪里?”我问。

“您不知道您在哪里吗?”

我摇摇头，想让脑袋清醒过来。漆黑的夜晚。我躺在灌木丛一类的地方。片刻间，我又回想起了刚入大学那一年我前所未有地喝下那么多酒以后躺在灌木上的情景。

“先生,您叫什么名字?”警察问我。

“杰克·费舍尔。”

“费舍尔先生,您今晚喝酒了吧?”

“我被人袭击了。”我说。

“袭击?”

“两个男人,带着枪。”

“费舍尔先生?”

“怎么?”

他的耐心询问中透着屈尊俯就:“您今晚喝酒了吗?”

“喝了,很早的时候。”

“费舍尔先生,我是州警约翰·昂。您似乎受了些伤。您愿意让我们送您去医院吗?”

我全力集中自己的注意力。我所有的脑波运动都如同面对哈哈镜一般扭曲失真。“我还说不好。”

“我们会叫一辆救护车。”他说。

“我不认为有这个必要。”我打量着四周。“我这是在哪里?”

“费舍尔先生,我能看一下您的身份证明吗?”

“当然了。”我伸手去掏裤子后兜,却记起我早已把皮夹和手机扔在了鲍勃旁边的座椅上。“他们偷了它。”

“谁?”

“那两个袭击我的人。”

“他们还带着枪?”

“是的。”

“这么说是一起抢劫?”

“不。”

那些景象闪现在我的眼前——我用手臂挤压奥托的脖子，他手里攥着切割刀，那只工具箱，那副手铐，那种赤裸裸的、令人四肢麻痹的恐惧，突然的刹车，奥托的气管如同树枝般折断时发出的咯吱吱的声响。我闭上眼睛，试图驱走这些映象。

接着，更多的是对着我自己而不是对州警约翰，我说：“我杀了其中的一个。”

“您说什么？”

我的眼里涌出了泪水。我不明白应该怎么办。我刚刚杀了一个人，但是这既是出于意外也是自我防卫。我需要解释清楚这一切，我不能对此默不作声。我不是法盲。许多学习政治学专业的本科生都在攻读法律硕士预科课程；我的大多数教授同事都获过法学博士学位并通过了律师资格考试；我本人有丰富的宪法和公民权利方面的知识，也懂得我们的法律体系是如何运作的。简单地说，你必须十分留意你要说出的东西。你不能由于慌不择言而给人留下先入为主的坏印象。我现在很想说，我需要说。然而我不能信口去承认我犯有谋杀罪。

我听到尖啸的鸣笛声，看见救护车停到了路边。

州警约翰·昂又把手电对准了我的眼睛，显然这不会是无意的。“费舍尔先生？”

“我想给我的律师打个电话。”我说。

我并没有自己的律师。

我是个学院的单身教授，没有犯罪记录，没有复杂的社会关系。我要律师做什么？

“知道吗,我带来了好消息,可也有坏消息。”伯尼迪克特说。

实际上我是给伯尼迪克特打了电话。伯尼迪克特不是律师协会的成员,但是他在斯坦福大学获得过法学学位。我坐在一张医用轮床上,床垫儿好像是用牛皮纸折成的。我这是在一家小医院的急诊室里。那位值班医生——他看着几乎同我一样精疲力竭——刚才说我可能是脑震荡。我的头痛症状的确支持着这种诊断。我身上同时还有各种部位的青肿和划伤,也许还有关节扭伤。医生不明白我腿上的牙印是怎么回事。随着方才那种高度紧张兴奋的感觉逐步衰退,疼痛开始向我的身体大举进攻。医生答应给我开些镇痛剂。

“我听着呢。”我说。

“好消息是,警察认为你的精神已完全不正常,所以他们不相信你说过的任何一句话。”

“坏消息呢?”

“我倾向于同意他们的观点,尽管我认为还得考虑你患有酒精诱发幻觉症的极大可能性。”

“我被人袭击了。”

“是啊,我明白。”伯尼迪克特说,“两个人,有枪,开面包车,还有些电动工具。”

“是工具。我没说过是电动的。”

“对了。别管什么,你已经喝了很多酒,接着你遇到了些奇怪的事情。”

我抬起小腿展示被咬的伤口。“你怎么解释这个?”

“温迪一定很狂野。”

“云迪。”我纠正他，尽管这不说明什么，“那么现在怎么办？”

“我不喜欢自我吹嘘，”伯尼迪克特说，“不过我的确可以提供一流的法律咨询，如果你想听听的话。”

“我想听听。”

“再也不要说你杀了一个人。”

“噢，”我说，“你的确不喜欢自我吹嘘。”

“很多法律书里都是这么写的。”伯尼迪克特说，“知道吗？你提供的那个面包车牌照根本就不存在。没有尸体，没有暴力冲突或是犯罪行为的痕迹——一切不过是轻微的不当行为，因为你无可争辩地喝醉了，从山坡上滚下来，未经许可侵入了一户人家的后园子。警察打算开个罚款单就放你走。让我们赶紧回家，然后再研究发生了什么，好吗？”

逻辑如此严密，很难同他进行争辩。快快离开这里回到校园，让自己得到休整和修复，在清醒冷静的状态下去分析发生的所有事情。更何况，我教过整整一个学期的“宪法的内涵和历史”这门课，第五修正案保护人们拒绝自证其罪的权利。也许我现在就应该用上它。

伯尼迪克特驾着车。我的脑袋晕得不行。那个医生给我打了一针，其效果如同把我举起来扔到了过山车上。我想冷静下来，但是酒精和针剂的混合作用，还有生存和死亡相搏的强烈体验，没那么容易被搁置。不夸张地说，我不得不为自己的生存而进行了殊死搏斗。究竟发生了什么事情？娜塔莉与这一切究竟有什么关系？

车开进教职工停车场的时候，我看到有辆学院的警车停在我宿舍的门前。伯尼迪克特用疑问的表情望望我,我耸耸肩跨出了车。随着我的站立而突然加剧的头晕,几乎使我跌倒在地。我强迫自己站稳,小心翼翼地迈上小路。伊芙琳·斯蒂莫是学院警署的头儿。她是个娇小的女人,脸上总是挂着现成的微笑。眼下,现成的微笑不见了。

“我们一直在找您,费舍尔教授。”她说。

“我的手机被人抢了。”

“我明白了。您不介意和我们走一趟吧?”

“去哪儿?”

“去院长家。特里普院长需要和您谈谈。”

伯尼迪克特挤进了我们中间。“怎么回事,伊芙琳?”

伊芙琳看着他的样子,就像他刚刚把一摊犀牛的直肠“扑通”一声扔到了地上。“我看还是让特里普院长来说明吧。我只是个跑腿的姑娘。”

我迷迷糊糊的,无法做出争辩。不过争辩又有什么用?伯尼迪克特想陪我一道去。但是,我不认为带着最好的朋友一道去见我的上司,是与我的地位和身份相适宜的一件事情。学院警车的前排座位上方有显示器之类的东西,我不得不坐在车的后部,活生生一个罪犯。

院长住在拥有二十二间屋子、九千六百平方英尺面积的石头房子里。装饰风格是专家们所称的那种“内敛的哥特式复古主义”。我不明白它的含义,然而这幢建筑给人的印象的确深刻。我同样也不明白派出巡逻警车的必要——这幢别墅坐落在能够俯瞰运动场的小山顶上,离教职工停车场或许只有四百英尺远。经过两年前的全面翻修,它不仅能够妥善地安顿特里普院长子女尚幼的家庭，最重要的，是能够隆重热烈地举办学院筹募资金的各种杂七杂八的活动。

我被带到了一眼看去绝对就是属于学院院长的那么一间时髦光洁的办公室。我不禁想到，这位新院长同这间办公室在风格上完全一致——披着一头松垂的头发、前牙包着人造齿冠的特里普院长本人，也是时髦光洁的。他企图依靠穿在身上的花呢上衣融入学院的氛围，可是过度考究的裁剪反倒使他一点儿不像真正的大学教授。肘部的那两块补缀太均匀、太工整了。学生们嘲笑地称他为“摆 pose[①] 的家伙”，我说不好它的含义，可听着蛮贴切的。

我懂得任何人都是需要得到肯定和鼓励的，所以我不想对院长做出苛刻的评价。虽然高等学府的学术语言对他的职务做出了十分崇高的表述，可他的全部工作实际上只是为学院弄钱。就是这么回事。这是他最关心的事情，也许他也理当如此。我听说，最好的院长常常是那种懂得筹集学院财力的重要性并且能够承担起这一远不崇高的责任的人。按照这个定义，特里普院长的活儿干得相当不错。

“坐下，杰克。”特里普说着，又越过我望着斯蒂莫警官。“伊芙琳，出去的时候把门关上，好吗？”

我按特里普说的做了。伊芙琳·斯蒂莫也是如此。

特里普面对着我坐在那张豪华的写字台前。这是一张大大的写字台。太大，太像是老板的用品，太多地突出着自我。每当我变得刻薄的时候，我常常想到写字台，还有汽车，总是成为缺

---

① pose：（面对镜头等）故意摆出的姿势。

乏自信心的人实现心理代偿的道具。特里普把双手交叠着放在能够停降一架直升机的桌面上，对我说："你看着糟透了，杰克。"

我忍住没说"你应该再看看同我交手的那个家伙"，因为事件的结果使我觉得这样回答不对路。"我熬夜到很晚。"

"你好像受伤了。"

"我没事。"

"你应该看看医生。"

"我看过了。"我在椅子上扭动了一下。用过的药物使我的眼睛仿佛罩着一层薄薄的纱布，看什么都雾蒙蒙的。"您找我有什么事，特里普？"

他把双手摊开了一会儿，又把它们放回桌面上。"你愿意同我谈谈昨夜发生的事吗？"

"昨夜怎么了？"我问。

"应该由你来告诉我。"

我们在玩儿把戏。相当公平。我应该先说。"我和一个朋友在酒吧喝酒，喝得不少。当我回到家里，有两个家伙袭击我。哦，他们绑架了我。"

他的眼睛变圆了。"有两人绑架了你？"

"是的。"

"他们是什么人？"

"他们称自己是鲍勃和奥托。"

"鲍勃和奥托？"

"他们自己是这么说的。"

"他们目前在什么地方？"

"我不知道。"

"他们被拘押了吗?"

"没有。"

"不过你已报告了警察?"

"报告了。"我说,"您不介意说说为什么找我吧?"

他抬起了手,好像是突然意识到桌面有些发黏。他把两只手掌的下部对在一起,对弹着指头。"你知道一个叫巴里·沃特金斯的学生吗?"

我的心跳停顿了一下。"他怎么样了?"

"你认识他?"

"认识。来抓我的一个家伙朝他脸上揍了一拳。"

"我明白了。"尽管他还不大明白。"这是在什么时候?"

"我们在面包车旁站着。巴里喊我,向我跑了过来。还没等我完全转过身来,其中一个家伙就向巴里挥了拳头。巴里还好吗?"

手指尖继续在弹动。"他由于面部骨折住进了医院。那一拳的后果不轻。"

我靠回身子。"他妈的。"

"他的父母非常生气。他们想提起诉讼。"

诉讼——每个官僚最怕听到的一个词语。我甚至觉着恐怖电影里那种蹩脚的音乐应该响起来了。

"巴里·沃特金斯回忆不起还有其他两个人。他记得喊你以后向你跑了过去,只记得这些。另外有两个学生记得你开一辆面包车逃跑了。"

"我没有逃跑。我在车的后排。"

“我明白了。”他用同样的语调说，“另外两个学生赶到时，巴里躺在地上，流着血。你开车走了。”

“我没开车。我在车的后边。”

“我明白了。”

又是“我明白了”。我向他探过身去。这张写字台桌面上光溜溜的，几乎没有什么东西，除了放置得过于整齐的一沓纸，当然了，还有必备的一幅家庭照片，其中有金发的妻子、两个模样可爱的孩子，还有一条毛发如特里普一样松垂的小狗。再没有别的，大大的桌子，上面没什么东西。

“我想让他们尽可能远地离开校园，”我说，“特别是在他们动用了暴力手段以后，所以我很快就采取了配合的态度。”

“而那两个人，你是说那两个人……绑架了你？”

“是的。”

“他们是什么人？”

“我不知道。”

“他们绑架你是为了赎金吗？”

“我对此表示怀疑，”我说着，意识到这一切听着会多么荒谬。“他们中的一个破门进了我的宿舍，另一个在面包车里等着。他们非要我一道走不可。”

“你是个高大的男人，很有力气。从外表看挺有威慑力的。”

我等着他说下去。

“他们怎么会说服你和他们一道走？”

我删去了有关去找娜塔莉的部分，却抛出了炸弹似的消息。“他们是有武装的。”

那双眼睛又变圆了。“有枪?”

“是的。”

“真的吗?”

“那是真正的枪,是的。”

“你怎么会知道?”

我决定不提他们向我开枪的事情。我不知道警察能否在高速公路附近找到那些弹壳。我应该查问一下。

“你对别人说起过这事吗?”见我没有回答,他又这样问道。

“我对警察说过。不过我不敢肯定他们会相信我的话。”

他靠回椅背上,开始揪自己的嘴唇。我知道他在想什么:如果学生和他们的家长,还有那些有分量的校友知道了有人持枪进入校园,会做出怎样的反应?不仅是进入了校园,如果我说的是真话——好在值得怀疑——他们还绑架了一个教授,袭击了一个学生。

“当时你醉得不轻,对不对?”

开始了。“是这样。”

“我们在校园里设了监控摄像头。你走路的样子有点儿像是画圈。”

“一个人喝多了,是会发生这种情况的。”

“我们还得到报告,你是在凌晨一点离开图书馆酒吧的……可是摄像显示你直到三点钟才晃晃悠悠地穿过校园。”

我继续等待着。

“这两个小时你干吗去了?”

“为什么问这个?”

“因为我在调查一个学生挨打的事件。”

“我们知道那是在凌晨三点以后发生的。怎么,您以为我花了两个小时来筹划这事?”

“我看不出这里需要什么讽刺挖苦,这是件很严肃的事情。”

我合上了眼睛,感到房间在旋转。他的话不无道理。“我是和一位年轻女士一道离开酒吧的。这是完全不相干的事情。我没动手打巴里。他每个星期都来我的办公室。”

“是的,他也为你辩护。他说你是他最喜欢的教授。然而我必须根据事实说话,杰克。你理解这一点,是吗?”

“我理解。”

“事实是,你喝醉了。”

“我是学院的教授。喝酒实际上是一种职业的需要。”

“这不是很有趣。”

“但这是事实。见鬼,我在您这个地方就参加过几次酒会。您自己也举起酒杯喝上一点儿,看来您并不为此而担心。”

“说这些对你自己不会有什么帮助。”

“我没想为自己辩护,我只想说明事实。”

“那么,又一个事实:尽管你说得很含糊,看起来你在喝醉后又有了一夜情。”

“我们不应该说得含糊,”我说,“实际上我说的就是这个意思。她已经过了三十岁,她也不在这所学院工作。这怎么了?”

“有了这些插曲之后,一个学生遭到了袭击。”

“不是被我打的。”

“尽管如此,还是与你有某种联系。”他说着,又靠到椅背上。“我看不出我有什么别的选择,只得请你在一段时间内停职离校。”

“因为喝酒?”

“因为这一切。”他说。

“我的课程刚教了一半儿。”

“我们会找人代课。”

“而且我对我的学生负有责任。我不能在他们需要时离弃他们。”

“也许,”他的声音里透出火气,“你应该在你喝酒前就想到这一点。”

“喝醉并不是犯罪。”

“的确不是,然而你在喝醉之后的表现……”他的声音拖没了,唇边又露出了微笑。“有意思。”他说。

“什么?”

“我听说几年前你同特雷纳教授有过一段争执。你怎么会看不到这两件事情当中的共同点?”

我没作答。

“有句古老的希腊谚语,”他继续说,“驼背的人永远看不到自己后背上的隆起物。”

我点头。“深刻。”

“你在开玩笑,杰克。不过你真的认为你在这件事情上无可指责吗?”

我不知道我应该怎么认为。“我没说我无可指责。”

“也许是假道学?”他过于深沉地叹了口气。“我并不想这样对待你,杰克。”

“我听出你要说‘但是’。”

“你知道这个‘但是’。警察在调查你的陈述吗?”

我不明白应该如何回答,所以就实话实说。“我不知道。”

“停职离校一段时间,等待事情的解决,这对你也许是最好的。”

我想同他争辩,可又打住了。他是对的。别去计较政治上的蝇营狗苟,也先别去考虑维护自己的法律权利。问题在于,我确实给学生们带来了危险。我的行为事实上已经使一位学生受到了伤害。我可以就此做出种种解释,可是如果我依旧信守着对于娜塔莉的承诺,巴里就不会由于面部骨折而躺在医院里。

我能冒着风险让这类事情重演吗?

别忘了,鲍勃还在逍遥法外。他可能想为奥托报仇,或许至少是想干完他的活儿,或许想让目击证人闭嘴。继续留在这里,我会给我的学生带来威胁。

特里普院长开始整理桌子上的那沓纸,再清楚不过地表示出我们的谈话到此为止了。“收拾你的东西,”他说,“我希望你在一个小时内离开学院。”

第十六章

第二天的中午,我又来到了帕尔梅托城。

我来到位于僻静小街的一栋房子前敲了敲门。迪莉娅·桑德森——托德·桑德森新丧夫的妻子,我猜是她——面露悲伤的微笑打开了门。她身上带有类似很结实的农场女工具有的那种端庄和美丽。

“谢谢您专程赶到这里,教授。”

我带着一丝负疚的感觉说道:“请叫我杰克。”

她让开门请我进去。这栋房子很不错,仿维多利亚式的现代风格,是上一轮房地产开发热潮中十分流行的式样。它坐落在高尔夫球场的后面,周围满眼是绿,平和宁静。

“我很难说清楚我是多么感谢您这么远赶来。”

负疚的感觉再次袭来。“这是我的荣幸。”

“尽管您这么说,可是学院专门派出一位教授赶到这里……”

“这没什么,真的。”我尽力微笑着。“短暂地离开学院,感觉也挺好。”

“哦,太感谢了。”迪莉娅·桑德森说,“我的孩子们这会儿不在家,我让他们去上学了。我们需要举哀,但我们也需要做应该做的事,您懂我的意思吧?”

“我懂。”我说。

我昨天打电话时没把话说明白。我只是告诉她,我是托德母校的一个教授,我希望到家里同她聊聊她刚刚故去的丈夫,表达哀悼之意。我是否暗示过我是学院的官方代表?这么说吧,我没有打消她的这种想法。

“您喝点儿咖啡吗?”她问道。

我早已发现,人们愿意做些琐碎的杂务来放松自己的心情,同时他们以为这会让客人也感到自在一些。我同意来杯咖啡。

我们站在门厅里。接待客人的起居室在右边,经常使用的那些小房间和厨房在左边。我跟着她走进了厨房,我觉得随意一些的环境有助于她更多地坦露一些事情。

屋里看不出最近有人破门犯罪的痕迹。不过我到底想找到什么痕迹呢?地板上的血迹?翻倒的家具?拉开的抽屉?黄色的警用隔离带?

光洁宽敞的厨房巧妙自然地连接着一间更为宽敞的电视室。它的墙上挂着一台超大屏幕的电视,沙发上散放着电视遥控器和 Xbox 游戏机控制器。没错儿,我熟悉 Xbox,我也有一台。我愿意玩儿一款叫“劲爆橄榄球”的游戏。我这人不怎么样,是吧?

她走到一台专门冲泡咖啡粉荚包的机器前,我坐在大理石岛台旁的凳子上。她摆出品种多得惊人的咖啡粉荚包供我选择。

“您喜欢哪一种?”她问。

“听您的吧。”我说。

“您喜欢苦咖啡?我赌您喜欢。”

“您赌赢了。”

她打开咖啡机的盖子,放进了一袋叫作“喷气机燃料”的粉荚包。机器咔哧一下吞掉了粉荚包,过一会儿流出了咖啡。我明白,咖啡机的这种设计是为了刺激人的味蕾。“一点儿牛奶和糖都不要吗?”她问我。

“虽然喜欢,但我不是个特别能喝苦咖啡的家伙。”我这么说着,要了一点儿牛奶和糖。

她把杯子递给我。“您看着不像是一位大学教授。”

我听不少人这么说过。

“我的花呢上衣送去干洗了。”我接着说,“您的不幸让我难过。”

“谢谢您。”

我啜了一口咖啡。我究竟为什么到这里来?我需要搞清迪莉娅·桑德森的这个托德到底是不是娜塔莉的那个托德。如果是同一个人,嗯,怎么会出现这种事情?他的死意味着什么?我面前的这个女人隐藏着哪些秘密?

我对这些当然毫无所知,可是我现在想冒险试试运气。也许我不得不给她施加一些压力。我不喜欢这么做,不愿让这位明显处于悲痛中的女人面对新的压力。不论这里究竟发生了什么——对此我的确一概不知——有一点很清楚,迪莉娅·桑德森十分痛苦。她阴郁的脸庞、她塌陷的肩膀、她茫然的目光,都在明白无误地表明着这一点。

“我不知道该如何婉转地提出这个问题……”我说。

我停下了，希望她能替我接下去。她果然这么做了。“您想知道他是怎么死的？”

“如果我太唐突……”

“不要紧。”

“报纸上说是在破门抢劫过程中发生的。”我说。

她的脸失去了血色。她快步走向咖啡机，胡乱地摆弄旁边的那些粉荚包，挑出一包，又扔下，拿起另一包。

“对不起，”我说，“我们没必要谈这些了。”

“不是破门抢劫。”

我静静地坐着。

“我的意思是，他们没有拿任何东西，这不大寻常，是不是？如果是破门抢劫，你不是得拿走一些东西吗？然而他们只是……”

她啪地合上了咖啡机的盖子。

我问：“他们？”

“什么？”

“您说‘他们’，就是说不只是一个家伙？”

她仍然背对着我。“我不知道，警察拒绝随便猜测。我只是无法想象，一个家伙怎么能……”她的头垂了下来。我觉得她的双膝在颤抖。我起身想走到她的身边，可是说真的，我到底算干吗的？我收住脚又坐回了凳子上。

“我们在这里应该是安全的呀，”迪莉娅·桑德森说，“这里是独立的社区。应该能挡住那些坏人，不让他们进入。”

这个占地很大、自成体系的小区是专供精英人士居住的。

小区有栅栏和大门，入口处有警卫室，车辆经过时升起铁质的栏杆，保安人员向你点头并按动电钮。所有这些实际都无法挡住坏人，如果坏人决意作恶的话。设有警卫的大门，对那些想钻随意进出空子的小偷小摸的人，也许会有点震慑作用。为了减少麻烦，那些家伙可能会去寻找更容易得手的目标。可是为你提供真正的保护？谈不上。设有警卫的大门更多的只是一个摆设。

“为什么您认为不只是一个家伙呢？”我问道。

“我估计……我估计单靠一个人很难造成那么严重的伤害。”

“您指的是什么？”

她摇摇头，用手指揩了一只眼睛，又揩另一只。她转身面向我。“让我们谈点儿别的吧。”

我想继续追问她，可我知道不该这么做。我是从她已故丈夫的母校来表示慰问的教授。再加上，嗯，我毕竟还是人类的一员。这时候我必须打住。我可以慢慢尝试其他途径。

我以我能做的最轻柔的动作站起来，走到了冰箱跟前。冰箱上用磁贴拼贴着十来幅家庭照片。这些照片对我来说并不新奇，同我想象中的太一致了：钓鱼旅行、迪斯尼游园、学生舞会、圣诞节海滩聚会、学校假日音乐会、毕业典礼等等。这台冰箱记录着这个家庭生活中的一切重要片段。我凑过身子，仔细地端详着照片上托德的脸。

他是那个人吗？

照片上，他的脸一直刮得干干净净。我见过的那个人留着时髦的、让人厌烦的胡茬儿。当然了，这种胡茬儿只需几天就能长出来，不过这事仍然有些奇怪。让我犯嘀咕的还是：他是我见过的那个娶了娜塔莉的人吗？

我觉察出迪莉娅的目光停留在我的后背上。

“我见过一次您的丈夫。”我说。

“噢？”

我转身对她说：“是在六年前。”

她端起咖啡——显然没有加奶——坐到了另一张凳子上。“在什么地方？”

我盯住她说：“在佛蒙特。”

没有大吃一惊的表情，不过她的脸部肌肉多少抽搐了一下。“佛蒙特？”

“是的，在那里一个叫卡夫特波罗的小镇。”

“您肯定您见到的是托德？”

“那是八月底，”我解释道，“我在那儿的乡下休养。”

她看起来十分困惑。“我不记得托德曾经去过佛蒙特州。”

“六年前，”我重复道，“是八月。”

“是啊，我已经听您说过了。”她的声音里隐含着急躁。

我回头指了指冰箱。“不过他当时看起来不是这个样子。”

“我没太明白您的意思。”

“他的头发比照片里留得更长，”我说，“而且当时他还有胡茬儿。”

“托德？”

“是的。”

她思索了一会儿，唇边露出了淡淡的微笑。“我现在明白了。”

“明白什么?”

“明白了您为什么这么远赶来。”

她的话让我有点儿不安。

“我原来还有些想不通。托德从来不是校友会的积极分子什么的,他除了当年留给学院的短暂印象外,不会有更多的东西。现在既然谈了这么多有关佛蒙特的那个人……”她停下来耸了耸肩,“您把我丈夫和另外一个人搞混了,那个您在佛蒙特遇见的托德。”

“不,我可以肯定他就是……”

“托德从来没去过佛蒙特,我可以证明这一点。在过去八年的每个八月里,他都去非洲给那里的穷人做手术。他每天都刮胡子。我是说,即使在睡懒觉的星期天,起床后也刮胡子。托德从来没有一天没刮过胡子。”

我又看了一眼冰箱上的那些照片。会是这样吗?会是如此简单吗?只不过是我认错了人。我以前也考虑过这种可能性,不过,现在我终于开始有点儿相信了。

从某种意义上,这并不会带来更多的改变。毕竟娜塔莉发来过邮件,毕竟出现过奥托和鲍勃还有那么多的事情。然而,现在也许可以确认,这些事同这位托德没有什么关联。

迪莉娅毫不掩饰地打量着我。“究竟是怎么回事?您到这里的真正原因是什么?”

我伸手从衣袋儿里掏出娜塔莉的照片。说来奇怪,我只有一张她的照片。她不愿照相,我趁她睡着的时候为她拍了一张。我不明白我当时为什么要这么做,呃,也许明白。我把照片递给迪莉娅·桑德森,等待着她的反应。

“奇怪。”她说。

“怎么？”

“她闭着眼睛。”她抬头看看我，“是您拍的这张照片？”

“是的。”

“在她睡觉的时候？”

“是这样。您认识她吗？”

“不认识，”她低头盯着照片，“她对您很重要，是吗？”

“是的。”

“那么她到底是谁呢？”

前门开了。“妈妈？”

迪莉娅放下照片，起身迎着声音走过去。“埃里克？你没事吧？你今天回来得早了点儿。”

我随着她来到门厅。我认出他就是在葬礼上致辞的小伙子。他的视线越过母亲，落到了我的身上。“这位是谁？”他问道。他的声音令人惊讶地怀有敌意，似乎他怀疑我来这里是为了向他母亲献殷勤。

“这是兰佛学院的费舍尔教授，”她说，“他来问一些有关你爸爸的事情。”

“都问什么？”

“只是来表示我的哀悼，”我说着，同小伙子握了握手。“我为你的不幸感到难过。整个学院都很难过。”

他同我握过手后什么也没说。我们三个站在门厅里，像是鸡尾酒会上尚未被相互介绍的陌生人一样，十分不自在。埃里克打破了僵局。“我找不到我的防滑球鞋了。”他说。

“你把它们留在车里了。”

“啊,对了。我拿到鞋还得回去。”

他匆匆跑出了家门。我们两个人都望着他,也许是共同想到了眼前这个孩子失去父亲之后的生活前景。我在这里已经没有更多的事了。到了让这个家庭恢复平静的时候了。

“我应该走了,”我说,“对不起,占用了您这么多时间。”

“您不必客气。”

我向门口转过身去,目光掠过了那间起居室。

我的心脏停止了跳动。

“费舍尔教授?”

我的手停留在门把手上。也许有几秒钟,我不知道到底有多长时间。我没有拧开把手,站在那儿一动不动,甚至停止了呼吸。我只是呆呆地朝起居室望去。我的视线越过室内的东方式地毯,落在了壁炉上方的一处地方。

迪莉娅·桑德森重复道:“教授?”

她的声音听起来十分遥远。

我终于松开了门把手,走进了起居室,穿过那块东方式地毯,盯住壁炉的上方。

“您没事吧?”

不,不能说没事。关键是,我没错。如果过去还有疑问的话,现在统统不存在了。并非巧合,没有搞错,不需怀疑:托德·桑德森就是六年前我亲眼看着迎娶娜塔莉的那个男人。

与其说是看到,还不如说是感觉到迪莉娅站到了我的身边。“它总是能打动我,”她说,“我可以成小时地站在这里看它,而且能发现新的东西。”

我理解。黎明的光线柔和地投射在一侧,粉红的色彩源于新的一天的晨曦,黑洞洞的窗户意味着曾经温馨的小别墅如今已是人去屋空。

娜塔莉的油画。

“您喜欢它吗?”迪莉娅·桑德森问道。

“喜欢。”我说,“我非常喜欢。”

第十七章

我坐到沙发上。迪莉娅·桑德森这次递给我的不是咖啡，而是两指宽的麦卡伦威士忌。时辰太早，而且我不是个善饮的家伙，不过我还是用颤抖的手感激地接过了酒。

“您愿意告诉我究竟是怎么回事吗？”迪莉娅·桑德森问道。

我不清楚如何在解释这一切的同时，能够证明我的神志是清醒的，所以我先是提出了一个问题：“您怎么会有这幅画呢？”

“是托德买的。”

“什么时候？”

“不记得了。”

“想想看。”

“这有多大关系呢？”

“请您想想。”我尽量控制发颤的声音，“您能想起他是在什么时候、什么地方买的吗？”

她仰起脸想了想。“什么地方我记不起来了。不过要说什么时候……那是我们的结婚纪念日。五年前，也许是六年前。”

“是六年前。”我说。

“您又提到六年。”她说,“我一点儿也不明白。”

我编不出合理的谎言——更糟糕的是,我看不出有什么办法既可以说出事实,又能减缓它带来的冲击。“我刚才给您看过一张睡着的女人的照片,记得吗?”

“仅是两分钟前的事。”

“是的。是她画了这幅画。”

迪莉娅皱起了眉。“您在说什么呀?”

“她叫娜塔莉·艾维里。照片里的人就是她。”

“这……”她摇着头,“我不明白。我记得您教的专业是政治学。”

“是这样。”

“那么您也研究一点儿美术史? 这个女人也是兰佛的校友吗?”

“不,不是这么回事。”我回头望了一眼山顶上的那幢小别墅。“我正在寻找她。”

“这位画家?”

“对。”

她打量着我的脸。“她失踪了?”

“我不知道。”

我们的目光相会在一起。她没有颔首表示领悟,因为没有这个必要。“她对您一定十分重要。”

她的这句话不是提问,但我还是做了回答:“是的。我懂得我说的这些听着有点儿不可理喻。”

“是有点儿,”迪莉娅·桑德森表示同意。“但是您认为我的丈夫知道一些她的事情,所以您才到这里来。”

“是这样的。”

“为什么您这么认为?”

我还是编不出听着合情合理的谎言。“听起来一定像是疯子的胡说八道。”

她等待着。

“六年前,我见到您的丈夫在佛蒙特州的小教堂同娜塔莉·艾维里举行了婚礼。”

迪莉娅·桑德森的眼睛眨了两下。她从沙发上站起身,开始转身离开我。“我认为您最好还是走吧。”

“求您听我讲完。”

她闭上了眼睛。可是,嗨,一个人没法闭上耳朵。我快速地说了起来。我讲了六年前参加的婚礼,讲了如何看到托德的讣告,讲了我曾偷偷来过葬礼,也讲了我原以为可能是我搞错了。

“您搞错了,”我闭嘴后,她这样说道。“肯定是的。”

“那么这幅画呢? 会这么巧吗?”

她没作声。

“桑德森太太?”

“您的目的是什么呢?”她用柔和的声音问道。

“我想找到她。”

“为什么?”

“您明白为什么。”

她点点头。“因为您爱着她。”

“是这样。”

“尽管您六年前看到她嫁给了另外的男人。”

我用不着回答。屋里陷入了令人难以忍受的寂静。我们不约而同地转头凝视着坐落在山顶上的那幢小别墅。不知为何，我希望这幅画能有一点儿变化。我希望太阳升得再高一点儿，或者看到那些窗户中哪怕有一扇透出光亮。

迪莉娅·桑德森走到离我几码远的地方掏出了手机。

“您这是做什么?”我问道。

“我昨天用谷歌查过您。在您来电话之后。”

“那好啊。”

“我是想证实,您就是您自己说的那个人。”

“我还会是别的什么人吗?”

迪莉娅·桑德森没有理会我的问题。“兰佛的网站上有您的一张照片。我在开门前先从视孔里核实了一下,以确保别搞错。”

“我不大明白。”

“宁可事先谨慎,不要过后懊悔,我是这么看。我担心那些杀害我丈夫的家伙……”

我这才明白。“怕他们又找到您头上来?”

她抖抖肩膀。

“您认出来是我。”

“对,所以我让您进了屋。可是我现在又有些担心。我的意思是,您也可能是化了装来到这里的。我怎么能肯定您不是那些家伙当中的一个?”

我不知道该说什么好。

“所以从现在开始,我要与您保持距离,如果您不反对的话,我就站在这个离门很近的地方。如果我看到您随便起身,我马上就跑,并且按 911 的快拨键。您明白吗?”

“我不是那伙……”

“您明白吗?”

“当然,”我说,“我不会离开我的座位。不过我能问您一个问题吗?”

她做了个让我说下去的手势。

“您怎么能肯定我没带一把手枪?”

“您进门后我就一直在观察您。您穿的这身衣服没有地方藏枪。”

我点点头,然后又说:“您不会真以为我到这里是为了伤害您,对不对?”

“的确是这样。不过正像我说的,宁可事先谨慎,不要过后懊悔。”

“我知道,有关在佛蒙特举办婚礼的事情听起来完全不可思议。”

“是的。”迪莉娅·桑德森说,“不过话说回来,由于太不可思议,也就很难认定它是谎言。”

她的话使我们又陷入了一阵沉默。我们的目光又都回到了山顶的小别墅上。

“他是那么好的一个人,”迪莉娅说,“托德靠他个人行医完全能够挣到大把的钱,可是他完全为‘新起点’而忘我工作。您知道‘新起点’是什么吗?”

听着有点儿耳熟,可是我一时想不起来。“恐怕我不知道。”

她竟然为此露出了微笑。“哇,看来您来这儿之前一点儿功课都没做。‘新起点’是托德和兰佛的其他人合作建立的一家慈善机构。托德热爱这项事业胜过一切。”

我现在记起来了。他的讣告里提到了这个机构,可我并不知道它还同兰佛有着某种联系。"'新起点'都做些什么?"

"他们在海外组织开展腭裂整形手术,他们还为烧伤和疤痕患者以及其他需要的人做整容手术。这些手术完全是一个赋予患者新生的过程。就像它的名字,他们给人提供了'新起点'。托德为此奉献了自己生命的全部。您说您在佛蒙特见到了他,我知道这不会是真的。他当时在尼日利亚工作。"

"只是,"我说,"他并没在那里。"

"就是说,您正在向一位寡妇指出,她的丈夫欺骗了她。"

"不。我只是告诉她,六年前的八月二十八日,托德·桑德森在佛蒙特。"

"同您过去的女友结婚,那位画家?"

我没有费心回答她。

一滴眼泪流过她的脸颊。"他们折磨托德,在杀死他之前。他们把他折磨得很厉害。为什么有人能做出这种伤天害理的事情?"

"我不大明白。"

她只是摇了摇头。

"您说他们折磨了他,"我缓缓地问道,"您的意思是他们并不是简单地对他一杀了之?"

"的确是这样。"

我仍然不知道应该如何婉转地提出如此敏感的问题,索性开门见山地问道:"他们是怎么折磨他的?"

但是,在她回答之前,我觉得我已经知道了答案。

"他们用了工具。"迪莉娅·桑德森呜咽着说,"他们把托德铐在椅子上,用那些工具折磨他。"

第十八章

刚刚飞回波士顿的机场,我的新手机就收到了桑塔·纽琳发来的信息:“听说你被踢出了校园。我们需要谈谈。”

我在走出航站楼时给她拨了电话。桑塔接起电话就问我在哪里。

“洛根国际机场。”我说。

“旅途顺利?”

“愉快极了。你说我们需要谈谈?”

“当面谈。从机场直接到我的办公室来。”

“我不应该再进校园了。”我说。

“哦,对了,我这会儿竟然忘了。还去朱迪餐馆? 一小时以后在那儿见。”

我到达时,桑塔已经坐在了角落的桌子旁,前面摆着一杯浅粉红色的饮料,里面漂着一片菠萝。我指了指它。

“就差再插上一把小伞。”我说。

“怎么,你认为我是那种爱喝威士忌加苏打水的女人吗?”

“还得去掉苏打水。”

“对不起,对我来说,最好的饮料是果汁。”

我坐进了她对面的椅子。桑塔举起杯子,用吸管啜了一口。

“听说你与一起学生被伤害事件有牵连。”她说。

“你已经成了特里普院长的心腹?”

她的眉头在果汁杯子上方皱了皱。“发生了什么?”

我对她讲述了整个故事——鲍勃和奥托、面包车、自我防卫过程中杀死对方、跳出面包车逃亡,还有滚下山坡等等。桑塔不动声色地听着,然而从她的目光中可以看出她的大脑在飞速地转动。

“你对警察也说了这些吗?”

“算是说了吧。”

“什么叫算是说了?”

“我当时醉得挺厉害。警察们认为绑架和杀了一个人什么的都是我胡编出来的。”

她望着我的样子,像是在告诉我,我是居住在这个星球上的头号大傻瓜。“你当真把这些都告诉了警察?”

“开始是这样。后来伯尼迪克特提醒了我,他说我不应该承认杀了人,尽管那是正当防卫。”

“你竟然从伯尼迪克特那里获取法律咨询?”

我耸耸肩。我又一次想到我早该闭上嘴巴。别人已经警告过我,不是吗?何况我也下过决心。桑塔靠回椅背上喝着饮料。女招待走过来问我点什么,我指了指那杯果汁,示意我也要一杯

“维珍”[1]。我不知道为什么点了这个，因为我讨厌果汁饮料。

“关于娜塔莉你都发现了什么？”我问。

“我已经对你说过了。”

“对了。什么都没发现。零。无。那你为什么要见我？”

女招待给她端来了波多贝罗菌三明治，给我端的是火鸡培根生菜番茄三明治。“我自作主张给你点了这份。”桑塔说。

我没碰三明治。

“到底是怎么回事，桑塔？”

“那正是我想知道的。你是怎么遇到娜塔莉的？”

“那有什么关系？”

“说说看。”

仍然是如此，由她来提出各种问题，而由我来提供各种答案。我对她讲了我们六年前在佛蒙特的乡间寓所里相遇的事情。

“关于她的父亲，她是怎么对你说的？”

“只是说他已经去世了。”

桑塔目不转睛地看着我。“没说别的？”

“说什么别的？”

“比如……我也说不好，”她喝了一大口果汁，夸张地抖抖肩膀，“比如他爸爸曾经是这里的教授。”

我的眼睛不禁睁大了。“他爸爸？”

“没错儿。”

---

① 维珍(Virgin)：著名饮料品牌。Virgin 这个单词有新鲜的、未含酒精的、处女的等多种含义。

“他爸爸是兰佛的教授？”

“那还会是朱迪餐馆的？”桑塔骨碌着眼珠说，“当然是兰佛的。”

我仍在努力理清头绪。“什么时候？”

“大约三十年前开始在这里教书，教了七年，在政治学系。”

“你开玩笑？”

“是呀，所以才让你到这儿来。我开玩笑可是个一流高手。”

我心里计算着。娜塔莉的父亲在这里教书的时候，她还很小——到她父亲离开学院，她也还是个孩子。也许她根本不记得这段事情，所以她才从未对我说起过。可是娜塔莉当真会一丁点儿也不知道？她应该对我这么说才对：“嗨，我爸爸也在这儿教过书，和你是一个系的。”

我回想起她戴着太阳镜和帽子来到学院的样子。当时她是那么渴望看到这里的一切，而后来又带着一种忧郁的神情走在校园的草坪上。

“为什么她没告诉我？”我不由得出声问道。

“我不知道。”

“她爸爸是被解聘了吗？后来他们家到哪儿去了？”

桑塔耸肩说道：“更应该提出的问题是，为什么娜塔莉的母亲重新开始使用她娘家的姓？”

“什么？”

“娜塔莉的爸爸叫艾伦·克莱纳。她妈妈娘家的姓是艾维里。她妈妈把姓改了回去，而且她还把娜塔莉和朱莉的姓都改成了娘家的姓。”

“等等。这是她爸爸去世以后的事吗?”

“这么说娜塔莉从来没对你说过?”

“她只是给我留下这样的印象:她父亲的死是很久以前的事。也许就是这么回事。她父亲死后,她们全家离开了学院。”

桑塔笑了一下。“我不这么想,杰克。”

“为什么?”

“因为,有趣的事情在于,这个当爸爸的竟然和他的女儿完全一样。”

我没作声。

“从来没有任何关于他的死亡报告。”

我用力吞咽一下。“那么他在哪里?”

“有其父才有其女,杰克。”

“这他妈到底是什么意思?”不过,我大概清楚了。

“我寻找了艾伦·克莱纳教授现在的下落,”桑塔说,“猜一猜我发现了什么?”

我等着她说下去。

“如出一辙——零。无。没有。什么都找不到。自从四分之一世纪以前离开兰佛后,艾伦·克莱纳教授彻底地不见踪影。”

第十九章

我到图书馆找出了学院过去的那些年鉴。

它们存放在地下室里,带着一股发霉的味道,高光印刷的纸页已经粘在了一起,翻起来很不方便。不管怎样,他在里边,艾伦·克莱纳教授。照片并不起眼儿。他应该算是一位足够英俊的男子,脸上挂着人们拍照时通常会摆出的微笑,就是那种本想看着开心快乐却不知怎么显得笨拙呆板的笑容。我盯着他的脸庞,想找出与娜塔莉相像的地方。也许有。很难说。人的思维轨迹有时会耍弄你,就像我们已经说过的。

我们都有一种倾向:只看自己想看见的东西。

我看着他的照片,仿佛从中能够找出什么答案。并没有答案。我又翻开其他年鉴,没发现更多的东西。我翻阅政治学系的专页,目光停到一张在克拉克楼前拍摄的合影。全系所有教授和辅助人员都在照片里。克莱纳教授紧挨在系主任马尔科姆·休谟旁边站着。这张照片里的笑容更为自然、更为放松。黛妮丝摩尔夫人当时看着已有一百岁。

且慢。黛妮丝摩尔夫人……

我把这册年鉴夹在腋下,匆匆地朝着克拉克楼走去。已经过了下班时间,不过黛妮丝摩尔夫人可以说是住在办公室里。没错儿,我已被停职,不应在校园里露面,不过校园里的警察未必真会对我开枪。所以我还是同那册没办借阅手续的年鉴一道,步行穿过到处都是学生的校园。瞧瞧,我现在活得就是这么玄。

我又回忆起六年前同娜塔莉一道在这里漫步的情景。为什么她什么也没对我说?有过什么暗示吗?她变得沉默或是放慢了脚步?我记不大清了。我只记得,我们像是喝多了红牛饮料后进行入学参观的一年级新生,在这里笑着嚷着跑着。

黛妮丝摩尔夫人抬眼从半月形的老花镜上方望着我。“我记得你被撵出了这里。”

“从身体上说也许是这样,”我说,“可是我的心何尝远离过你?”

她转动了一下眼珠。“你打算要什么?”

我把年鉴摆在她面前,那张合影摊开着。我指着娜塔莉的父亲问道:“你还记得这位叫艾伦·克莱纳的教授吗?”

黛妮丝摩尔夫人没有立即作答。那副老花镜拖着一条链子,链子绕在她的脖子上。她摘下花镜,用颤抖的手擦擦镜片,又重新戴上。她的面容仍如一尊石雕。

“我记得他。”她柔声说道,“为什么问起他?”

“你知道他为什么被解聘了吗?”

她抬起头看我。“谁说他被解聘了?”

“或者说,他为什么离开了?你能告诉我他到底发生了什么事吗?”

“他已经有二十五年不在这里了。他离开的时候你大概只有十岁。”

“我知道。”

“你为什么要问起他?”

我不知如何去应对。“你记得他的孩子们吗?”

“都是小丫头。娜塔莉和朱莉。”

她毫不迟疑地做出了回答,这让我很吃惊。“你还记得她们的名字?”

“她们怎么了?”

“六年前我在佛蒙特的休养寓所遇到了娜塔莉。我们相爱了。”

黛妮丝摩尔夫人等着我说出更多。

“我明白这听起来不可思议,可是我想找到她。我觉得她面临着某种危险,而且没准儿和她的父亲有关,我也说不清楚。”

黛妮丝摩尔夫人又凝视了我一两秒钟。她摘下眼镜扔在了胸前。“他是一位很好的教授。你要是遇到他,会喜欢上他的。他的课非常生动。他很善于激发和调动学生。”

她的视线又落在年鉴的合影上。

“在当年那个时候,有些教授还要兼做宿舍的舍监,艾伦·克莱纳也做过。他和他们全家住在廷格利宿舍楼的楼下。学生喜欢他们一家。我记得有一年,学生们凑份子给两个小姑娘买了成套的秋千,在一个星期六的早晨把它们立在了普拉特楼后面的院子里。”

她露出向往的神情说:“娜塔莉是个非常可爱的小姑娘。现在她变成什么样了?”

“她是这个世界上最美丽的女人。”我说。

黛妮丝摩尔夫人对我苦笑了一声。“你从来都是浪漫多情的家伙。”

“他们一家后来怎么了?”

“出了一些事情,”她说,“对于他们夫妻的婚姻有一些传言。”

“什么样的传言?”

“学院里还会有什么样的传言?年纪还小的孩子、心烦意乱的妻子、校园里富有魅力的男人和容易动情的女学生。关于那些年轻的女孩子总往你的办公室跑,我那是开玩笑。可是我的确看到许多人的生活毁在诱惑之下。”

“他和一个学生有了私情?”

“也许是。我说不清楚。那些传言的内容大致如此。你听说过系副主任罗伊·霍达克吗?”

“我在一些牌匾上看到过他的名字。”

“艾伦·克莱纳控告霍达克剽窃学术成果。他的控告没产生什么作用,系副主任是个有着相当大权力的位置。反倒是艾伦·克莱纳被降职使用了。接着他又被卷进了考试作弊的丑闻。”

“一个教授考试作弊?”

“不,当然不是。是他指控一个学生抄袭,也许是两个学生。我记不清细节了。他好像从此就走下坡路了,我也说不清。他开始酗酒,变得越来越怪僻。那些传言也散布开了。”

她又低头看那张合影。

“于是学院就要求他辞职了?”

“没有。”黛妮丝摩尔夫人说。

“那么发生了什么？”

“有一天，他的妻子就从那道门走了进来。”她指着自己的身后。我知道这道门，我来回无数次地经过它，可我还是抬头看看，仿佛娜塔莉的母亲会重新从那里走进来。“她放声大哭，哭得真是歇斯底里。我当时恰好就坐在这里，就是这个地方，就是这张桌子……”

她的声音渐渐消失了。过了一小会儿她说：

“她想见休谟教授。他没在这里，所以我就给他打电话。休谟教授急忙赶了过来。她告诉他克莱纳教授跑了。”

“跑了？”

“他收拾起自己的东西，和一个女人一道跑了。一个过去的学生。”

“谁？”

“我不知道。正像我说的，她已经歇斯底里了。那个年代还没有手机，我们没办法联系克莱纳教授。我们只好等待。我记得那天下午他还应该给学生上一堂课。他再也没有露面，休谟教授那天只好帮他代课。其他教授轮番代课，直到那个学期结束。学生们很不高兴，家长们也开始打来电话。休谟教授给每个学生都打了个A，安抚了他们。”她耸耸肩，把那一册年鉴推给了我，装作要继续工作。

“我们再没听到他的任何消息。”她说。

我吞咽一下，问道：“那么他的妻子和孩子们呢？”

“也一样，我想是的。”

“这是什么意思？”

“她们在那个学期末搬走了。我也再没听到有关她们的任何消息。我一直希望他们这一家能在其他大学安顿下来——让发生的这一切事情得到弥补。不过我估计这种事情是不可能发生的,是不是?”

“不可能。”

“她们现在怎样了?”黛妮丝摩尔夫人问道。

“我一点儿也不知道。”

第二十章

有谁会知道?

答案:娜塔莉的妹妹朱莉。她在电话里让我碰过一鼻子灰。我不知道当面见她时我的运气是否会好一点儿。

我走到车旁时手机响了。我查看显示屏上的来电号码。地区号是802。

佛蒙特州。

我接起手机问了声你好。

“嘿,嗨,您在咖啡馆里留下了名片。”

我听出了这个声音。“曲奇?”

“我们需要谈谈。”她说。

我不由得握紧了手机。“我听着呢。”

“我不相信电话。”曲奇说,声音有些发抖。“您能来这儿一趟吗?”

“如果你愿意的话,我现在就开车过去。”

曲奇向我说明了她家的方位,离那家咖啡馆不远。我上了91号公路,一再提醒自己不要开得太快,却没奏效。我的心脏在胸膛里怦怦直蹦,似乎随着收音机里任何音乐的节拍在跳动。我开到州界时已快到半夜了。从早晨一睁开眼我就飞去见了迪莉娅·桑德森。这是漫长的一天,有那么一阵子,我感觉出了自己的疲倦。我回想起了第一次见到娜塔莉画的那幅山顶小别墅的情景——曲奇走到我的身后,问我是否喜欢那幅画。

我又一次问自己,为什么我上次去那家咖啡馆时,曲奇装出完全不记得我的样子?

又有别的东西在我的脑袋里闪了出来。我遇见的其他人都说那里从未存在过创意充电部落,而曲奇在做出否定性回答时,说的却是:“我们从来没在休养寓所干过活儿。”

当时我没有反应过来。不过,如果山上从来没有过那些休养寓所,回答应该是这样:“啊?什么乡间休养寓所?”

在曲奇的书吧咖啡馆门口,我放慢了车速。街上只有两盏路灯,灯杆投下长长的、吓人的黑影。一个人也看不到。镇中心陷入完全的寂静之中。太静了,就像僵尸影片的英雄人物被那些食肉恶魔包围前的场景。我在街区的尽头转向右方,开了半英里左右又向右拐去。这里已完全没有了路灯,我的汽车前灯是唯一的照明光源。

路旁的那些住宅或其他建筑物全熄着灯。看来这里没人把灯留给计时器管理,或是开着灯吓唬那些企图入室的窃贼。真聪明,我估计在一片漆黑中盗贼根本没法找到这些人家的房门。

我看了一眼 GPS 自动导航仪,离目的地只剩半英里了。又拐了两个弯。恐惧开始渗入我的胸膛。我们都在书里读过,某些特定的陆地动物和海洋生物是能够感知危险的。它们能够感觉出潜在的威胁甚至是即将来临的自然灾害,好像它们的躯体上配备着求生雷达或是其他某种隐形的触须。曾几何时，当然了，原始的人类肯定也具有这样的本领。这种生存的本能并没有抛弃我们。它也许处于休眠状态，也许由于缺乏使用而有所退化。但是那种穴居人的直觉和本能一直存在着，潜伏在我们的卡其裤和白衬衫包裹着的躯体里。

此刻，用我年轻时看过的漫画书里的词儿来说，我的“蜘蛛侠感知能力”①正在兴奋起来。

我关掉车灯，在黑暗中完全凭着感觉把车停到了路边。没有石砌的道牙，荒草紧邻着路面。我不知道自己究竟该怎么做，但是越想越觉得还是小心为上。

我可以从这里徒步走过去。

我轻手轻脚地迈下了车。一关上车门，一切亮光都不见了，我这才意识到这里是多么黑暗。暗夜似乎被赋予了生命，遮蔽了我的眼睛，吞没了我的一切。我等了一两分钟，只是站在那里，让我的眼睛慢慢去适应。用双眼适应黑暗，无疑是我们从原始人那里继承下来的又一种本领。等到我终于能够看见前面几码远的地方时，我开始了移动。我带着我的智能手机。里边下载了 APPS 应用管理程序，我却从来没有用过。我用过的、可能是最为有用也是科技含量最低的一种功能，就是手机电筒。我犹豫着是否打开它，随即认定还是不打开为好。

我想象不出面临的将是什么样的危险，或者说它以什么样的形式出现。可是，如果确实存在着危险的话，我可不愿意用我

① 原文为 spidey senses，源于漫画书籍《超级英雄蜘蛛侠》，指蜘蛛侠具有的一种预先感知危险的能力。

的手电光束帮助对方取得先机。我提前停车、悄悄潜行的意义就在于此,对不对?

我回想起被迫困在面包车车厢的时刻。我对自己为了逃生而不得不做出的事一点儿也不后悔——如果再遇到同样的局面,当然了,我还会这么做,即使做过一千次也还会这么做——然而毫无疑问的是,奥托最后咽气的情景将在我的余生中不时地侵扰我的梦境。只要我活着,我就会常常听见他的脖子折断时的声响,常常记起他的颈骨和软组织被我的手臂压碎的感觉。我杀了人,我扼杀了一个人的生命。

我的思绪又转到了鲍勃身上。

我放慢了脚步。我从山间公路上逃掉后,鲍勃会做些什么?他一定是回到那辆面包车上,把车开走,找个地方抛掉奥托的尸体,然后……

他会重新来寻找我吗?

我想起了电话里曲奇那紧张不安的语调。她想和我谈些什么?为什么突然间这么急着见我?为什么打电话让我到这里来,在夜半三更的时候,而不给我把这一切思考清楚的时间和机会?

我来到了曲奇家这条街上。有几个窗户透出微弱的灯光,使这些房子如在鬼火的照耀中隐约露出令人悚然的剪影。街尽头那幢房子的灯光比其他地方的更亮。

是曲奇的家。

我移到街的左边,继续让自己躲在黑暗中。她家前面门廊的灯亮着,所以如果我不想被人发现,就不能从这个方向接近她家。这是一排沿着街边延展的单层平房,房子太长,显得不合比例,高度也是凹凸不齐,似乎房主人只是一味地贴着老房子扩建附着物,而缺乏深谋远虑的规划安排。我低下身子绕到房子的一侧,注意不使自己暴露在灯光下面。离灯光最亮的那扇窗户还剩最后十码的时候,我干脆趴在地上爬了起来。

现在做什么?

我四肢着地躲在窗户下面一动不动,仔细听着里边的动静。什么也听不到。只有一片寂静,一片乡间的寂静,那种你能够用心感知并伸手触摸的寂静,那种具有质感和空间感的寂静。它已经完全地包围了我。真实的、纯正的、乡间的寂静。

我轻轻地移动着身体的重心,膝关节发出的声响听着像是划破死寂夜空的尖利呼啸。我终于把两脚移到了身下,两膝深深地弯曲,两手支在大腿上,形状如同随时可以运动的人体活塞,准备向窗户里边窥视。

我慢慢地起身,仍然用墙壁遮挡着自己大部分的面孔,只对着窗户的一角探出了一只眼睛和右上部的脸。突然闪入眼帘的灯光使我不停地眨眼。我定睛朝屋内看去。

曲奇在这里。

曲奇僵硬地挺着腰板儿坐在沙发上。她的嘴角呆滞地向下耷拉着。她的身旁坐着她的合伙人,两人的手握在一起,面容都很苍白和憔悴。她们的身体明显地发散着焦虑不安的信息。

即使你不是一位肢体语言专家,你也能看出她们由于某种原因十分紧张。很快,我就明白了让她们紧张的原因是什么。

有个男人坐在她们对面的单人沙发椅上。

他背朝着窗户,我只能看到他的头顶。

我最先闪过的念头是可怕的:会是鲍勃吗?

我又把自己升高了几英寸，想看清楚这个男人的样子。不行。那张椅子的椅背很高，还有长毛绒的装饰。那人深陷在沙发椅上，完全避开了我的视线。我挪到了窗户的另一头，改用另一只眼睛和左上部的脸对着玻璃。我看到了他的椒盐色鬈发。

不是鲍勃，肯定不是鲍勃。

那人正在说话。两个女人专注地听着，一起为他不知什么内容的话语点着头。我转过脸把耳朵贴在窗户上。玻璃很凉。我想尽力听清他在说什么，可是传出的声音太低了。我转脸又朝屋里望去。坐在沙发椅上的男人向前探出一点儿身子，像是在强调某个观点。然后他的下巴又歪过来一点儿，恰好让我看清了他的侧脸。

我也许已经失声叫了出来。

那人留着胡须。这是我能够认出他的关键——他的胡须和鬈发。我迅即想到了我第一次见到娜塔莉的情景。她戴着太阳镜坐在椅子上，而在她的旁边，她右侧的椅子上，坐着一个留着胡须和鬈发的男人。

就是他。

这是怎么……？

那个留着胡须的男人从毛茸茸的沙发椅上站了起来。他开始来回踱步，激烈地做着手势。曲奇和德妮丝变得更加紧张了。她们两人的手攥得更紧，我敢发誓我看到她们的指关节都发白了。就在这时，我发现的一件东西让我不由得一阵眩晕——它让我猛然意识到，在我傻乎乎地陷入麻烦之前，我应该首先弄明白，我这桩小小的侦察行动非同小可。

那个留着胡须的男人有把手枪。

我凝固在半蹲的状态。我的双腿开始发抖,也许是由于恐惧,也许是由于疲劳,我说不清楚究竟是哪个原因。我缩回了身子。现在怎么办?

逃跑,呆瓜。

是啊,这才是上策。跑回我的车里,再给警察打电话,让他们处理这事。我想象着会出现怎样的情景。首先,警察们赶到这里需要多少时间?但是,等一等,他们会相信我吗?他们会不会先给曲奇和德妮丝打电话?他们会派出一支特警部队吗?我又仔细地想了想。这儿究竟发生了什么事?那个留着胡须的家伙绑架了曲奇和德妮丝,逼着她们给我打了电话?或者他们几个人本来就是同伙?如果他们是同伙,我给警察打电话后会出现什么样的结果?警察会赶到现场,但曲奇和德妮丝会否认一切,留胡须的家伙会藏起手枪,声称自己什么也不知道。

但是话又说回来,我还有其他选择吗?我必须报告警察,对不对?

留胡须的男人继续踱步。屋里的紧张气氛如同我怦怦乱跳的心脏,随时可能发生爆炸。胡须男人看了看自己的手表,又掏出手机,用一副冲着对讲机喊话的姿势吼了几句。

他在和谁通话?

哇,我不禁想到,如果还有别的人怎么办?我该跑了。去报告警察,或不去报告警察。不管怎么着。这家伙有枪。我可没有。

快拜拜吧,大傻帽儿。

当我朝屋里投去最后一瞥的时候,我听到身后有狗叫。我的全身随着狗吠声凝固了。留胡须的家伙却没有僵在那里，他的脑袋像被一根绳子牵着似的冲着狗叫的方向转了过来——当然是冲着我的方向。

我们的目光隔着玻璃碰撞在一起。我看到他的眼睛由于吃惊而变得老大。有那么一瞬间——百分之一秒，也许是百分之二——我们两人呆立在那里。我们只是彼此震惊地望着，彼此都不知道该做点儿什么。突然间，胡须男人举起枪对准我，扣动了扳机。

我向后倒去，子弹击碎了玻璃。

我摔倒在地面，玻璃碎片如密集的雨点儿落在我身上。那条狗继续狂叫着。我翻过身站了起来，玻璃割破了我身上的一些地方。

“不许动！”

左边传来一个男人的声音。我听不出他是谁，可是这家伙显然是待在屋外的什么地方。噢，老天，我必须赶紧从这里跑开，没时间思考或犹豫。我朝着另外的方向全速奔去。我绕过房角，腿下生风，几乎跑到了房前的空地上。

或者是我自以为跑得足够远了。

早一些时候，我还认为我具备那种预测危险的“蜘蛛侠感知能力”。如果确实存在过这种能力的话，这会儿却不幸地在我身上丧失了。

房角边站着另外一个人，他举着早准备好的的棒球棍等待着我。我想停住脚步，可已经来不及了。棒球棍结结实实地朝我砸来，我已无法躲闪，无法做出别的选择，只能傻傻地挺在那里。当头一棒，恰好落在我的前额上。

我瘫在地上。

也许他又给了我一棒，我已无法知道，我翻了白眼，陷入昏迷之中。

第二十一章

我醒来后的第一个感觉,是疼痛。

这就是我面对的一切:排山倒海般强烈袭来的疼痛以及如何千方百计地减缓这种疼痛。我的头盖骨似乎已经被砸碎了,锯齿状碎裂的骨片正在四下散开,无情地刮擦着我脑袋里最敏感的神经组织。

我微微侧了一下头,马上意识到这样只会加剧痛苦。我停住了,眨了一下眼睛,又眨了一下,想睁开眼睛。可到头来还是放弃了努力。

“他醒了。”

是曲奇的声音。我几乎试图用手扒开眼皮,撬开眼睛。我用了几秒钟时间尽力穿越疼痛形成的迷雾。我又用了几秒钟来集中自己的注意力,想分辨清周边的环境。

我已经不在室外了。

这是肯定的。我望了望屋顶裸露的原木横梁,这也不是曲奇的家。她的房子是屋顶坡度不大的单层平房,这里看着却更像是一个谷仓或是农舍。我的身下是木板铺的地面,地上没有灰土，所以我排除了它是谷仓的可能性。

曲奇在这里，德妮丝也在。留着胡须的男人走了过来，带着一脸纯然的、不加任何掩饰的憎恶俯身看着我。我不明白他为什么要恨我。我看到左侧门边站着另一个男人。第三个男人坐在一台电脑屏幕前。我过去没见过这两人。

留着胡须的家伙仍然俯身冲我等待着。他理所当然地以为我会问出“我在哪里?”之类的问题。我什么也没问。我抓紧时间让自己冷静下来、理清头绪。

我不明白这里正在发生着什么。

我继续转动着眼珠，想把这间屋子看得更分明。我企图找出一条逃跑的路线。我看到了一道门、三扇窗户，全都是锁着的。那扇门的旁边还有人把守着。我记起至少其中有个家伙手里还有枪。

我需要耐心。

“说。”胡须男人对我吼道。

我没说话。他朝我的肋骨踢了一脚。我高声呻吟着，却没挪动身体。

“杰德，”曲奇说，“别这样。”

胡须杰德低头瞪着我，眼睛里充满怒意。“你是怎么找到托德的?”

我十分吃惊。原本我也不知道他会问我什么，但是肯定不是这个。“什么?”

“你听到了，”杰德说，“你是怎么找到托德的?”

我的脑袋快速地转动着。我确信谎言在这里对我没有什么帮助，所以就说了实话。“从他的讣告上。”

杰德望向曲奇。我看到他们的脸上现出了困惑。

“我看到了他的讣告,”我继续说,“登在学院的网页上。所以我就去了他的葬礼。”

杰德弓起腿准备再踢我一脚,可是曲奇摇摇头制止了他。“我不是让你说这个,”杰德怒斥我,“我说的是在这之前。”

“什么在这之前?”

“别装糊涂。你到底是怎么找到托德的?”

“我一点儿都不明白你在说什么。”我说。

他眼睛里的怒意已燃起了大火。他掏出手枪指向我。“你在撒谎。”

我没回答。

曲奇走到他的身边。“杰德。”

“离远点儿。”他吼叫道。“你明白他做了什么吗?你知道吗?”

她点点头,按他说的朝后退去。我保持着沉默。

“说。”他又对我喊道。

“我不知道你想让我说什么。”

我瞅了一眼坐在电脑前的家伙。他看着很恐慌。门口的那个家伙也是。我想到了鲍勃和奥托,他们不曾显露恐慌,他们看着早有准备也很有经验。这几个家伙却不是。我不知道这种差别意味着什么。可我知道,不论怎么说,我再次陷入了危机。

“再问你一次,”杰德的声音穿越咬紧的牙关发了出来。“你是怎么找到托德的?”

“我已经告诉你了。”

“是你杀了他!”杰德吼道。

“什么？不!”

杰德跪到地上,用枪筒顶住我的太阳穴。我闭上眼睛等着脑袋爆炸。他的嘴唇挨近了我的耳朵。

“如果你再撒谎,”他悄声说,“我马上就杀了你。就是现在,就在这里。”

曲奇说:“杰德?”

“闭嘴!”

他又用枪管使劲儿戳我的太阳穴,那里一定留下了很深的压痕。“说!”

“我没有……”他用目光表明,我再否认下去小命儿就没了。“我为什么要杀他?”

“那得由你来告诉我,”杰德说,“可是首先我想知道,你是怎么找到他的。”

杰德的手在发抖,枪筒在我的太阳穴上戳来戳去。他的口水淌下来沾在了胡须上。我的疼痛已不知去向,代之而来的是赤裸裸的恐惧。杰德想扣动扳机。他想杀掉我。

“我告诉过你,”我说,“求求你,听听我的话。”

“你在胡说!”

“我没有……”

“你拷打了他,但是他不对你说。托德没告诉你什么有用的东西。他自己也不知道那些事情。他孤立无援但是非常勇敢。而你,你这个浑蛋……”

我离死亡只有几秒钟。我听得出他声音中的痛苦,知道他听不进去任何合理的解释。我必须做点儿什么,必须冒险夺那把枪。可是我平躺在地板上,采取任何行动都会耗时太长。

“我从未伤害他，我发誓。”

“而且我猜你还要告诉我们，你今天没去看他的寡妇？”

“啊，我去过。”我的语速很快，很高兴能对他的话表示同意。

“但是她同样什么都不知道，对不对？”

“她知道什么？”

枪管戳得更深了。“为什么要去找那个寡妇？”

我迎着他的目光。“你知道为什么。”我说。

“你在寻找什么？”

“不是‘什么’，”我说，“是‘谁’。我在寻找娜塔莉。”

这次他点了点头，脸上浮出冰冷的微笑。他的笑容告诉我，我刚才做出了正确的回答——同时也是不该做出的回答。“为什么？”他问。

“这是什么意思，什么叫‘为什么’？”

“谁雇的你？”

“没人雇我。”

“杰德！”

这次喊的不是曲奇，而是坐在电脑前的那个家伙。

杰德转向他，很不高兴被人打断。“什么？”

“你最好来看看这个。我们有伴儿了。”

杰德从我的脑袋旁抽回了手枪，我不禁舒出了一口长气。电脑旁的家伙把显示屏转向杰德，是黑白两色的监控摄像画面。

“他们到这儿来干什么？”曲奇说，“如果他们发现了他在这里……”

“他们是我们的朋友，”杰德说，“别担心，除非……”

我没再等待。我寻到了机会,要毫不迟疑地抓住它。我猛然间跳了起来,奔向把守门口的那个家伙。感觉上,我是在以慢镜头移动着,冲向门口的时间太长太长了。我低下肩膀,准备朝那家伙使劲儿撞过去。

“站住!”

我离守门的人大概还有两步的距离。他已经蹲起马步,拉开架势应对我的猛扑。我的脑袋飞速旋转,算计了再算计。在不到一秒的时间里——不到一纳秒的时间里——我想象出了即将出现的场景。撞倒这家伙需要多长时间?最快也得两秒或三秒。接着我要伸手去够门把手,拧开它,推开那扇门,再跑出门外。

所有这些需要多长时间?

结论:太长的时间。

另外两个男人,也许还要加上两个女人,到时会扑向我。或者杰德会举枪射击。事实上,如果他的反应足够快,也许没等我扑到门口那家伙身上,他就会向我放上一枪。

一句话,对成败概率的算计,使我意识到,我没有可能闯过这道门跑到外面去。尽管如此,我仍然开足马力朝我的对手扑去。他做好了准备,他以为我会扑向他。我估计杰德和其他人也是这样想的。

我才不会那么干,是不是?

我需要出奇制胜。在最后一瞬间,我猛地朝右转身,顾不得回眸一瞥,全没有半点儿迟疑,只是一跃而起冲着窗户扎了出去。

未等着地,在今天第二扇窗户的碎玻璃纷纷伴我落下的时候,我听到杰德在大喊:“抓住他!”

我缩起胳膊和脑袋,落地后一个前滚翻,希望借着冲力顺利地站到地上。真是难以置信,滚翻后我竟然真的两脚着地了。可是跳窗的冲力并没有立刻消失,而是让我踉跄着重新倒在地上翻滚。终于停住后,我挣扎着爬起来。

这是他妈的什么地方?

没工夫细想。我估计我是在哪一家的后院。我看到了树林。我猜那条车道和前门在我的身后。我转身想跑到屋前去,却听前门哐地打开,那三个男人跑出来了。

啊—噢。

我回头朝树林跑去。黑暗完全吞没了我。超过前边几码远,我就看不到任何东西。但是,慢下来绝对不行。有几个人——至少其中一个有枪——在追赶着我。

“在那儿!”我听到有人喊。

“不行,杰德。你看到了监控屏幕上有什么。”

我不停地跑。我吃力地但还是快速地跑进了树林。终于,我,首先是我的脸,撞到了一棵树上。好像是飞跑的大笨狼威利[①]猛然撞上了长柄耙子——一声闷响,接着是震颤。

我的脑袋开始剧烈地抖动。无情的撞击止住了我跑动的脚步,我沉重地摔在地上。本来就疼得不行的脑瓜发出痛苦的呐喊。

我看到手电筒的光束向我逼近。

---

① 大笨狼威利(Wile E. Coyote):美国从二十世纪四十年代末至今一直制播的动画片里的角色。

我想翻滚到一个可以藏身的地方。身体撞到了又一棵树上,该死,也许还是刚才那棵树。我的脑袋继续发出抗议的吼声。我朝另外的方向滚过去,尽可能让自己的身体扁平地贴在地面。手电筒的光束在紧挨着我的上方滑了过去。

脚步声越来越近。

我得挪地方。

从房子那头传来了汽车轮胎与砂石摩擦的声音。有辆车开进了房前的私家车道。

“杰德?”

急促的低语声。手电筒停止了晃动。我听到有人又在喊杰德。手电光消失了。我重新陷入彻头彻尾的黑暗中,听着逐渐远去的脚步声。

爬起来快跑,傻子!

我头痛欲裂,一时还难以动弹。我僵直地躺了一会儿,转过头朝着远处的那幢农舍望去。我终于能从外面观察它的全貌。我呆呆地僵在那里望着。又一次,我觉得身下的地面裂成了两半儿。

它就是创意充电部落的主寓所。

我刚才被关在了娜塔莉曾经住过的地方。

到底是怎么回事?

那辆车停下了。我把身体朝上撑起了一点儿,以获得更好的视野。当我这么做以后,当我看清了那辆车,我由衷地体验到了宽慰之情。

这是一辆巡逻警车。

我现在理解了他们的恐慌。杰德一伙在农场入口处设置了监控摄像。他们看到一辆警车来搭救我，从而变得十分慌乱。这说得通。

我开始朝我的救星走去。杰德他们现在没法儿杀我了。他们没法儿在营救我的警察面前公然杀我。我快走到树林的边缘，离那辆警车只有三十码远。这时，又有一个问题在我脑海里冒了出来。

警察怎么会知道我在什么地方？

既然说到这里，警察又怎么知道我遇到了麻烦？而且，如果他们是来营救我，他们的车为什么开得这么从容不迫？杰德为什么会称他们是“我们的朋友”？我的步伐慢了下来，刚才的宽慰已不见踪影，脑袋里产生的是更多的疑问。为什么杰德笑容可掬、随便地招着手走向这辆警车？为什么那两个警察跨出车门时也同样随便地回以招手？为什么他们互相握手，还拍打对方的后背，就像是多年的老伙计？

“嗨，杰德。”其中一个警察叫道。

噢，该死。是那个矮胖子。另外一个是瘦高个儿杰里。我决定待在原地。

“嗨，兄弟们，”杰德说，“你们还好吧？”

“很好，伙计。你什么时候回来的？”

“两天前。你们来干什么？”

矮胖子说：“你知道一个叫杰克·费舍尔的家伙吗？”

哇。这么说也许他们真是赶来救我？

“不，我不认识。”杰德说。其他人也都聚拢了过来。更多的握手和拍背。“伙计们，你们知道一个……他叫什么来着？”

“杰克·费舍尔。”

大家都摇头,嘟囔着不认识这个人。

“已经发出了全境通缉令。”矮胖子说道,“他是个大学教授,看来他杀了一个人。”

我的血液骤然变冷。

瘦高个儿杰里补充道:“这个笨蛋甚至亲口坦白了。”

“听起来这家伙很危险,”杰德说,“不过我不明白这同我们有什么关系。”

“首先,我们在两天前发现他想进入你们这块地方。”

“我们这里?”

“没错儿。不过我们现在过来不是因为这个。”

我缩在灌木丛后面,不知应该怎么办。

“知道吗,我们用 GPS 追踪了他的手机号码。”矮胖子说。

“结果,”瘦高个儿杰里又补充道,“信号坐标把我们带到了这里。”

“我不明白。”

“很简单,杰德。我们能够跟踪他的苹果手机。现在想做到这一点很容易。见鬼,只有老天知道,我甚至追踪过我孩子的手机。而现在,追踪结果表明,我们要抓的这个罪犯恰好就在你们这里。”

“那个危险的杀手?”

“很可能,是的。为什么你们不躲到屋里去?”他回头瞧着自己的同伴。“杰里?”

杰里回到车上,拿出了一台手提装置。他仔细看着它,又碰一碰触摸屏,然后声称:“他目前在十五码以内的地方——就在那个方向。”

瘦高个儿杰里正正好好指向我躲藏着的地方。

几种可能出现的情况闪现在我的眼前。其中最明白地摆在面前的选择是:投降。高高举起双手走出树林,有多大力气就用多大力气喊“我投降”。一旦我被警察拘押,别的先不说,杰德这伙人就没法儿碰我。

就在我认真地考虑着这 个做法——举起双手,大喊投降——的时候,我突然看到杰德掏出了自己的手枪。

啊—噢。

矮胖子问道:“杰德,你这是干什么?”

“这是我自己的枪,是合法持有的。而且我现在是在我自己的农场,对不对?”

“对,那又怎样?”

“你们追捕的这个杀人犯……”杰德开始说。

我现在是个杀人犯。

杰德继续说道:“他可能手持凶器,十分危险。我们不能让你们在没有后援的情况下去抓他。”

“我们不需要后援,杰德。把枪收起来。”

“但这里仍然是我们的土地,是不是?”

“是这样。”

“那么,只要不妨碍你们,我就要待在这里。”

明摆着的选择突然间变得扑朔迷离。杰德出于两个理由急于杀掉我。一是他认为我在托德被杀事件中起了作用。也是由于这个原因,刚才他们把我抓进了屋里。不过现在,还有第二,死人不能开口说话。如果我投降,我就会对警察说明今晚发生了什么,他们如何绑架了我并向我开枪。我的口供可能和他们说的完全相悖。但是如果在曲奇家里找出弹头,就能证明是杰德的手枪击发的。电话记录也能证明曲奇给我打过电话。要证明这些可能并不容易,可是我打赌杰德不愿意冒这个风险。

如果杰德现在给我一枪——即便是在我投降的时候——则可以把事件解释成是自我防卫,最不济也是,慌乱中走火。他会向我开枪,杀死我,然后说他以为我有枪或者别的什么武器,而且听矮胖子和瘦高个儿杰里说,我早已杀过一个人。佛蒙特这帮人都会帮着杰德说话,而唯一能够对他们提出异议的家伙——鄙人,已经成了死尸。

还有更多需要考虑的事情。如果我投降,警察会扣押我多长时间?我正在接近于揭开真相,我能够感觉出这一点。警察认为我杀了人,他妈的,我竟然也在一定程度上承认了这一点。他们会扣押我多长时间?肯定要有相当一段时间。

如果他们现在拘捕了我,我也许永远失去了当面会一会娜塔莉的妹妹朱莉的机会。

“往这边。”瘦高个儿杰里喊道。

他们开始朝我走了过来。杰德端着枪,保持着随时准备射击的姿势。

我开始改主意了。我的脑浆似乎和糖浆搅在了一起。

“树林里如果有人,”矮胖子大呼小叫,“请马上举起手走出来。”

他们逼上前来。我朝后退了几步,躲在一棵大树后面。树林很茂密。如果我扎到林子深处,至少在一小段时间里会是安全的。我捡起一块石头,用尽全身力气向左边投了过去。所有人的目光都转向那个方向,手电筒的光束也都朝那里照去。

“在那边。”有人喊。

杰德举起枪第一个向那里走去。

投降？噢，我可不这么想。

矮胖子紧跟着杰德。杰德加快了脚步，几近于小跑，可是矮胖子伸出胳膊拉住了他。“小心点儿，”矮胖子说，“他也许有枪。”

杰德当然明白是怎么回事。

瘦高个儿杰里不肯让步。“仪器显示他还在这边。”

他又一次指着我的方向。他们离我有四五十码远。我蹲到灌木丛里，迅速地把手机埋在一堆树叶里——三天里我失去了两部手机。然后我急忙离开，尽量不发出声响。我向后朝树林深处移动，始终小心翼翼不弄出大的动静。我手里握着石块，等着需要迷惑他们的时候扔出去。

人们现在都跟在杰里身后，缓缓地接近那部手机。

我加快速度，越来越深入到密林中央。我已经看不到他们的身影，只能望见手电筒的光束。

“他就在不远。”瘦高个儿杰里说。

“或者，”杰德说，我猜他正在看着仪器的屏幕，“是他的手机。”

我继续弯下身子移动。我目前没有任何主意，不知道应该走哪个方向，也不知道这片树林会有多大。我也许能摆脱这帮家伙，也许能够不停地保持移动，可是到头来，除非找到一条出路，否则我根本不知道如何走出这片密林。

也许，我想，我可以偷偷杀回那幢农舍。

我听得到含糊的说话声。距离太远，我看不清他们的模样。

这挺好。我看到他们停了下来,手电筒的光束朝地面照射着。

“他不在这儿。”有人说。

矮胖子恼怒地喊道:“我自己能看明白。”

“也许你们的追踪器不好使。”

我估计他们现在正好站在我胡乱埋藏手机的地方。我不知道这会为我争取多长的时间,不会太长,但是也许够用。我直起身跑了起来。就在这时,情况发生了。

我不是医生或者科学家,所以我实在说不清楚肾上腺素是如何发挥作用的,我只知道它确实有作用。它帮助我挨过了当头一棒,承受了飞身撞出窗户又沉重地摔在地面上的疼痛,它也帮助我在自己的脸撞上大树后快速地恢复了过来。尽管我的嘴唇已经肿得老高,可我毕竟还能尝出硌破舌头的苦腥血味。

而我弄明白了的是——此时此刻真正明白了——肾上腺素的作用不是没有止境的。它只是存在于我们体内的一定量的激素,没什么更神秘的。它也许具有狂飙般的力量,然而它的功效——我的仓促体验表明——仅是短暂的。

能量终于枯竭了。

痛感的复辟,并不像收割者那样挥舞几下镰刀预告自己的到来。一阵突如其来的疼痛让我的头部迸裂,使我禁不住跪在了地上。我不得不用手捂住嘴,以免疼得叫出声来。

我听到又有一辆车开了过来。是矮胖子请人支援?

远处传来了声音:

“这是他的手机!”

“这是怎……他把它埋这儿了!”

“大家散开!”

我听得见追踪的脚步沙沙作响。我不知道我究竟领先多远的距离,也不知道这点儿领先的优势能否抵得过手电筒和子弹的追逐。我又一次考虑起冒险举手投降的主意,但又一次否定了这个主意。

我听见矮胖子说:“靠后点儿,杰德。我们对付得了。”

“这是我的地盘,”杰德不客气地回嘴,“这么大的地方光靠你俩可不行。”

“虽然……”

“这是我的土地财产,杰里。”杰德厉声说道,“你们没带搜查证就进入了这里。”

“搜查证?”这是矮胖子。“你当真吗?我们是为你的安全担心。”

“我也一样担心。”杰德说,“你们不知道这个杀人犯藏在了什么地方,不是吗?”

“嗯……”

“你们要知道,这家伙可能在房子里,藏在那里等着我们进屋。没门儿,兄弟——我们就待在外面,和你们一道。”

没有了声音。

站起来!我命令自己。

“我要求每个人都待在能让别人看到的地方。”矮胖子喊道,“谁也别充英雄。你要是看到了什么,你就喊别人帮助。”

我听到人们表示同意的咕哝声。手电筒的光束划破了黑暗。他们正在散开搜索。黑暗中不见人影,只有来回晃动的光束。我明白:我快完蛋了。

站起来,蠢货!

我的脑袋还是天旋地转,不过我硬撑着站了起来。我摇摇晃晃地往前迈步,就像电影里两腿僵直的怪兽。我好歹迈了三步,也许是四步,突然一道手电光划过我的身上。

我立刻跳到一棵树后面。

我被发现了吗?

我等着有人大声喊叫。没有声音。我的后背倚在树干上一动不动。现在唯一能听到的就是我的呼吸。手电光照到我了吗?我相当肯定它照到了,但不能完全肯定。我待在原处等待着事态发展。

脚步声朝我逼近。

我不知道该做什么。如果有人看到了我,我就完了。我没有可能从这里逃出去。我等着有人大喊帮忙。

没有喊叫声。只有正在接近的脚步声。

等一下。如果发现了我,为什么没有人大声叫嚷?大概还不要紧。也许有人把我错当成一棵大树了。

或者,没有人大声叫嚷,是因为他想开枪打死我。

我尽力冷静地思考了片刻。假设这是杰德,他会大声喊叫吗?不会。如果他呼喊别人,我就会撒腿逃跑,矮胖子和瘦高个儿杰里自然会赶过来抓我,这样一来想杀我就很困难。而假设他用手电光照到了我,那会怎样?如果他的确看到了我,如果他知道我藏在了这棵树后,呃,杰德也许就要一个人偷偷接近我,做好射击准备,然后……

砰!

脚步声变得更响。

我的脑子本能地重新做着快速的权衡——这种算计曾经拯

救过我,不是吗?——但是,我的神经细胞经过一两秒钟的运动后,得出了很可怕也是很明显的结论:

我完了。没办法摆脱必然的命运。

我试图积攒能量,为长时间奔跑做好准备。可是实话实说,那管什么用?我只会暴露自己的踪迹,而且就目前状况我也跑不了多远。不是被人用枪射中就是被人活捉。细想想,现在我的选择只剩下两个:被枪击中或是被人逮住。谢谢了,我宁愿被他们活捉。现在的问题是:如何让被活捉的概率尽可能大于被枪杀?

现在我不知道应该怎么办。

一束手电光在我的前方飞舞。我将后背紧贴在树干上,还踮起了脚尖,好像这能管点儿用似的。脚步声越来越近。根据声音和亮光,我估计这人离我已不足十码。

我的脑子里还在权衡着各种选择。我可以藏在这里,突然扑向这个家伙。打个比方说,如果是杰德,我可以解除他的武装。但是搏斗不仅会暴露我的位置,而且此人如果不是杰德——比如说,是矮胖子——那么他们对拒捕的我采取任何致命的措施都是正当防卫。

我该怎么办?

只能希望我没被人发现。

当然了,希望不是一种行动计划,甚至不是一种可行的选择。它只是一种企盼,是一种空想。它意味着我将自己的命运完全交付于,呃,命运。

脚步声离我只有一两码远。我撑住自己,却不知道应当做什么,一切全靠我的直觉和本能。突然,我听到有人对我低语:

“别出声。我知道你藏在树后面。”

是曲奇。

“我将走过你待的地方，”她低声说，“我走过时，你马上跟在我后面，离我越近越好。”

“什么？”

“照我说的做。”她的语气表明没有丝毫商量的余地。“紧跟着我。”

曲奇经过了我躲藏的那棵树，差点儿撞到它，却继续向前走着。我没有迟疑，紧挨在她身后跟了上去。其他手电筒的光束在我的周边闪烁着。

“你不是在演戏吧？”曲奇说。

我不知道她指的是什么。

“你爱娜塔莉，对吗？”

“对。”我悄声回答。

“我会尽可能带你走得远一点儿。我们会遇到一条小路。见到路以后向右拐。哈下腰，别让人发现你。那条小路通向白色小教堂前边的那块空地。到那儿你就明白该怎么走了。我会想法儿引开他们的注意力。你跑得越远越好。别回家，那样的话他们会找到你的。”

“谁会找到我？”

我努力和她保持同步，她迈一步我就迈一步，如同一个淘气的孩子在刻意模仿别人。

“你应该就此打住，杰克。”

“谁会找到我？”

“这件事比你想象的要大得多。你不知道你是在找谁的麻烦。你根本就不知道!”

“那你就告诉我。”

“如果不就此打住,你等于把我们所有的人都置于了死地。”曲奇拐向左边。我跟上了她。她说,“那条小路就在前面。我将拐向左边,你朝右边走,明白了吗?”

“娜塔莉在哪儿?她还活着吗?”

“再有十秒钟,我们就到那条小路了。”

“告诉我。”

“你怎么不听我的话?你必须离这事儿远远的。”

“那你就告诉我娜塔莉在什么地方。”

我听见矮胖子正在远处喊着什么,不过听不清具体内容。曲奇放慢了脚步。

“我求你。”我说。

她的声音听起来遥远而空洞。“我不知道娜塔莉在什么地方。我也不知道她是死是活。杰德也不知道。我们中的任何人都不知道。”

我们踏上了碎石铺成的小路。她开始朝左边拐去。“最后一件事,杰克。”

“什么?”

“如果你再回到这里,我就不再是救你命的那个人。”曲奇向我亮出了她手里的枪,“我将是结束你生命的人。”

第二十二章

我认出了这条小路。

它的右边有个小池塘。娜塔莉和我有一天深夜去那里游泳。我们气喘吁吁地爬上岸来,光着身子躺在彼此的怀抱里,陶醉在肌肤相亲的甜蜜之中。“我从来没这样过,”她慢慢地说道,“我的意思是,我做过这个,但是……从来没这样做过。”

我明白。我也从来没有做过。

我走过了娜塔莉和我在品尝了咖啡和曲奇的松饼后经常来坐的那条旧长椅。前面依稀看得到那座小教堂的轮廓。我没去看它,我不想让痛苦的回忆阻滞我匆匆的步履。我顺着这条小路走进了镇里。我的车停在不到半英里的地方。不清楚警察是否已经发现了它,我觉得现在未必。我不能长时间地驾驶这辆车——它同样在全境通缉令的范围内——然而我想不出离开这里的其他办法,只能冒这个险。

街路依然十分黑暗,我只能凭记忆寻找我的车。我十分幸运,没费周折就找到了它。拉开车门时,车里的灯光唰地在夜幕中绽放。我快速坐进车里关上门。现在怎么办?我是一个,我猜是这样，在逃犯。我想起了在哪部电视剧里看到的逃亡者给自己的车换上别人的车牌。是个好办法。我也应该换下哪台车的牌子。只是，我没有螺丝刀。离开螺丝刀我怎么换车牌？我从兜里摸出一枚硬币。它能当螺丝刀使吗？

要花的时间太长了。

我的心里有个要去的地方。我向南行驶，小心地注意让车速不过快也不过慢，交替踩着油门和刹车，好像适宜的速度能让我变成隐身人似的。沿途很暗，这倒有助于我。我不断提醒自己，全境通缉令并不是法力无边的，如果避开主要干道，我能为自己争取一些时间。

我的苹果手机又没了。没有手机让我有种裸奔和阳痿的感觉。人们对于这类玩意儿的依赖十分好笑。我继续向南行驶。

现在怎么办？

我身上只有六十美元的现金。这点儿钱撑不了太久。如果我使用信用卡，警察就会发现并当场逮住我。哦，未必是当场逮住。他们得看到账单，还得派出巡逻警车。不知道需要多长时间，但我认为不会即时发生。警察很能干，可他们并非无所不能。

实际上别无选择。我不得不去冒明知存在的风险。这个地区的主干高速公路是州际 91 号，就在我前面不远。我上了这条高速公路，遇到第一个休息区就开了进去，在它的后面找了个光线最昏暗的车位停了下来。下车后我煞有介事地用手捏拢衣领，仿佛这样就会掩盖我的本来面目。经过小小的便利店时，我的目光不由得停留在其中的某样东西上。

这里卖记号笔。品种不算多，可也许……

我琢磨片刻后迈进了这家小店。我查看为数不多的书写工具,不禁陷入极度的失望中。

“您想来点儿什么?”

柜台后面的姑娘最多不超过二十岁。她的一头金发中掺着几缕粉红色的头发。没错儿,粉红色。

“我喜欢你的头发。”我说,展现出我永远具有的魅力。

“您是说这些粉红的?”她指指那几缕头发,“是为了帮助人们提升防治乳腺癌的意识。喂,您不要紧吧?”

“我挺好,怎么了?”

“您脑门儿上起了个大包,正在流血呢。”

“哦,那个。我知道。没事。”

“我们这儿卖急救包。如果您觉得有用的话。”

“好啊,也许有用。”我还是回头看那些记号笔。“我想找支红色的记号笔,不过这里好像没有。”

“我们没存货了。就剩下黑色的。”

“哦。”

她研究着我的脸。“不过我这里有一支。”她伸手从抽屉里取出了红色的三福牌记号笔,“我们用它标注存货清单,卖没了就画掉。”

我努力隐藏着自己的焦急。“可以把这支笔卖给我吗?”

“不能再卖了。”

“求你了,”我说,“这真的很重要。”

她想了想。“这么说吧,如果您能买一个急救包,答应我好好照料一下您脑袋上的那个大包,我就把笔搭送给您。”

我们达成了交易,我急忙走进男厕所。时间在流逝。也许有一辆警车已经出动,正在公路上较大的休息区里核查着车辆。

也许不是?我没法知道。我尽力让呼吸变得平稳均匀。我照了照镜子,哟,我的前额肿胀着,眼睛上方还有一道裂开的伤口。我尽可能地进行了擦洗,由于不想惹人注目,贴一块大纱布什么的就未予考虑。

银行自动提款机立在饮料自动售卖机旁边。不过它还得等一等。

我出了便利店奔向汽车。马萨诸塞州车牌号码是红色的,我的车牌号是704LI6。我用记号笔把0画成8,L画成E,I画成T,6变成了8。我朝后退了一步。无论如何经不住近前的仔细打量,不过拉开点儿距离,车牌号的确可以读成784ET8。

我应当为自己的聪明才智喝彩,可眼下没有这个工夫。我回到自动提款机前,心里盘算着。我知道所有的提款机都有监控摄像头——现在哪儿会没有呢?——不过,即使我躲开镜头,警方也会通过信用卡捕捉到我的去向。

看来抢时间比什么都重要。就让他们再获取一张我的照片吧。

我有两张银行卡。我最大限度地将两张卡里的钱取了出来,急忙钻进了车,从高速公路的下一个出口驶出,进入了旁边的小路。到了格林菲尔德镇以后,我把车停在小城中心的一条辅街上。我想在附近的站台换乘公交巴士,不过那很容易被人查出踪迹。我又坐上一辆的士,来到了斯普林菲尔德镇。我花的当然都是现金。在那里我乘彼得潘线路巴士去纽约城。一路上我的眼睛四处游弋,随时等着警察或是坏蛋发现并逮住我。

过度恐惧?

一到曼哈顿,我又打了一辆的士去新泽西的拉姆齐镇,那里就是娜塔莉的妹妹朱莉·波特汉姆居住的地方。

进入拉姆齐后司机问我:“到了,伙计。去哪儿?”

现在是凌晨四点——显然,这时去找娜塔莉的妹妹实在太晚了(或者太早了,看从哪个角度说)。而且我需要休息,我的脑袋还很疼,我的精力快耗尽了,我能感觉出我的肌肉由于过度疲劳而打战。

“找一家旅店。”

“往前开就是喜来登酒店。”

那地方会要你出示身份证明,也许还必须使用信用卡。“不,找个……便宜的地方。”

我们找了一家接待卡车司机、偷情男女和我这类逃犯的小旅馆,它有一个颇为恰当的名字——“寻常汽车旅店”。我喜欢这种坦诚。我们并不伟大,我们甚至没好到哪儿去,我们只是些不好不孬的“寻常”人。遮阳篷上面的招牌标明“按小时收费”(丽思卡尔顿大酒店有时也会这么做)、“配备彩色电视”(好像目前仍然还有提供黑白电视的竞争者),而我觉得最搞笑的还是“备有浴巾”。

这样的地方不会要求你出示身份证或信用卡。

服务台后面的女人大约有七十岁。她用一双阅尽人生的眼睛望着我。她的胸牌告诉我她叫梅布尔。她的头发同干草具有强烈的相似性。我请她开一间旅店后侧的屋子。

“您有预订吗?”她问我。

“您开玩笑,是吧?”

“哈,的确是。”梅布尔说,“不过后侧的房间都满了。人人都要后面的房间,一定是喜欢垃圾堆独特的景色。如果您愿意,我给您开一间能看到史泰博商场全景的好房间。”

梅布尔给了我12号房间的钥匙。我原先想象它会如一场噩梦,结果倒没那么糟糕,这地方相当干净。我尽力不去想象这间屋子在服务生涯中见证过什么。不过话又说回来,如果冷静地想一想,我同样也不愿意猜测丽思卡尔顿大酒店的房间里发生过什么。

我和衣倒在床上,马上坠入了梦乡。这是你全然不记得如何入睡,醒来后也根本不知道是什么时辰的一种睡眠。早晨醒来,我伸手去床头柜摸苹果手机,可是,唉,我想起我已没有手机了。它在警察手里。他们会彻底检查它吗?他们会查看我搜索过的所有网页、我发出去的每条信息和每份邮件吗?他们对我的校园宿舍也会这么做吧?如果警察能够取得追踪我手机信号的许可令,他们同样也有权搜查我家里的电脑。不过,那又能怎样?他们找不到任何与犯罪有关的线索。也许会找到些令人尴尬的内容,可是在网上有谁不偷偷搜看一些说不出口的东西呢?

我的脑袋还疼,疼得厉害。我身上的味道难闻极了。洗个澡非常必要,不过重新穿上这套衣服却是不可想象的。我趔趄着走进清晨明亮的阳光下,手搭凉棚的架势像一个吸血僵尸,或者是那些在赌场里待得太久的家伙。梅布尔还在服务台后面。

“哇,您什么时候下班?”我问道。

“您在挑逗我?”

“呵,不。”

“您采取什么重大步骤之前,最好先把自己洗一洗。我的眼光高着呢。”

“您有阿司匹林或扑热息痛吗？”

梅布尔皱起眉，从手包里端出了一座小小的止疼药军械库。泰诺、布洛芬、萘普生钠、拜耳。我选了泰诺，吞下两片，对她表示感谢。

“顺着路往南走有家塔吉特连锁店，那儿有特大码衣服专柜。”梅布尔说，“也许您该买几件新衣服。”

这建议太棒了。我去了那里，买了一条牛仔裤、一件法兰绒衬衫，当然还有一些内衣。我还买了旅行牙刷、牙膏和体香剂。我不想让我的逃亡生涯持续得太久，可是在向警方自首之前，有一件事情我必须要做。

当面同娜塔莉的妹妹谈一谈。

最后一项购物：一部临时用的手机。我用它拨打伯尼迪克特的手机、住宅和办公室号码，全都联系不上。也许这时候对他来说还是太早了。我想了想还应该同谁联系，后来决定找桑塔。第一声铃响后她就接起来了。

“你好？”

“我是杰克。”

“你用的这是什么号码？”

“这是用完就扔的那种手机。”我说。

她停顿了一小会儿。“你不想告诉我是怎么回事吗？”

“佛蒙特州的两个警察正在追捕我。”

“为什么？”

我很快做出了解释。

“等一等，”桑塔说，“你是说你不配合警察，反而逃跑了？”

“当时那种情形下只能这样。我认为那些人会杀了我。”

“那你现在赶紧自首吧。”

“现在还不行。”

“杰克,听我说。如果你成了逃犯,如果执法人员正在追捕你……”

“我想先办点儿别的事。”

“你需要马上自首。”

“我会的,可是……”

“可是什么?你疯了吗?”

也许疯了。“噢,没有。”

“你在什么地方?”

我不吭声。

“杰克?这可不是好玩儿的。你在哪里?”

“回头我再打给你。”

我挂断了手机,很生自己的气。给桑塔打电话是个错误。她是我的朋友,然而她还有其他责任和原则。

好吧。深呼吸。现在呢?

我给娜塔莉的妹妹拨了电话。

“你好?”

这是朱莉。我挂断了。她在家。我需要知道的就是这个。我的旅店房间里醒目地显示着出租车服务电话。我猜许多进出这家“寻常汽车旅店”的人都不愿意使用自己的车。我凭着记忆拨了出租车服务号码,要一辆的士到塔吉特连锁店来接我。我躲进男厕所,依照一只洗手盆所允许的最大限度擦洗了自己,然后换上了新衣服。

又过了十五分钟,我按响了朱莉·波特汉姆家的门铃。

她家除了一道木质房门外,在它前面还用屏风玻璃安装了一道门。这样她就可以打开一道门,隔着还锁着的那道玻璃门看清来者是谁。当朱莉看清站在她门前台阶的是何许人时,她的眼睛瞪大了,不禁用手捂住了嘴巴。

“你还想装作不知道我是谁吗?”我问道。

“如果你不马上离开,我就要叫警察了。”

“你为什么要对我说谎,朱莉?”

“快离开我的房子。”

“不。你可以打电话给警察,他们可以把我从这里拽走,不过我还会回来。或者我尾随你去上班,或者我在夜间回到这儿来。你不回答我的问题,我就永远不会离开。”

朱莉以飞快的目光朝房子左右各瞥了一眼。她的头发还是褐黄色的,六年了她的模样没有多大变化。“别再打扰我姐姐。她结婚了,生活得很幸福。”

“和谁?”

“什么?”

“托德死了。”

这引起了她的注意。“你说些什么?”

“他被人杀了。”

她的眼睛睁圆了。“什么? 噢,上帝啊,你都做了什么?”

“什么? 我? 不,你以为……”我们之间的交流很快就失去了控制。“我和这事一点儿关系都没有。托德是在同他妻子和两个孩子共同生活的家里被人杀的。”

“孩子? 他们俩没有孩子。”

我盯着她。

“我是说，她会和我说的……”朱莉的声音慢慢消失。她看起来无比震惊。我事先没预料到这一点，我以为她知道发生了什么事、她是这些事情的参与者之一，不管这些“事情”究竟他妈的是什么。

“朱莉，”我缓缓地说道，试图使她重新集中起注意力，“为什么我打电话时你装着不知道我是谁？”

她的声音显得仍然很遥远。“在哪儿？”她问。

“什么？”

“托德是在哪儿被谋杀的？”

“他住在南卡罗来纳州的帕尔梅托城。”

“这完全说不通。你搞错了，要不就是你说假话。”

“不是这样。”我说。

“如果托德死了——照你说的，被人杀了——娜塔莉会告诉我的。”

我舔了舔嘴唇，尽力控制自己不管不顾的语调。“这么说你和她保持着联系？”

她不回答。

“朱莉？”

“娜塔莉担心会有这样的事情发生。”

“什么‘这样的事情发生’？”

她的眼神终于聚拢了起来，像激光一样向我射来。“娜塔莉相信你总有一天会来找我。她甚至教我万一你来怎么去说。”

我使劲儿吞咽了一下。“她是怎么说的？”

“提醒他记住自己的承诺。”

沉默。

我往前迈了一步。“我履行了我的诺言。”我说,“我已经履行了六年。让我进去,朱莉。”

“不行。”

“托德已经死了。如果有什么承诺的话,我一直没有背弃它。可是现在一切都结束了。”

“我不相信你的话。”

“上网查查兰佛学院的网站。你会看到关于他的讣告。”

“什么?”

“在电脑上。托德·桑德森。查查他的讣告。我等在这里。”

她不再说什么,后退一步关上了门。我不清楚这意味着什么。我不知道她是去查看网站,还是她对我已经受够了。我没别的地方可去。我待在那里,面朝着门等待着。十分钟后朱莉回来了。这次她打开了玻璃门的锁,做了个让我进入的手势。

我坐到了沙发上。朱莉坐在我的对面,一副惊呆了的表情。她的眼睛像是一对碎裂的玻璃球。

“我不明白,”她说,“那里说他婚后有了两个孩子。我以为……”

“你是怎么以为的?”

她激烈地摇摇头。“为什么你对此这么感兴趣?娜塔莉把你甩了。我在婚礼上见到了你,我本来以为你根本不会露面,可是娜塔莉说你一定会来。为什么?你是个受虐狂吗?”

“娜塔莉知道我会参加婚礼?”

“是的。”

我点点头。

“怎么?”她问。

“她知道我必须亲眼见证她的婚礼。”

“为什么?”

“因为我不能相信。”

“不相信她会爱上别的男人?”

“是的。”

“但是她这么做了。”朱莉说,“而且她还要求你做出永远不去打扰她的承诺。”

“我知道这个承诺是错误的。即便在我许下诺言的时候,即便在我看到她和另一个男人互换誓言的时候,我也从来没有相信过娜塔莉会放弃对我的爱情。我知道这听起来不过是一厢情愿的胡说,我也知道我大概是人类史上戴着最厚最厚的一副玫瑰色眼镜的家伙,或者是拒不接受现实的某类自大狂患者。但是,我明白,我明白我同她在一起的那种感觉——而且我也明白她的感觉。我们过去嘲笑过的所有那些说法,什么两颗心脏合在一起跳动,什么阴沉沉的天气里突然露出的灿烂阳光,什么超出肉体的需求、甚至也超出精神理解能力的那种相知和相爱——我突然间明白和相信了这一切。娜塔莉和我之间的爱情就具备和诠释了这一切。这样的关系是伪装不出来的。这样的爱情里如果掺进一个虚假的音符,马上就会听出来。我们之间有过那么多‘情不知所起,一往而深’的时光。我为了她的笑容而活着。当我望向她的眼睛,我看到的是一种永恒的爱。当我拥着她的身体,我知道这是千载难逢的幸运。我们建立的爱情是稀有和珍贵的,是浪漫的也是坚实的。如果一个人如此幸运,他就会觉得,找到这份爱之前流逝的一切时光都是生命中可悲的浪费,他会为此而深深懊悔。他还会为其他人感到遗憾,因为这些人永远也体会不到这种持续燃烧的激情。娜塔莉使我明白了生命的意义,她使我们周围的任何东西都充满了活力、充满了惊喜。这就是我的感受,而且我知道,娜塔莉的感受同我完全一样。我们没有被爱情蒙蔽了双眼,而是恰恰相反。爱使我们两个人的目光更加明亮,而且也正是由于没有做出错误的判断,我才会永远地割舍不下这段恋情。我根本就不该做出那份承诺。我的头脑一时糊涂,可是我的心却从来没有。我本应该始终听从我心灵的召唤。"

当我说完这一切的时候,泪珠顺着我的脸颊淌了下来。

"你确实相信这些,是吗?"

我点点头。"不管你会说什么。"

"虽然……"朱莉说。

我替她说完了她的想法:"虽然她和我分手,嫁给了她过去的男朋友。"

朱莉做了个鬼脸儿。"过去的男朋友?"

"是啊。"

"托德不是她过去的男朋友。"

"什么?"

"他们俩当时刚刚碰面。这一切都是在一瞬间不可思议地发生的。"

我尽力让自己变得清醒。"但是娜塔莉说他们以前约会过,甚至住在一起,彼此相爱。他们分手了,后来又意识到他们仍然属于对方……"

朱莉却连连摇头。我脚下的地面在坍塌。

“那是一场旋风般的罗曼蒂克，”她说，“娜塔莉是这么告诉我的。我不明白她为什么那么匆忙地举办婚礼。不过娜塔莉，嗯，她是个艺术家，她做事令人无法预料。她身上具有，就像你说的，持续燃烧的激情。”

这说不通。所有的一切都说不通。不过，我在一团混沌之中第一次隐隐约约地获得了一丝开窍的感觉。

“娜塔莉在哪里？”

朱莉把头发往耳后掖了掖，目光躲向别处。

“请你告诉我。”

“我搞不懂这一切到底是怎么回事。”朱莉说。

“我理解你。我想提供帮助。”

“她警告过我，警告我不要对你说任何事情。”

我不知道应该怎么回答。

“我觉得你现在最好还是离开这里。”朱莉说。

那可没门儿。也许我现在应该迂回到其他方向，给她一个冷不防。“你们的父亲在哪里？”我问她。

刚才在门前第一次看到我时，她的脸上是渐渐地露出无比震惊的表情的。可现在，我的问话就像是朝她的脸上猛掴了一掌。“什么？”

“他在兰佛教过书——甚至就在我的系。他目前在哪里？”

“他和这些有什么关系？”

问得好，我想，甚至可以说问得太棒了。“娜塔莉从来没和我谈起过他。”

“她没有吗？”朱莉以不那么感兴趣的表情耸了耸肩，“也许你们之间并不像你想的那么亲密。”

“她和我一起去过学院,但却只字未提你们的父亲。这是怎么回事?”

朱莉想了一会儿。“你要知道,爸爸在二十五年前就离开了我们。那时我五岁,娜塔莉九岁。我几乎记不起他了。”

“他去哪儿了?”

“这有什么关系?”

“请你告诉我。他去哪儿了?”

“他和一个女学生跑了,可是并没有持续多久。我妈妈……她从来没有原谅过爸爸。他后来又结婚了,开始了新的生活。”

“他们在哪里生活?”

“我不知道,我也不关心。我妈妈说他到西部的什么地方去了。我知道的就是这些。我没兴趣关心这事。”

“那么娜塔莉呢?”

“她怎么?”

“她对父亲的事情很关心吗?”

“关心?关心不关心能怎么样?他离家出走了。”

“娜塔莉知道你们的父亲在哪里吗?”

“不知道。不过……我觉得正是由于父亲的原因,娜塔莉在有关男人的事情上总是搞得一团糟。我们很小的时候,她坚定地相信爸爸总有一天会回来,我们会重新成为一家人。甚至在爸爸另外成家以后也是如此,在他有了别的孩子以后也是如此。爸爸不是好人,妈妈是这么说的。对于妈妈来说,爸爸已经死了——对我也同样。”

“但是对娜塔莉来说却并非如此。”

朱莉没有回答。她迷失在自己的思维之中。

“怎么了?”我问道。

“我妈妈现在住在她自己的家里。她患了糖尿病并发症。我想去照顾她,可是……”她的声音逐渐消失了。后来她接着说道,“要知道,妈妈再也没有结婚。她永远地失去了自己的生活。我爸爸从她身上夺走了一切。尽管如此,娜塔莉仍然渴望着家庭内部的和解。她仍然认为,我说不大好,一切都还不晚。娜塔莉是一个梦想家。在她看来,找回了爸爸,就能证明一个重要的道理——这表明她会找到一个永远值得信赖的男人,而这也可以反过来证明,爸爸并不是当真要离开我们。”

“朱莉?”

“怎么?”

我必须先确认她在直视我的目光。“她遇到了这样一个男人。”

朱莉转眼望着后窗,用力眨起了眼睛。泪水流下了她的脸颊。

“娜塔莉在哪里?”我问。

朱莉摇着头。

“你不告诉我,我就不走。请对我说。如果她仍然没兴趣见我……”

“她当然没有兴趣,”朱莉突然间有些恼怒地抢白说,“如果她有兴趣,她不早就和你联系了?你刚才说得对。”

“我说的什么?”

“关于你的一厢情愿,关于你戴着玫瑰色眼镜的说法。”

“那你就帮助我把它摘下来,”我镇定地说,“一劳永逸地摘下来。请帮助我弄清真相。”

我不知道是不是我的话语影响了她。什么也阻挡不了我，我定定地望着她。也许她看出了这一点，也许就是这一点使她终于妥协了。

“婚礼后娜塔莉和托德去了丹麦，”朱莉说，“他们在那里安了家，但是他们经常外出旅行。托德在一家慈善机构行医，我忘了它的名字。好像是新的开始的意思。”

“‘新起点’。”

“对，就是它。所以他们经常去一些贫穷的国家。托德为那些穷人做手术。娜塔莉作画，还教书。她喜欢这种生活，他们生活得很幸福。或者说，我认为他们是这样。”

“你最后见到她是什么时候？”

“在婚礼上。”

“等等。你六年来再没有见过你的姐姐？”

“正是如此。婚礼过后娜塔莉对我说，她和托德的生活，将是极有意义的新的征程的开始。她提醒我也许在很长时间里都见不到她。”

我实在难以相信我听到的这些。“你从来没去那里看看她？她也从来没回来过？”

“没有。就像我告诉你的，她预先就提醒了我。我收到过她从丹麦寄来的明信片。就是这样。”

“有电子邮件吗？或者是通电话？”

“她没有电话，也没有电子邮箱。她说现代科技会影响她的思维，给她的工作带来不利的影响。”

我扮了个怪相。“她和你这么说？”

“对。”

“你就相信了她说的？万一有紧急情况怎么办？”

朱莉耸耸肩。“这种生活是她自己选择的。”

“你不觉得她的这些安排挺奇怪吗？”

“的确是这样。事实上，我用与你同样的话，同她争论了很长时间。不过我有什么办法？她表示得十分明确——她选择了这样的生活。这完全是一个崭新征程的开始。我是谁？怎么能够阻挡她？”

我难以置信地摇摇头，企图进一步弄清一些事情。“你最后一次收到她的明信片是什么时候？”

“有一阵子了。几个月，也许有半年了。”

我向后靠去。“就是说，事实上你并不知道她究竟在什么地方，对不对？”

“我会说她在丹麦，不过说真的，我并不知道她到底在哪里。我同样不明白，她的丈夫怎么会在南卡罗来纳州同另外的女人住在一起。我是说，这一切完全不合情理。我不知道她现在何处。”

猛烈的敲门声把我们两人都吓了一跳。朱莉不由得伸出胳膊握住了我的手，仿佛是在寻求依托。又一阵敲门声后，有人喊道：

“杰克·费舍尔，我们是警察，这幢房子已被包围了，举起你的双手走出来。”

第二十三章

在我的律师——伯尼迪克特——到来之前，我拒绝回答任何问题。

这耗去了一些时间。领头的警官介绍自己是纽约市警察局的吉姆·马尔霍兰。我弄不清有关司法管辖权的问题。兰佛学院在马萨诸塞州，我在91号高速公路仍然属于该州的路段上杀掉了奥托。我后来的冒险经历发生在佛蒙特州，警察抓住我的地方在新泽西州。除了乘坐公交车经过曼哈顿以外，我实在看不出这桩乱七八糟的案子跟纽约市警察局有什么联系。

马尔霍兰长得很结实，唇上留着浓密的小胡子，让人不禁想到私家侦探玛格侬①。他强调，我并没有被捕，所以我可以随时离开，不过，嗨，如果我愿意同他们合作，他们将由衷地、由衷地感激。在开车拉我去位于曼哈顿中城的警察局的路上，他说话挺礼貌，尽管大多都是些空话。到了警局，他给我拿出汽水、咖

① 私家侦探玛格侬（Magnum PI）：美国同名电视系列剧中的主要角色。玛格侬原为海军情报官员，后成了夏威夷的私人侦探。

啡、三明治,我想要什么都行。我突然感到很饿,就接受了。就在我准备埋头大吃的时候,我想起在什么地方读到过,被拘押时大吃大喝的都是一些有罪的家伙。因为他们明白发生了什么事情,所以该睡就睡、该吃就吃。而那些无辜的人由于过度茫然和紧张,大多睡不好、吃不下。

那么我算是哪一类呢?

我吃掉了三明治,每一次的咀嚼都让我感觉到是一种享受。马尔霍兰和他的搭档苏珊·特里斯科,一位穿着牛仔裤和套头衫的高个子金发女郎,一直在想法与我交谈。我做出拒绝并提醒他们,我已诉诸取得律师援助的权利。三个小时后伯尼迪克特赶到了。我们四个——马尔霍兰、特里斯科、伯尼迪克特和鄙人——在一间力求装修得不过分可怕的审讯室里,围着桌子坐下了。我当然不具备更多的有关审讯室的体验,不过我一直认为它的环境应该是冷冰冰的。然而这间审讯室的调子是柔和的米黄色。

"您知道您为什么会来这里吗?"马尔霍兰问我。

伯尼迪克特皱起眉头。"您当真吗?"

"什么?"

"您让我们怎么回答这个问题?也许应该是主动坦白式的?'噢,是的,马尔霍兰侦探,我想您逮捕我是不是因为我开枪洗劫了两家酒类贩卖店?'我们能不能跳过这类低级的游戏,直接触及事情的本质?"

"听着,"马尔霍兰在椅子上调整了一下姿势后说,"我们是站在你们这边的。"

"噢,好家伙。"

“别这样,我是当真的。我们只是想搞清一些细节,完事后我们都可以称心如意地回家去。”

“您在说些什么?”伯尼迪克特问道。

马尔霍兰对特里斯科点点头。她打开文件夹,拿出一页相纸顺着桌面推了过来。一看到上面的几张面部照片——正脸的、侧脸的——我的血液流速顿时加快了。

这是奥托。

“您认识这个人吗?”特里斯科问我。

“不要回答。”我没想回答,可是伯尼迪克特将一只手放在我的胳膊上以防万一。“他是谁?”

“他的名字是奥托·德弗卢。”

这个名字让我的全身掠过一阵寒意。那两个家伙没有对我遮盖他们的容貌,而且他们或至少是奥托还用了自己真正的名字。这只能说明一件事情——他们根本就没打算让我活着离开那辆面包车。

“最近,您的委托人声称,他在马萨诸塞州的高速公路上同一个与奥托·德弗卢体貌特征相同的人发生了冲突。您的委托人在他的陈述中指出,出于自我防卫的需要,他被迫杀死了德弗卢先生。”

“我的委托人撤销了他的陈述。他当时受到酒精作用的影响,处于不清醒状态。”

“您不明白,”马尔霍兰说,“我们不是要找他的麻烦。如果可以这样做的话,我们将送给您的委托人一枚勋章。”他摊开了自己的双手。“我们都站在相同的立场上。”

“噢?”

“奥托·德弗卢是个专干坏事、恶贯满盈的人渣。如果历数他的全部‘业绩’,需要的时间可就太长了。让我们挑最重要的点一点:谋杀罪、侵犯人身罪、敲诈勒索罪。他的绰号是‘家得宝’[①],因为他喜欢用各种工具折磨被害者。他先是给具有传奇色彩的埃迪兄弟卖命,后来雇主认为即便对他们而言奥托也过于残暴,所以决定不要他了。于是他自己单干,或者是为那些迫不及待地寻找真正的疯子的坏蛋去干,不管他们是谁。”马尔霍兰微笑着对我说,“您瞧,杰克,我不知道您是怎么偏巧碰上这个家伙的,但是您做的实在是一件造福社会的事。”

“这么说,”伯尼迪克特说,“从理论上讲,您这么做是为了感谢我们?”

“不是什么从理论上讲,您的朋友就是一位英雄。我们想同你们握手以表示敬意。”

没有人相互握手。

“请告诉我,”伯尼迪克特说,“你们是在哪儿找到他的尸体的?”

“那并不重要。”

“死亡原因是什么?”

“那也同样并不重要。”

伯尼迪克特无拘无束地微笑着说:“您就这么对待您的英雄吗?”他朝我点点头说,“如果没有别的事,我想我们现在应该离开这里了。”

马尔霍兰瞅了一眼特里斯科。我看到她的脸上露出了稍纵即逝的微笑。不会是什么好事。“好吧,”马尔霍兰说道,“如果

---

① 家得宝(The Home Depot):美国著名的家居建材用品零售商。

你们愿意玩儿这种游戏的话。”

“什么意思?”

“没有什么意思。你们完全可以自由地离开。”

“很抱歉我们没帮上什么忙。”伯尼迪克特说。

“不必为此抱歉。就像我说的,我们只是想对报销了那个坏蛋的人表示感谢。”

“啊哈,”我们两人都站了起来,“我们能找到出去的路。”

我们快要出门的时候,苏珊·特里斯科突然说道:“噢,费舍尔教授?”

我转过身。

“如果我们再给您看一张照片,您不会介意吧?”

他们俩抬头望着我的样子,似乎是根本就不愿找这个麻烦,似乎这个世界上的一切对于他们都无所谓,至于我是怎么想的根本不重要。我看这张照片也好,我走出这道门也好,都没什么大不了的。我站在原地没动。他们也没有动。

“费舍尔教授?”特里斯科问道。

她从文件夹里取出照片背朝上扣在桌子上,好像我们是在赌场里玩儿二十一点。我看到她的眼睛闪烁着光亮。房间的气温下降了十度。

“给我看看。”我说。

她翻过那张照片。我僵住了。

“您认识这位女士吗?”她问道。

我没有回答,只是盯着那张照片。是的,当然了,我认识这位女士。

她是娜塔莉。

"费舍尔教授?"

"我认识她。"

这张照片是黑白的,看起来像是从某段监控录像中截取的画面。娜塔莉在匆匆地穿过大堂。

"关于她您能告诉我们一些什么?"

伯尼迪克特将一只手放在我的肩膀上。"为什么您要问我的委托人?"

特里斯科的目光牢牢地把我钉在原处。"我们找到您时,您正在拜访她的妹妹。您能告诉我们您去那里做什么吗?"

"我再问一遍,"伯尼迪克特说,"您问我的委托人的目的是什么?"

"这位女士的名字是娜塔莉·艾维里。我们已经同她的妹妹朱莉·波特汉姆谈了很长时间,朱莉说她的姐姐生活在丹麦。"

这回我说话了。"你们找娜塔莉干什么?"

"我无权谈论此事。"

"那我也一样。"我说。

特里斯科瞅瞅马尔霍兰。他耸下肩说道:"那么好吧,你们可以离开了。"

我们都站在那里,玩儿着懦夫博弈①的游戏。混合运用两个隐喻吧:我手里没有什么牌,所以我首先眨了眼睛②。"我们

---

① 懦夫博弈(Chicken Game):亦译为斗鸡游戏。设想相向行驶的两车即将相撞,此时避让一方被称为"chicken"(小鸡、懦夫)。对双方驾驶者而言,最好的结果是对方避让、自己仍然直行。而追求这种最好结果却又可能出现车毁人亡的最坏结果。该术语常见于西方经济学或政治学论述之中。

② 在两人目不转睛地直视对方的游戏中,先眨眼睛的一方为输家。

曾经约会过。”我说。

两个警察期望得比这要多。

伯尼迪克特说:“杰克……”可是我挥手制止了他。

“我正在寻找她。”我说。

“为什么?”

我望了一眼伯尼迪克特,而他看起来同警察一样好奇。“我爱她,”我说,“我从来没有真正地忘记她。所以我希望……我也说不好,我希望我们能和好如初。”

特里斯科在本子上记着什么。“为什么是现在?”

匿名的邮件又闪回脑际:

你做过承诺。

我重新坐下来把照片拿到近前。我用力抑制着自己的感情。娜塔莉耸着双肩,而她美丽的脸庞……我感觉我的泪水正在涌出……她看着十分惊恐。我用手指触摸她的脸庞,觉得她似乎能够感知我的触摸并由此而缓解紧张。我不喜欢看到她这个样子,我不愿意看到她如此害怕。

“这是在哪里拍摄的?”我问。

“这不重要。”

“不重要才他妈见鬼。你们正在寻找她,对不对?为什么?”

他俩又互相对视了一眼,特里斯科点点头。“让我们这么说吧,”马尔霍兰缓缓地说道,“娜塔莉是我们在罪案调查中需要讯问的一个人。”

“她有麻烦了吗?”

“不是出自于我们。”

“这话怎么理解?”

“您说这话该怎么理解?”这是我第一次看到马尔霍兰不再做出彬彬有礼的样子,他的脸由于气愤而发红。“我们在寻找她,”他抓起奥托的照片,“可是他和他的朋友们也在寻找她。您觉得谁先找到她会更好一些?”

我盯着娜塔莉的照片,视线一会儿模糊、一会儿清楚。这时我突然有了新的发现。我尽力保持原来的姿势,尽力让自己的表情若无其事。在照片右下角,印着时间和日期。它标明是五月二十四日晚十一点四十七分……六年之前。

这张照片是娜塔莉和我相遇的几个星期前拍摄的。

“费舍尔教授?”

“我不知道她在哪里。”

“但是您正在寻找?”

“是的。”

“为什么是现在?”

我抖一下肩膀。“我思念她。”

“但是为什么是现在呢?”

“也许会发生在一年以前,也许会发生在一年以后。这只是一个时间问题。”

他们不相信我。这太不好了。

“您寻找她还顺利吗?”

“不。”

“我们可以帮助娜塔莉。”马尔霍兰说。

我没回答。

“如果是奥托的朋友先找到她……”

“他们为什么要找她? 见鬼,你们为什么要找她?”

他们转换了话题。“您去了佛蒙特州。有两位警官证实您去过,我们在那里还发现了您的苹果手机。这是怎么回事?”

“那里是我们相恋的地方。”

“她在那处农场待过?”

我说话太多了。“我们在佛蒙特相遇。她在那儿的一处小教堂结了婚。”

“您的手机为什么会留在那里?”

“他一定是不小心丢在了那里,”伯尼迪克特说,“顺便问一下,能把它还给我们吗?”

“当然。我可以安排。没问题。”

沉默。

我望着特里斯科。“过去的六年里,你们一直在寻找她吗?”

“开始是这样。后几年就没有更多地下功夫,没有接着找下去。”

“为什么不继续寻找?”我问道,“我的意思是,呃,与你们问我的问题是一样的:为什么是现在? 为什么现在又要找她?”

他们两人又对视了一下。马尔霍兰对特里斯科说:“告诉他。”

特里斯科看着我说:“我们后来停止追寻娜塔莉,是因为我们认为她死了。”

我在一定程度上料到了这个答案。“你们为什么会这么想?”

“这同您无关。您需要做的是在这件事情上帮助我们。”

“我什么也不知道。”

“如果您告诉我们您掌握的情况,”特里斯科的声音突然变得严厉,“我们就忘掉关于奥托的事。”

伯尼迪克特问道:“这话到底是什么意思?”

“您以为它会是什么意思?您的委托人声称他是自我防卫。”

“那怎么?”

“您问过奥托的死亡原因。我告诉您吧:您的委托人弄断了一个人的脖子。我就当是向您发布新闻吧,死者的脖子断成那样,很少会是自我防卫的结果。”

“首先,我们否认我的委托人同那个罪犯的死亡有任何……”

特里斯科举起一只手:“免了吧。”

“这没关系,”我说,“您愿意的话尽管做出任何威胁。不过我的确不知道任何事情。”

“奥托可不相信这一点,是不是?”

鲍勃的声音在我耳畔响起:“她在哪儿?”

马尔霍兰探身靠近了我。“您会这么愚蠢,以为这一切就结束了吗?您以为他们从此会忘掉您吗?他们曾经低估过您,他们不会再犯这样的错误。”

“您说的‘他们’究竟是谁?”我问道。

“一些无恶不作的家伙,”他说,“您知道这些就够了。”

“这让人十分费解。”伯尼迪克特说。

“仔细听好了。或者是他们先找到娜塔莉,”马尔霍兰说,“或者是我们。这取决于您。”

我又说了一遍:“我确实不知道任何事情。”

这倒是实话。不过值得庆幸的是马尔霍兰也许觉得让我开口的希望过于渺茫,最后终于放弃了努力。

我能够找到娜塔莉。

第二十四章

伯尼迪克特驾着车问道:“你不想对我说说吗?”

“说来话长。”我回答。

“我们的车程也很长。说到这儿,我该把你拉到什么地方?”

问得好。我没法儿回校园,不仅是由于我已经被宣布为不受欢迎的人,而且正如马尔霍兰和特里斯科警官提醒我的那样,一些无恶不作的家伙可能对寻找我的行踪很感兴趣。我想知道,杰德、曲奇这些人与鲍勃、奥托是否属于同一个团伙,或者是否有两个团伙的坏人在追杀我。很难说。鲍勃和奥托是冷酷的职业杀手,绑架我这类的事情对于他们来说是家常便饭;杰德和曲奇是笨手笨脚的业余人士——缺乏自信、容易冲动、战战兢兢。我不知道这种区别意味着什么,但我觉得弄清区别还是挺重要的。

“我也不知道。”我说。

“那我就往学院开,好吗?说说都发生了什么。”

于是我就说了。伯尼迪克特的眼睛始终望着路面,听着听着便点点头。他的表情凝重，双手在方向盘上一直分别固定在十点和两点钟的方向。我说完后他有一会儿没有吭声，然后是："杰克？"

"嗯？"

"你不能再这么干下去了。"伯尼迪克特说。

"我不能肯定我会就此罢手。"

"许多人想杀掉你。"

"我可从来没有这么受人追捧过。"我说。

"这话不假，你误打误撞地卷入了严重的祸患当中。"

"你们人文学的教授从来不会吝惜词汇。"

"我不是开玩笑。"他说。

我明白。

"佛蒙特的那些人，"伯尼迪克特问，"他们是干什么的？"

"在某种意义上应该算是朋友。这就是让人百思不解的地方。我第一次遇见娜塔莉的时候，杰德和曲奇都在那里。"

"而现在他们想杀了你？"

"杰德认为我在托德·桑德森的凶杀案中起了一些作用。不过我弄不明白，为什么他这么在意托德或者他是怎么认识托德的。他们两人之间一定存在着某种联系。"

"那个叫杰德的家伙和托德·桑德森之间的联系？"

"是的。"

"答案其实很明显，对不对？"

我点点头："娜塔莉。"

"对了。"

我想了想后说："我第一次遇到娜塔莉时，她坐在杰德身旁。当时我甚至还闪过一个念头,觉得也许他们正在相恋。”

“那么,”伯尼迪克特说,“现在听起来你们三个人都被某种因素联系在一起。”

“意思是?”

“与娜塔莉的性关系。”

我不喜欢他这么说。“对此还无法确定。”我无力地抗议着。

“我能说说显而易见的事实吗?”

“如果你一定要说的话。”

“我还算是了解女人的,”伯尼迪克特说,“这么说也许会冒自吹自擂的风险,不过有些人甚至称我是这方面的专家。”

我做了个鬼脸儿。“风险?”

“有些女人就是制造麻烦的人,你懂我说什么吗?”

“麻烦。”

“没错儿。”

“而且我猜你是想告诉我,娜塔莉就是这些女人当中的一个。”

“你、杰德、托德,”伯尼迪克特说,“没有冒犯的意思,可是对于这一切只有一个唯一的解释。”

“就是说……”

“就是说你的娜塔莉是个疯狂的变态女人。”

我锁起眉头。我们默默地行驶了一会儿。

“我有个平时用来办公、写作和接待客人的小房子,”伯尼迪克特说,“你可以住在那里,等待事情平息下来。”

“谢谢。”

车又向前开了一会儿。

“杰克?”

“嗯?”

“我们总是情不自禁地更加迷恋那些疯疯癫癫的女人,”伯尼迪克特说,“这是我们男人的通病。我们全都声称讨厌戏子似的人物,其实我们喜欢。”

“很深刻,伯尼迪克特。”

“我能再问你一件事吗?”

“当然。”

我看到他的双手更加用力地握紧了方向盘。“你怎么会碰巧看到了托德的讣告?”

我转过脸瞧他。“什么?”

“他的讣告。你怎么会发现它?”

我不知道我的脸上是否已经挂上了困惑的表情。“它刊登在校园网站的首页上。你到底想问什么?”

“没什么。我只是有些奇怪,就是这么回事。”

“我在办公室就告诉过你——而且你鼓动我去参加葬礼,忘了吗?”

“是这么回事,”他说,“而现在我鼓动你忘了这事。”

我没有回答。我们重新默默地行驶着。伯尼迪克特又打破了沉默。

“还有一件事困扰着我。”他说。

“什么事?”

“警察竟然能够在娜塔莉妹妹家找到你,这你是怎么想的?”

我也曾对此感到惊奇,可是现在我已经知道了,答案是明摆着的。“桑塔。”

“她知道你在哪儿?”

我解释了给她打过电话和愚蠢地没有抛掉临时手机的事情。如果警察能够通过手机来追查你的行踪,那么他们知道你的号码后(它肯定赫然出现在了桑塔的手机上),其他一切就不是问题了,即使只是一部临时手机。它现在仍然在我的口袋里,我在心里争论着要不要把它从窗户扔出去。没必要了。我需要提防的人已经不再是警察了。

特里普院长停我职要求我离开学院后,我装了一只衣箱,把它连同手提电脑存放在了克拉克楼的办公室。我不知道是否有人监视着我的宿舍和办公室。也许没那么过分,不过现在见鬼的事多了。按照伯尼迪克特的主意,我们将车停在离我的办公室很远的地方。我们注意观察有无可疑的动向。没发现什么。

“我们可以派个学生去取你的东西。”他说。

我摇头。“已经有一个学生为我这件事受伤了。”

“这儿没什么危险。”

“尽管是这样,还是别让学生参与此事。”

我走到克拉克楼,小心翼翼地从后门走进办公室,急忙拾起东西回到伯尼迪克特的车上。没人注意我。好人当有好报。伯尼迪克特开车来到他的住宅后面,把我送到了那幢小房子。

“谢谢你。”我说。

“我有一堆学生作业等着批改。你不要紧吧?”

“当然。”

“你应该找医生看看你的脑袋。”

我的头痛尚未完全消失。我不知道它是出于脑震荡，还是过度疲劳和压力太大，也许是这些因素的综合作用。不论是什么毛病，我觉得医生起不到多大作用。我又谢过伯尼迪克特，走进屋里，把手提电脑摆在了桌子上。

我觉得，到了再做些网上侦察的时候了。

对于我是否具有一流的侦探水平、是否懂得如何开展网上侦察，你也许会提出异议。我不是侦探，也不掌握网上侦察技能。不过我懂得把要查的东西敲进谷歌进行搜索。我目前就是这么做的。

首先，我搜索的是一个日子：六年前的五月二十四号。

这是纽约警察局给我看的照片上印着的日期。有必要了解一下当天都发生了什么。嗯，没准儿那天发生的是一桩罪案。也许会刊登在报纸上。这是不是大海捞针？我猜是的。然而这毕竟是一个开端。

我按下回车键。铺天盖地排在前面的搜索结果都是有关堪萨斯城遭受龙卷风的消息。我需要进一步收窄搜索范围。我在检索字段中加上了“纽约市”，再次按下回车键。第一条信息是，纽约流浪者曲棍球队以 1∶2 败给了水牛城军刀队。第二条是纽约大都会棒球队以 5∶3 胜亚利桑那响尾蛇队。唉！我们生活在一个迷恋体育的国家。

我终于登录了一家专门浏览纽约各类报纸和存储报纸档案资料的网站。最近两个星期，许多报纸都在头版谈论纽约城发生的一系列胆大妄为的银行抢劫案。这伙罪犯专在夜间袭击银行，至今没有留下任何蛛丝马迹，所以获得了“隐形帮”的绰号。真是上口。我检索出了六年前五月二十四号这一天的报刊资料,重点浏览网页中的都市新闻版面。

这一天排在前面的消息依次是:一个持枪男人袭击了法国领事馆;警方摧毁一个由乌克兰黑帮势力操纵的海洛因贩卖团伙;被指控强奸的警察乔丹·史密斯在法庭上做了无罪陈述;史丹丁岛一户居民家的火灾起因可疑;索勒姆·汉密尔顿公司的一位对冲基金经理被控设立庞氏骗局;一位州审计官被控违背了道德规范。

都没什么用。也许有用,也许娜塔莉就是乌克兰黑帮中的成员,也许她认识那个对冲基金经理——那张监控录像照片的背景看起来是一个办公大楼的大堂——或认识那个州审计官。我在六年前的那个时候干什么呢?五月二十四日。学院那时快放暑假了,事实上课程可能刚好结束。

六年前。

如同伯尼迪克特最近在图书馆酒吧对我指出的那样,我当时的生活正处于一团糟。一个月前我父亲由于心脏病去世。我的论文写作很不顺利。五月二十四号,应该就是在这个日子的前后,特雷纳教授举办了那场让低年级学生喝得酩酊大醉的毕业派对。我希望他得到应有的严厉处罚,为此休谟教授和我之间的关系多少有一点儿紧张。

不过我当时的日子过得如何并不重要,重要的是娜塔莉。

监控录像的画面是五月二十四日拍摄的。我仔细想了想。假设五月二十四日发生的是一桩罪案或是一场事故,没错儿,我试图寻找的就是娜塔莉同这类事件存在某种联系的可能性。不过,顺着这个思路想下去,如果这类事件发生在五月二十四日,报纸会在什么时候予以报道?

五月二十五日，而不是五月二十四日。

这算不上是多么深刻的见解，然而不是没有道理。我点击五月二十五日的报纸，继续浏览其中的都市生活版面。主要事件有：本地以帮助弱势群体打官司闻名的律师阿切尔·迈纳被人枪杀；切尔西街区的火灾致二人死亡；一名手无寸铁的少年遭警察开枪射击；一男人杀死前妻；一高中校长因盗用公款被捕。

完全是浪费时间。

我用手揉着合上的眼睛。放弃这一切，看起来这是个最好的主意。我躺下来闭眼不想此事。继续信守诺言，遵从我以为是最理想的意中人的那位女人的愿望。当然，正如伯尼迪克特指出的，托德和杰德也许同样认为娜塔莉是他们最理想的意中人。某种原始的情感——称它为嫉妒好了——一时蹿遍了我的全身。

可是，对不起，我不相信这些。

杰德并不是作为一个吃醋的情敌向我发难的。托德……我不知道究竟是怎么回事，不过没关系。我不能退却，我不是那样的人——说真的，谁又会是那种人？一个具有正常理性的人怎能面对这么多不解之谜而袖手旁观？

我的脑海里有一个声音悄悄回答：咳，至少你自己可以坐视不管。

不行，我不能就这么不了了之。我为此而遭到过袭击、威胁、殴打以至拘押，我甚至还亲手杀死了一个人……

哎，等一等。我杀死了一个人——而且我现在知道了他的名字。

我又凑到电脑前，搜索一个人名：奥托·德弗卢。

我以为排在最前面的检索结果会是一份讣告。并非如此。最先跳出来的是一个论坛，它的名称是“黑帮发烧友”——是的，千真万确。我点击进入讨论区，可它要求先注册。我马上创建了个人主页。

讨论区里有个专题叫作“安息吧，奥托”。我点击查看：

> 我靠！奥托·德弗卢，这个黑帮里最凶悍的职业杀手和敲诈勒索专家，竟然被人弄断了脖子！他的尸体像一摊垃圾被抛在锯木厂大道的路边。佩服，奥托。你本是个顶尖的杀手，兄弟。

我禁不住摇头。网上到底会有什么？——会不会有已定罪的变童癖的粉丝专页？

有十来条评论，都是回忆奥托的一些最令人可怖的行为，并且，噢，这是真的，对之大加褒扬。人们说在网上可以发现任何样式的堕落。我意外地撞进了一家专门为黑帮的仰慕者设立的网站。如今的世界。

读到第十四条评论时，我有了实质性的收获：

> 奥托的葬礼将于星期六在皇后区的富兰克林殡仪馆举行。由于是非公开的内部葬礼，您可能无法前去吊唁。不过有意者可以敬献鲜花，地址如下……

这则公告列出了殡仪馆的地址。它位于皇后区的法拉盛。

桌上有本速写簿。我抓起它还有一支铅笔，靠回椅背上。

我在纸的左边写上娜塔莉的名字，又在下面写上托德。接着我草草记下了其他人的名字——我、杰德、曲奇、鲍勃、奥托——凡是我能想到的一切相关人的名字。还有迪莉娅·桑德森、埃伯恩·特雷纳、娜塔莉的爸爸艾伦·克莱纳、她的妈妈西尔维娅·艾维里、朱莉·波特汉姆，甚至还有马尔科姆·休谟，所有的人。然后，在这页纸的右侧，我至上而下地画出了一条时间轴线。

尽我的一切所能往前追溯。最初的一切是在什么地方发生的？

我不知道。

那么就从我知道的最初的时间入手。

二十五年前，正在兰佛教书的娜塔莉的父亲与一个学生共同出走了。按照朱莉·波特汉姆的说法，她们亲爱的父亲已经在什么地方落脚并再次结婚了。唯一的问题是，任何地方都寻不见他的踪影。桑塔怎么说来着？有其父就有其女。娜塔莉和她父亲两个人都像是蒸发在空气里一样，完完全全地脱离了社会化的网格。

我给娜塔莉和她父亲的名字画上了一道连线。

对于两者的联系，我还知道些什么？我回忆朱莉说过的话。关于她父亲再婚的消息，朱莉是听她母亲说的。也许母亲知道的比她说出的更多。也许她母亲有她父亲的地址。无论如何，我需要同她母亲谈谈。如何找到朱莉的母亲？她在家里——朱莉是这么告诉我的。我不知道她的家在哪里，而且我估计朱莉未必采取与我合作的态度。尽管如此，想找出艾维里女士的下落，应该不是特别困难的事情。

我在西尔维娅·艾维里的名字上画了一个圈。娜塔莉的母亲。

还是回到时间轴线上来。我由远至近地梳理各种事情的脉络。下一个节点是二十年前。托德·桑德森当时是个学生。他爸爸自杀后,他也险些被学校开除。我回想起了他的学生档案和讣告。两处都提到,托德为了弥补自己的过失,创办了一家慈善机构。

我把“新起点”写在了纸上。

第一,“新起点”作为一家慈善机构,是紧接着托德个人引发的混乱,恰好在我们的校园里诞生的;第二,娜塔莉六年前告诉妹妹,她和托德将周游世界,帮助“新起点”做各种善举;第三,托德真正的妻子迪莉娅·桑德森告诉我,“新起点”是她的丈夫倾注了全部精力的事业;第四,我最爱戴的导师休谟教授是创建“新起点”的指导者。

我用铅笔敲打着速写簿。这事处处与“新起点”有关。不论“这事”究竟是怎么回事。

我需要查查这家慈善机构。如果娜塔莉的确在为“新起点”而游历各地,“新起点”的人也许至少有一点儿关于她现在何处的线索。我重新开始了网上检索。“新起点”声称帮助人们获得一个新的开端,而他们的业务范围看起来颇为宽泛。比如,他们为需要的孩子做腭裂修复术,他们帮助人们解决企业破产带来的问题,帮助你找到新的就业机会,不管你历史上经历过什么。

简言之,这家机构奉行的宗旨就是在它的主页最下方说的:“我们帮助任何一位真正地、迫不及待地需要一个新起点的人。”

我皱起眉头。这种表述是不是过于模糊了？

网页上有关于捐助事项的说明。“新起点”是一家501(C)(3)[①]慈善机构，所以对它的一切捐赠是可以享受减免税待遇的。网页上没有列出该组织的管理人员——没有托德·桑德森或是马尔科姆·休谟或是任何人。上面也没有列出办公地址。联系电话的地区号是843——南卡罗来纳州的。我拨了这个号码，接听的是一部应答机。我没留言。

我在网上找到了一家专门调查各类慈善机构、“从而使你更有把握地赠予和付出”的公司。收取一点儿手续费后，他们可以寄给你有关任何一家慈善机构的调查报告，包括该组织呈报给国内收入总署的990报表（天知道那是什么）和“完整的财务资料，依据慈善使命所做的各项决策，管理人员的个人经历，机构拥有的不动产和股票、基金筹措及其他机构活动所花费资金等各方面的综合分析”。我付了这笔不大的手续费，很快就收到一封邮件，它承诺调查报告将于第二天发到我的电子邮箱。

我可以等到那个时候。我的脑袋一阵阵地跳痛，像是被什么东西砸扁了的脚指头。我对于睡眠的渴求完全是出自全身骨髓的呼唤，已经没有任何力量能够阻挡睡意了。明天早晨我要参加奥托·德弗卢的葬礼，然而目前我的身体需要休息、需要滋养。我洗了个淋浴，吃了几口东西，接着便死一般地睡去。鉴于我的周围正在发生着的那些事情，我睡上这么一觉倒是十分必要。

---

① 501(C)(3)是美国税法的一个条款，规定对宗教、教育、慈善等组织予以相关减免税政策。

第二十五章

伯尼迪克特把脑袋探进属于他自己的这辆车的前窗里。“我不喜欢你的主意。”

我根本不想回答。我们已经就此事争论过十来遍了。“谢谢你把车借给了我。”

我把我那辆修改过车牌号的汽车留在了格林菲尔德镇的街道上。到一定时候我得想个办法把它取回来,可眼下还顾不上。

“我可以和你一道去。”伯尼迪克特说。

“你有课。”

伯尼迪克特放弃了争辩。我们从来不耽误授课。自从着手调查这桩怪诞的事情以来,我已经让学生们不同程度地受到了伤害。我不能允许有更多的学生付出哪怕是最微小的代价。

“这么说你打算在黑帮的葬礼上露面?”

“差不多是这么一回事。”

“我听着是很不怎么样的一回事。”

很难反驳。我准备去监视奥托·德弗卢的葬礼现场。我希望能通过什么途径搞清楚为什么他要袭击我、他受谁指使、为什么他们要寻找娜塔莉。我不大热衷于捕捉细节——不然何至于在娜塔莉这件事上弄到这步田地——然而我目前恰好没什么事情可做,而无所事事地坐等鲍勃或是杰德找上门来收拾我,似乎不是什么上好的选择。

主动出击胜过坐以待毙。面对我的学生,我会这样说。

康涅狄格州和纽约州境内的95号公路总体上是一连串的施工工地,因为这里正在打造一条州际高速公路。尽管步步是坎儿,我还是抢出了宽裕的时间。富兰克林殡仪馆位于皇后区法拉盛社区的诺森大道。令人奇怪的是,这家殡仪馆的网页竟然使用了中央公园里深受人们喜爱的彩虹桥的照片。人们常常看得到一对对新婚夫妇在这座桥上相拥留念,就像是曼哈顿正在上演的一出出浪漫喜剧。我想不通为什么他们要用彩虹桥的形象,而不是用他们殡仪馆的真实照片。就这么想着,我开到了地方。

人们最终得以安息的地方。

富兰克林殡仪馆大约建于1978年,看着像是专为容纳两位牙科医生也许再加一位直肠科医生的诊所而建起来的。外面刷的是吸烟者牙渍般的黄色涂料。结婚典礼、社交聚会和庆祝晚宴往往会分别出主持人的高下。葬礼则很少会有这种情况。死亡是最有效的电工学上的均衡器,以至所有的葬仪服务,除了电影里演的以外,到头来都变得一个样。葬礼从来都是苍白刻板的,给人提供的不是舒缓和慰藉,只是干瘪的套话和机械的仪式。那么现在做什么?我不能径直走进去,假使鲍勃在那里怎么办?即使我躲在后排,像我这种大块头的家伙,也很难和别人完全融在一起。

一个穿着黑西服的男人正在指挥大家停车。我把车停在一边，朝他露出了一个前往葬礼者才会有的笑容，谁知道这种笑容的标准样式该是什么样的。黑西服问道："您是来参加德弗卢的还是约翰逊的葬礼？"

快速的即兴反应是我的长项，我答道："约翰逊。"

"您可以把车停在左侧。"

我开进宽敞的停车场。看来参加约翰逊的葬礼要经过前门，而殡仪馆的后面则为德弗卢的葬礼支起了一个大帐篷。我在角落里找到了停车位。我把车倒进去，获得了观察德弗卢帐篷的绝好视角。如果约翰逊那边的人或是富兰克林殡仪馆的员工不知怎的注意到了我，我可以装作是由于失去德弗卢的痛苦而需要独自待一会儿。

我回想我参加过的上一个葬礼，仅仅是几天前，在帕尔梅托城的白色小教堂里。如果我身边有画着时间轴线的那页纸，它就会告诉我，从白色小教堂的婚礼到另一个白色小教堂的葬礼之间，存在着六年的空白。六年。我想算算这六年里有多少天是我不曾思念过娜塔莉的日子，答案是：没有。

不过目前我更想知道的是，娜塔莉在这六年里过的是什么样的日子？

一辆长长的豪华轿车开到了帐篷前。治丧的一个奇怪现象是，人们总是乘坐过度奢华的交通工具前来表达对亲爱的死者的哀悼。然而话又说回来，难道其他场合人们就会放弃奢侈吗？两个穿着深色西服的男人上前拉开了车门，规格很是隆重。一位三十五六岁的苗条女人在别人的帮助下迈出车门。她牵着一个留着长头发、看样子有五六岁的小男孩儿的手。小男孩儿穿着黑西装,给人一种反常和不祥的感觉。小孩子永远不应该穿一身黑色正装。

在这一刻之前,我从来没有想到过会存在这样的可能性:奥托也许有个家庭,也许有个同床共枕的身材苗条的女人,也许还有一个爱着他、留着长头发、同他一道在院子里玩儿球的儿子。其他人也都从车里拥了出来。一个年老的女人攥着手帕不停地擦拭着眼泪,在三十来岁的一对男女搀扶下勉强行走。可能是奥托的母亲和兄妹,我说不准。这家人在帐篷前站立,组成了一个迎客队形,在那里迎接着吊唁者。他们的举止和神态表明他们刚刚遭受过毁灭性的打击。那个小男孩儿看着十分迷茫、困惑和恐慌,仿佛是有人悄悄地来到他面前朝他的肚子狠狠地揍了一拳。

那人就是我。

我坐在车上一动不动。我曾经把奥托视作一个独立封闭的存在体。我本以为杀掉他只是终结了一个孤立的生命,只会造成他一个人的悲剧。但是没有一个人是完全孤立的。一个人的死亡,能够泛起涟漪,产生回响。

尽管我的行为给他的家人带来的后果让人看着难受,但是这终究不能改变一个事实:我做的事情是正当的。我正正身子,继续紧盯着那些前来吊唁的人。我原来估计这些家伙看着一定都很像《黑道家族》电视剧剧组打算招聘的临时演员。有些人很像,这没问题,不过吊唁者是由形形色色的人组成的。他们同德弗卢的家人握手、拥抱和亲吻。有人拥抱的时间很长,有人只是拍拍对方的后背便匆匆松开身体。有一刻,我认定是奥托母亲的那个女人几乎晕倒,有两个人架住了她。

我杀了她的儿子。这是一个不容置疑却又难以置信的事实。

又一辆超长轿车开了过来，直接就停在了家人行列的前面。现场所有的人似乎都屏住了呼吸。有两个酷似纽约喷气机橄榄球队进攻线卫的家伙跳出来打开了后面的车门，一个耷拉着一头光滑的头发、又高又瘦的男人迈出了轿车。我看到许多人开始交头接耳。我估计这个男人有七十多岁了，而且他看着有些面熟，但我却想不起来是谁。这人没有在先来的吊唁者后面排队——人群为他让路的样子仿佛是红海遇到了摩西[①]。他的唇上有一道如同用铅笔描出来的细细的小胡子。他走向奥托的家人，点着头，接受着他们的握手和敬意。

不论这家伙是谁，他是个大人物。

这个留着细胡须的瘦高个儿男人在死者的每个家属面前都要停下来说说话。我猜是奥托妹夫的那个家伙在那人走过去时单膝跪了下来。瘦男人摇摇头，那家伙面带歉意重新站了起来。一个“进攻线卫”在瘦男人前面保持一步远的距离，还有一个在他后面一步远。任何的吊唁者都没有跟在他们后面。

瘦男人与奥托的母亲——排在亲属行列的最后面——握过手后，回头走向他的轿车。“进攻线卫”拉开后门，他坐了进去。门关上了。

一个“进攻线卫”开车，另一个坐到副驾驶位置上。长长的轿车向后倒去。每个人都呆呆地立在那里望着那人的车离去。

---

① 《圣经》的《出埃及记》记载：神的仆人摩西带领在埃及为奴的以色列人逃离到红海边，眼见被埃及追兵赶上。摩西用耶和华的手杖指向红海，滔滔海水立时分开，以色列人沿海底大道逃生，重新聚合的海水淹没了后面的埃及军队。

他走后仍然有一分钟的时间，所有人都僵立在那里。我看到有个女人在胸前画着十字。接着，人流又动了起来，死者的家人继续接受着慰问。我接着观察，心里不停地猜测那个瘦子是谁、搞清他的身份对我是否有用。奥托的母亲又开始哭了起来。

我看到她膝盖一软，倒在一个男人的手臂上，又伏到他的胸膛哭泣。我猛然一震。那个男人帮她站直，任她依偎在怀里哭着。他抚摩着奥托母亲的后背，对她说些抚慰的话。她倚在他身上很长时间，那人站在那里，以超常的耐心等待着她逐步缓过来。

那人是鲍勃。

我在座位上俯下身子，尽管我离他足有一百码远。我的心怦怦乱跳。我深吸了一口气，又大着胆子抬头看了一眼。鲍勃轻柔地帮助奥托母亲站好，向她微笑着，然后朝十码外的一群人走了过去。

那里有五个人。其中一个掏出了香烟。所有人都点上了一支，除了鲍勃。我的这个黑帮伙计难得还有点儿健康意识。我取出手机，打开相机功能，对准了鲍勃的脸，一连拍了四张。

下面还干什么？

继续待在这里，我想。等着葬礼结束，跟踪鲍勃到他的家。

然后呢？

我不知道，真不知道。关键是查明鲍勃的真实名字和身份，进而搞清他四处寻找娜塔莉的动机。很明显他是一个头头，他肯定知道其中的缘由，对不对？我也可以只是等着鲍勃坐进车里，然后把他的车牌号抄下来。也许桑塔能根据车牌帮忙查出鲍勃的真实身份。只不过，我已经不再充分信任桑塔，而且据我估计,鲍勃是和那些抽烟的伙伴一起乘车来的。

有四个人先后离开进入了室内,只剩下鲍勃和另一个家伙留在原地。那家伙比鲍勃年轻,穿着一身与迪斯科舞会相配的闪亮的服装。鲍勃好像在对那个闪亮仔做指示,闪亮仔一个劲儿地点着头。鲍勃说完走进了举行葬礼的屋子。闪亮仔没有跟着他,而是以卡通人物般夸张的步伐摇晃着朝另外的方向走去,那里停着一辆锃亮的白色凯迪拉克车,车型是凯雷德。

我咬住下唇,决定下一步该怎么做。葬礼还要一段时间才能结束——半小时,也许是一小时。我没必要一直坐在这里。我也许应该跟踪这个闪亮仔,看他会把我带向哪里。

我发动引擎,跟着那辆车驶入了诺森大道。感觉有些怪怪的——做个"黑道小子的尾巴"——不过现在就是一个怪怪的年代。我不清楚跟在这辆凯雷德后面要开多远。他会发现后面有个尾巴吗?估计可能性不大,虽然我身在纽约州而车牌是马萨诸塞州的。他向右拐入弗朗西斯·刘易斯大道。我隔着两辆车跟着他。很机敏。我感觉自己就像是斯塔斯基和哈金森[1]。反正是其中一个。

每逢紧张不安的时刻,我总对自己开些愚蠢的玩笑。

闪亮仔把车停到了一家名叫环球花园的规模很大的温室前面。原来如此,我想。他是来取奥托葬礼上用的鲜花。治丧的又一个奇怪现象是,人们的穿着是黑色的,却用鲜花等许多色彩鲜艳的东西装饰场面。不过,这家的店门锁着。我不知道这种情况下闪亮仔会怎么办,我什么也不做,静观事情的发展。闪亮

---

① 美国电影《警界双雄》(*Starsky & Hutch*)中的两位警察。

仔朝温室后面开去。我也跟了上去，只是保持着足够远的距离，停在路的另一边。闪亮仔离开凯雷德的驾驶座，摇晃着朝花店的后门走去。闪亮仔喜欢晃晃荡荡地走路。我不想先入为主，不过根据他交往的那些伙伴，他的服饰的耀眼光泽，还有他故意摇晃的步态，我不知怎的觉得闪亮仔就是当今学生们运用专业术语所称的那种“灌洗器[①]”。他用小指头上的戒指敲了敲后门，两只脚如同等待场上指令的拳击手一样来回蹦跶着。我以为他的蹦跶是一种嘚瑟。但不是。

一个男孩子——应该和我的学生差不多大——穿着店里绿色的围裙、朝后戴着布鲁克林篮网队的球帽，打开门走了出来。闪亮仔用尽全力朝他脸上猛击了一拳。

噢，天哪。瞧瞧我碰到了什么事？

球帽先飞到了地上，接着是那个男孩子。他赶紧用手捂住了鼻子。闪亮仔薅起了他的头发，把脑袋使劲儿朝男孩子脸上凑过去，我甚至担心他会张嘴咬掉那个可能已经骨折了的鼻子。闪亮仔冲着男孩子大声吼叫，接着直起身又冲着他的肋骨狠狠地踢了一脚。男孩子疼得在地上来回翻滚。

在恐惧和直觉的共同驱使下，我很鲁莽也很危险地拉开了车门。恐惧是可以制伏的，当保安的历练已经能够使我做到这一点。任何人面对肢体冲突在一定程度上都会产生恐惧，生来就是这样的。关键要学会驾驭恐惧，不要让它使你变得软弱、变得呆若木鸡。这方面，经历可以帮助你。

---

① 此处的单词为 douche bag，原意为灌洗器、冲洗袋等，亦有指某人为傻帽儿、浑蛋、蠢货等意思。

“住手!”我大喊一声,接着——这时起作用的就是直觉——我又加了一句:“警察!”

闪亮仔迅速转过头来。

我伸手在口袋里掏出皮夹,翻开晃了一下。当然,我没有警察的徽章,不过离这么远他也看不清楚。我的神态起着决定性作用。我保持着威严和冷静。

那个男孩子连忙爬回门口,中途还抄起那顶布鲁克林篮网队的球帽,帽檐儿朝后扣在脑袋上,很快消失在花店里。我不去管他,合上皮夹向着闪亮仔走了过去。他,同样地,肯定也有不少遇到这种场面的经验。他没有逃跑,没有露出知罪的神情,也不想做出任何解释。他只是耐心地站在那里,等着我走到身边。

“我问你个问题,”我说,“如果你回答我,我们就忘掉这一切。”

“什么这一切?”闪亮仔笑着回答,细小的牙齿很像是嘀嗒牌糖粒。“我看不出有什么需要忘掉的事情,你呢?”

我拿着苹果手机,找出拍得最清楚的一张鲍勃的照片。“这人是谁?”

闪亮仔看看它,又对我露出笑容。“让我看看你的警徽。”

啊—噢。神态决定一切。

“快告诉我——”

“你不是警察。”闪亮仔觉得挺有趣。“你知道我是怎么看破你的吗?”

我没有回答。闪亮仔身后的门开了一道缝儿,那个男孩子偷偷朝外望着。他遇到我的眼神后感激地点点头。

“如果你真是个警察,你就会知道他是谁。”

“你快点儿,告诉我他的名字,然后我们……”

闪亮仔的手伸向了口袋。他可能是在掏枪,也许是一把刀,或者只是纸巾。我不知道究竟是什么。我没问他,也许我根本不在意。

我已经受够了。

没说一句话,没有发出任何类型的警告,我出拳直捣他的鼻子。我听到碎裂的声音,似乎踩到了一只大大的甲壳虫。他的脸上淌出了鲜血。尽管门缝儿开得很小,我看得出那个男孩子露出了笑容。

“你怎么——”

我重新对准他那只肯定已经断裂了的鼻子,狠狠地又给了一拳。“他是谁?”我问道,“他叫什么名字?”

闪亮仔捂住鼻子,仿佛他要挽救的是一只垂死的小鸟。我朝着他的腿扫了一脚,他恰好倒在一分钟前那个男孩子倒下的地方。他后面的那道门缝儿消失了,我猜那个男孩子不想卷入到这件事当中,我不想责怪他。溅出的鲜血弄脏了这家伙闪亮的外套。我打赌他会用乙烯基之类的化学品去揩拭它。我弯下身子,拳头仍然高高扬起。

“他是谁?”

“噢,伙计,”闪亮仔浓重的鼻音中带着些许的敬畏。“我想你是死定了。”

我又对他亮了亮拳头。他举起手可怜兮兮地做出防御的姿势。我完全可以打破他的防御,再给他一拳。

“好吧,好吧,”他说,“丹尼・祖克。你惹的这个家伙,伙计,他叫丹尼・祖克。”

与奥托不同，鲍勃没有使用自己的真名。

“你死定了，伙计。”

“我已经听你说过一遍了。”我反诘道，不过即使是我自己也听得出声音里透出的紧张。

“丹尼不是个宽宏大量的家伙。喂，伙计，你死定了，你听到我的话了吗？你知道你会怎样吗？”

“死定了，是的，我知道了。翻过身趴在地上，把你的右腮帮贴到人行道上。”

“为什么？”

我又举起了拳头。他马上趴在了地上，把另一侧的脸颊贴到了地面。我告诉他错了，他又把脸转过来朝着另外的方向。我从他裤子后面的口袋里掏出了皮夹。

“你是要打劫？”

“闭嘴。”

我看了看他的身份证，大声读道：“爱德华兹·洛克，居住地是纽约市法拉盛。就是这里。”

“是啊，那怎么着？”

“我现在知道了你的名字，还有你住在哪里。会玩儿这一手的不只是你们，我也会。”

他竟然咯咯笑了起来。

“怎么？”

“谁也玩儿不过丹尼·祖克。”

我把他的皮夹扔到了人行道上。“这么说你打算对他如实交代我们这次小小的邂逅？”

“我们之间小小的什么？”

“你想对他说起今天的事情?”

透过他脸上的血污,我看到他在微笑。“你前脚离开,伙计,我马上就会告诉他。怎么着,你还想吓唬我吗?”

“不,完全不。我觉得你应当告诉他。”我用再镇定不过的声音说道,“不过,呃,这看起来会怎样?”

他的仍然贴在人行道上的脸露出了不解。“什么看起来怎样?”

“你,爱德华兹·洛克,就这么被一个你不认识的家伙打趴下了。他打折了你的鼻梁,糟蹋了你漂亮的上衣——而他还想接着揍你,你是怎么躲过去的?呵,你就像只小鸟一样地歌唱。”

“什么?”

“你挨了两拳,马上就出卖了丹尼·祖克。”

“我没有!我根本不会——”

“不过两拳,你就把他的名字告诉了我。你以为丹尼会为此向你致谢吗?你似乎很了解他。你以为他对你出卖他的行为会做出怎样的反应呢?”

“我没出卖他!”

“他也会这么想吗?”

沉默。

“你看着办吧,”我说,“不过我向你提出这样的建议:如果你什么也不说,丹尼永远也不会知道这事。他不会知道你把事情搞砸了,他不会知道有人把你揍了,他不会知道你仅挨了两拳就把他出卖了。”

更长时间的沉默。

“我们算是彼此理解了,爱德华兹,是吗?”

他没作声,我也没想进一步逼他。是离开这里的时候了。我估计爱德华兹从这么远未必能看清我的车牌号——伯尼迪克特的车牌号——不过我不想心存任何侥幸。

“我马上就要离开这儿了。继续把脸贴在地上,等我走开后就当什么事都没发生过。”

“可我的鼻子被打破了。”他回嘴道。

“鼻子会好的。待着别动。”

我一边用眼睛盯着他,一边走回了我的车。爱德华兹·洛克一点儿也没敢乱动。我坐进车里,把车开走了。我的自我感觉很好,尽管我做了一件并不值得自豪的事情,这一点颇具讽刺性。我回到诺森大道,路过了那家殡仪馆。没有理由在此停车了,我已经惹出了不少麻烦。当遇到又一个红灯把车停下时,我用手机迅速查看了邮箱。有了。有一封从调查各种慈善机构的网站发来的邮件。主题是:

关于“新起点”的综合分析报告

我可以等到回去再读它,是不是?或者也可以……我的眼睛四下打量。没用多大一会儿,只过了两个街区,我就看到了一家叫作“赛博飞艇”的网吧。这里离那家殡仪馆已经挺远,我估计他们还不至于跑到这一带的停车场来找我。

里面很像是一处过度拥挤的技术开发部。几十台电脑摆在沿墙排着的小隔间里。所有的小隔间都有人占着。没有哪位顾客——除了鄙人——看起来超过二十岁。

“你只好等等了，”一位标准的都市浪人[①]张开豁洞多于牙齿的嘴巴告诉我。

“没问题。”我说。

实际上可以等一等，等到我回家再上网。我刚要离开，却听一群游戏迷发出了欢呼。他们互相拍打着对方的后背，彼此间令人眼花缭乱地握手祝贺，并且都从电脑旁站了起来。

“谁赢了？”都市浪人问。

“兰迪·考威克。伙计。”

都市浪人挺高兴。“付款吧。”然后他对我说，“你想上网多长时间，老爹？”

“十分钟。”

“只能五分钟，上六号台。这儿的电脑火得滚烫。别整那些老古板的东西让它凉下来。”

说得真棒。我迅速登录，打开了我的邮箱。我下载了“新起点”的财务报告，一共是十八页。有损益表、支出费用图表、收益图表、利润图表、资金流动性图表、建筑物及设备使用寿命和折旧年限的图表还有什么债务构成分析和资产负债表以及可比性分析……

我教的是政治学。我实在是不懂经济和数字。

在文件的后面我找到了“机构历史”部分。它的确是在二十年前由三个人发起创立的。马尔科姆·休谟教授被列为学术顾问。两个学生为共同会长，其中一个是托德·桑德森，另一个

---

① 二十世纪九十年代初出品的美国电影 *Slacker*，中文译名为《都市浪人》（亦译作《都市游勇》）。Slacker 一词有懒惰的人、无所事事者、逃避兵役的人等含义。电影《都市浪人》描绘了游荡在社会边缘的年轻人的生存状态和内心世界。

名叫杰迪代亚·德雷茨曼。

我的血液骤然变冷。叫杰迪代亚的人的昵称一般都是什么?

杰德。

我仍然没有搞懂究竟发生了什么事,不过这一切都和"新起点"相关。

"到点了,老爹。"这是都市浪人。"你要是再等十五分钟就可以上另外一台电脑。"

我摇摇头,付了费用,步态飘忽地走向汽车。难道我的导师不知为什么也卷进了这件事吗?"新起点"到底都做了些什么样的善举,最后竟然也要加入谋杀我的行列?我不明白。应该回去了,回去后也许可以同伯尼迪克特讨论一下所有的事情。也许他会有点儿见解。

我发动了伯尼迪克特的车,依然有些迷迷糊糊地向西开回了诺森大道。来的路上我向GPS车载自动导航仪里输入了富兰克林殡仪馆的地址。而回程的路线设置,我想只要打开"历史记录",就会有伯尼迪克特以往输入的他家的地址。因此遇到又一个红灯时,我转动旋钮并点击了"历史记录"。我本想在显示出的一排目的地名单中,找到伯尼迪克特在马萨诸塞州兰佛学院附近的住宅地址,但是我的目光冷冷地停留在排位最靠前的那个地址上。那是伯尼迪克特近日使用这套导航系统去过的最后一个地方。它不是马萨诸塞州的兰佛学院。

它是佛蒙特州的卡夫特波罗镇。

第二十六章

我的世界在倾斜，在震荡，在剧烈地摇晃。终于，它头朝下变得完全颠倒。

我愣愣地盯着 GPS 导航系统。列出的详细地址是佛蒙特州卡夫特波罗镇 260 号，VT－14。我熟悉这个地址。就在不久前，我也曾把它输入了我自己汽车的 GPS 系统。

这是创意充电部落的地址。

我最好的朋友去过娜塔莉六年前住过的乡间寓所，他去过娜塔莉嫁给托德的地方，他去过杰德一伙就在前两天企图杀死我的地方。

有那么几分钟，也许更长，我坐在车里一点儿也动弹不得。车里的收音机开着，可是我听不懂它到底在播放什么。我觉得世间的一切似乎都已停摆。过了好大一会儿，我才透过迷雾渐渐地看清了现实，而一当我面对现实，便意识到现实对我的打击就如一记又快又狠的左勾拳。

我完全陷入了孤独。

即便是我最好的朋友，也对我撒了谎——准确点儿说，是正在对我撒谎。

等等，我对自己说。这应该有一个合理的答案。

什么样的答案？对于伯尼迪克特的GPS里竟然输入了那个地址，能做出什么样的解释？到底发生了什么事？我还能相信谁？

我只知道最后一个问题的答案：没人可以相信。

我是条汉子。我确信我具有足够的主见和个性、无须依附他人。不过，此时此刻的我第一次感到了前所未有的渺小，感到了无比悲怆的孤单。

我使劲儿晃晃脑袋。行了，杰克，振作起来。不要没完没了地自怨自艾。该是行动的时候了。

我先是检查了伯尼迪克特的GPS里保存着的其他所有地址，没有什么值得特别留意的。我的确找到了他的住宅地址，于是将其设置为目的地，让GPS引领我的归程。我开始上路了。我匆匆检索收音机的各个频道，想找出一首绝好的、永远难以捉摸其中含义的歌曲。根本找不到。当收音机传出糟糕透顶的歌声时，我随着吹起了口哨。似乎没什么用。95号公路上的施工现场到处重锤声声，无情地击碎着我尚存的一点儿精气神。

我一路上的大部分时间都在和伯尼迪克特进行着想象中的谈话。事实上我是在反复排练着如何对他提起话头、对他都说些什么、他会如何作答、我又怎样去反驳他。

当车开进伯尼迪克特住的这条街时，我把方向盘握得紧紧的。我算了一下时间，他的研讨会还得再开一个小时，所以这会儿他不会在家。不错。我把车停在我住的那间小房子前边，却朝着他的住处走去。我又一次在心里争论着到底该怎么做。说句实话,我需要掌握更多的情况,我目前并没有做好同他对质的准备。我知道的东西还太少。我们不断地向学生引述的弗朗西斯·培根的一句言简意赅的格言,在目前情况下是完全适用的:知识就是力量。

伯尼迪克特总是把他的备用钥匙藏在垃圾桶旁边的一块假山石里。有人可能奇怪我怎么知道得这么清楚,那我就告诉他:我们是最好的朋友,我们之间没有任何秘密。

另外的声音响在我的耳边:这一切都是假的?我们之间从来没有过真正的友谊?

我想起了曲奇在漆黑的树林里对我悄声说出的话:你如果不就此打住,你就等于把我们所有人都置于了死地。

她不是危言耸听。

别总是草木皆兵。

是啊,走一步看一步。目前仍然存在着伯尼迪克特对他GPS里的佛蒙特地址做出合乎情理的解释的可能性。我不是一个特别富有创意的人。我习惯于从线性关系上循序渐进地观察问题。比如,也许是别人借走了他的车,甚至有人一时偷走了它;也许是他深夜猎艳的某个战利品喜欢去种植有机食品的农场转转。不过,这也许是我又一次醉心于自我蒙骗的把戏。

我把钥匙插进了锁孔。我真想跨过这道界限吗?我真要窥探我最亲近的朋友吗?

毫无疑问。

我从后门进入了室内。如果说我的宿舍可以宽容地称其为实用的话,伯尼迪克特的住处则同第三世界某个亲王的后宫十分相像。起居室引人注目地摆放着几十把高档次的、漆成闪亮金黄色的、带有豆袋坐垫儿的椅子。墙上装饰着颜色鲜艳的挂毯。身材修长的非州人体雕像高高地站立在房间的所有角落。屋里的装修和摆设从任何一个角度都能找出它的过分和离谱之处,但是我来到这里总是感觉很舒适。我最喜欢那些金黄色的带有豆袋坐垫儿的椅子,我坐在上面观看过许多足球电视节目,也玩儿过很多次 Xbox 电子游戏。

Xbox 电子游戏控制器现在正好躺在豆袋座椅上。我低头凝视着它们,我不认为这些控制器能够提供多少有用的情报。我好奇地想知道我究竟要在这里寻找什么。某种线索,我猜是这样,能够告诉我为什么伯尼迪克特开车去佛蒙特州卡夫特波罗的那处农场/休养寓所/绑架者藏匿处。我对这到底是怎么回事一无所知。

我开始查看各样的抽屉。我先从厨房的抽屉开始,没有什么。我接着检查备用卧室,没有什么。我又查看起居室的壁橱和衣柜,也没有什么。我又去搜查他的卧室,还是没有什么。伯尼迪克特有一张摆放着电脑的写字台,我逐个查看写字台的抽屉,仍然没有什么。

绝对没有什么。

我思索着。哪个人都得在自己家里存放一些私人物品。如果是在我的家里,人们会找出什么呢?肯定有不少东西。一些老照片、一些私人信件、一些能够说明我过去的物品。

伯尼迪克特却没有任何这类的东西。不过,那又怎么了?

我继续搜寻。我希望找出一些能够把伯尼迪克特同创意充电部落或佛蒙特州或不论是什么联系起来的东西。我在他的写字台前坐下来试了试。伯尼迪克特的身材比我小很多,所以我的膝盖在写字台下面很别扭。我向前探过身子点击了电脑键盘的一个键子,屏幕马上亮了起来。如同很多人一样,伯尼迪克特并不关闭自己的电脑。我突然间意识到我的搜查方法有多么陈旧。现在不再有人往抽屉里储藏自己的秘密了。

人们把它们存储在电脑里。

我打开他的微软办公软件,查看其中最新的文件。列在第一位的是一份 word 文档,称作 VBM—Wxy. doc。名字好奇怪。我点击了它。

文件打不开。需要输入密码。

哇。

试图猜出密码是徒劳的,我没有任何破译他密码的线索。我努力去想其他办法,却没有任何结果。此外还有些近期文件,是给学生们写的推荐信。向医学院推荐了两人,向法学院推荐了两人,还推荐一位去商学院。

那份需要输入密码才能打开的文件里会有什么呢?

不知道。我点击了屏幕底部的邮箱图标。同样,只有输入密码才能进入。我在桌子内外四处寻找是否有张记录着密码的纸片儿——许多人都这么干——但是什么也没找到。又陷入了死胡同。

现在怎么办?

我点击了他的网页浏览器。他的雅虎,跳出来的是新闻页面,没什么特别的。我点击他浏览的历史记录,终于有了收获。伯尼迪克特近来登录过 Facebook 网站。我继续点击,屏幕上出现了一个名叫——信不信由你——约翰·史密斯的用户主页。这位约翰·史密斯没有挂上自己的照片,没有任何网上好友,没有更多的个人信息,他的地址一栏填的只是纽约。

以约翰·史密斯名义在Facebook注册的,就是这台电脑。

唔……我琢磨着。这是网上的虚假账号。我知道很多人都注册了这种虚假账号。我的一个朋友通过Facebook平台享受音乐服务,结果他听的每一首歌曲都会在好友中展露无遗。为了不再出现这种状况,他就注册了这么个虚假的账号,现在没人知道他欣赏的是什么歌曲了。

伯尼迪克特注册虚假账号这一事实,不说明任何问题。比这有趣的是,我用搜索引擎检索他的名字后发现,伯尼迪克特·爱德华兹没有在Facebook上建立自己真实的账号。Facebook的姓名目录上有两位伯尼迪克特·爱德华兹,其中一位是俄克拉何马城的音乐家,另一位是佛罗里达州坦帕市的舞蹈演员。他们没一个是我的伯尼迪克特。

话还是说回来,那又怎么样?许多人都没在Facebook上设立账号。我曾注册过一个,可几乎没有使用过。我的主页上的照片是当年学院年鉴里的毕业照。我大约每个星期添加一次好友,现在共有五十位左右。我起先注册这个账号,就是因为人们现在都通过发送照片之类的东西保持着彼此的联系,而我浏览这些东西的唯一途径就是建立一个Facebook账号。除此之外,社交网站对我没什么吸引力。

伯尼迪克特注册虚假账号可能也是出于同样的考虑。人们总是挤在许多相同的电子邮件列表里。他设立虚假账号,大概就是为了方便地浏览Facebook上有关的各种信息。

接下来看他的历史记录,我的假设立时就站不住脚了。列在第一位的是Facebook上一个叫凯文·巴克斯的人。我点击了链接。开始时，我以为所谓凯文·巴克斯不过是网上的一个假名，是伯尼迪克特注册的又一个虚假账号。事实上不是。确有凯文·巴克斯这么个家伙，只是对他很难做出描述。在主页的照片里，他戴着太阳镜，摆出竖着大拇指的姿势。我为此而皱了皱眉头。

我苦思冥想却不得要领。凯文·巴克斯，不论是他的名字还是照片里的模样，对我都是生疏的。

我点击了“关于此人”专页。里面什么都没有，没列出他的家庭、学校、职业等，没有任何信息。唯一一项有内容的，是“关联人”。根据其中的记载，他与一位名叫玛丽·安妮·坎廷的女人有联系。

我摩挲着下巴。玛丽·安妮·坎廷，也是一个陌生的名字。为什么伯尼迪克特要浏览这位凯文·巴克斯的网页？我不知道，不过我觉得这可能很重要，我可以在网上检索他。我重新盯着玛丽·安妮·坎廷的名字，它是用蓝色字体显示的。这意味着她也有自己的个人主页，我需要做的只是点击一下这个名字。

我这么做了。

当她的主页出现在屏幕上——当我看到玛丽·安妮·坎廷的照片——我几乎立即认出了这张面孔。

伯尼迪克特在皮夹里珍藏的就是她的照片。

天哪。我咽口唾沫，靠在椅背上屏住呼吸。现在我明白了。我坐在这里几乎能感受到伯尼迪克特的痛苦。我失去了生活中最值得珍视的爱情，看来伯尼迪克特也是如此。玛丽·安妮·坎廷确实是个美得惊人的女子。我想这样来描述：她有着高高的颧骨，气质十分高贵，是一位非洲裔美国人。不过当我细读她的主页资料时,我发现我最后那个判断并不准确。

她不是非洲裔美国人。她就是,嗯,非洲人。根据 Facebook 上她的主页资料,玛丽·安妮·坎廷生活在加纳。

我觉得这很有意思,虽然其中并没我什么事。伯尼迪克特过去不知在什么地方遇到了这个女人,他一往情深地爱上了她。他至今仍然在始终不渝地爱着她。不过这同他去佛蒙特的卡夫特波罗镇会有什么关系呢?

且慢。

我不是也一往情深地爱上了一个女人吗?我也在始终不渝地爱着她。而且,我也去了佛蒙特的卡夫特波罗。

凯文·巴克斯会不会是伯尼迪克特本人的托德·桑德森呢?

我蹙额思索。我的想法显得牵强附会,没有根据。不过,尽管听起来有些不靠谱,我还是需要对此做些调查。目前玛丽·安妮·坎廷成了我手里的唯一线索。我点击了"关于此人"的链接。给人的印象太深刻了。她在牛津大学读了经济学,又在哈佛大学获得法学学位。她出任了联合国的法律顾问。她出生并且生活在加纳的首都阿克拉。她是,正如我已经知道的,凯文·巴克斯的"关联人"。

下面做什么?

我点击她的相册,可是被设置为不允许随意访问。没法浏览她的照片。我有了个主意。我点击"后退"箭头,直到重新回到凯文·巴克斯的网页。他的相册没有加密,我可以浏览其中的所有照片。太好了。我开始仔细查看。我不知道为什么要这么做,不知道想从中发现什么。

凯文·巴克斯将自己的照片收藏在各种不同的相册中。我最先点击了笼统地命名为“幸福时光”的相册。里面有二十来张照片，都是我们的凯文和他的心上人玛丽·安妮的合照或玛丽·安妮的单人照，后者显然是凯文拍摄的。他们看起来很快乐。更正一下，她看起来很快乐，而他则是异乎寻常的快乐。我想象着伯尼迪克特坐在这里，点击他爱着的女人同凯文小子一起拍的这些照片的情景。我想象得出他手里端着威士忌酒杯的样子。我想象得出房间的光线渐渐变暗，屏幕的蓝光在伯尼迪克特那副大号蚁人眼镜里反射和跳跃的样子。我想象得出孤寂的泪水滚下他脸颊的样子。

太过分了吧？

Facebook 喜欢把已分手的恋人置于屏幕上面、置于屏幕中央，用这样的做法来无情地折磨已经劳燕分飞的男女。你再也无法回避从前的意中人了。他或她的生活就这样地展示在你的面前。唉，真是要命。这么说伯尼迪克特晚上坐在电脑前就做这个——折磨他自己。我并不确切地了解这一切，然而我在相当程度上确信事情会是这样的。我记起在酒吧喝醉的那个晚上，他神圣地掏出玛丽·安妮那张已经磨旧了的照片的情景。我依然能够感受到他那含糊不清的话语中流露出的痛苦：

“她是我永远爱着的唯一的女人。”

伯尼迪克特，这个可怜的浑蛋。

他也许是个可怜的浑蛋，可是我不清楚他和玛丽·安妮的事情，也不明白这同伯尼迪克特最近对佛蒙特的造访有什么关系。我又点击其他相册。其中有个标题是“家人”。凯文有两个弟弟和一个妹妹。他妈妈出现在若干张照片中，却没有一张有他的爸爸。还有一个相册冠名“金坦波瀑布”,另一个叫“莫雷国家公园”,大部分拍的都是野生动物和自然景观。

最后一个相册称作“毕业于牛津”。让人好奇。那是玛丽·安妮·坎廷学习经济学的地方。难道凯文和玛丽·安妮在那儿一起读过书?他们俩是大学时代的情侣?我不敢确定。看来他们之间作为“关联人”可不是一天半天了。不过,谁知道是怎么回事?

相册里的照片很有些年头了。根据发式、服装和凯文的相貌判断,我得说至少是十五年前,也许是二十年前拍的。我敢打赌这些照片都是数码相机诞生之前的产物,凯文可能是用扫描方式将它们输入电脑的。我迅速地浏览着,没指望会有什么令我兴奋的发现。突然,排在第二行的一张照片让我不由得停了下来。

我的手在发抖。我握住鼠标,把光标拖到图像上,然后点击。照片被放大了。这是一张合影,八个人站在那里,都穿着毕业生的黑色长袍,脸上露出灿烂的微笑。我认出了凯文·巴克斯。他在右侧边上,紧挨着我不认识的一个女生,他们的肢体语言表明是一对儿爱侣。事实上,我更仔细地观察后认为,这是四对儿爱侣在他们毕业的日子拍下的照片。当然,我不能百分之百地肯定这一点。他们也可能只是男孩儿和女孩儿穿插着排成了一行,不过我不相信仅仅是这么回事。

我的目光立刻被左边的一个女生吸引了,她是玛丽·安妮·坎廷。她的微笑令人窒息,绝对具有杀伤力,绝对是那种让大男人禁不住柔肠百转的微笑。男人会等不到她的微笑悄然收起便登时陷入爱河。男人会梦想着每天都能见到这样的微笑,希望自己成为催放她如花笑容的人。

伙计,我明白了,伯尼迪克特。我真正明白了。

照片中的玛丽·安妮含情脉脉地凝视着身旁的那个我认不出的男人。

至少,刚开始认不出。

他同样也是非洲人或非洲裔美国人。他的头发剃得光光的。他的脸上没有胡须。他没戴眼镜。这就是开始我认不出他的原因。这就是尽管我看得很仔细却不敢完全确信的原因。不过,这是唯一的合乎情理的事情。

他是伯尼迪克特。

只有两个问题。第一,伯尼迪克特不是毕业于牛津大学。第二,照片下面注明的他的名字,不念作伯尼迪克特·爱德华兹,而是念作贾马尔·W.兰斯顿。

嗬!

也许这不是伯尼迪克特。也许贾马尔·W.兰斯顿只是长得像伯尼迪克特。

我皱起眉头。是啊,没错儿,一定是这样的,这不无道理。大概伯尼迪克特只是碰巧苦苦爱恋着一个与他长得很像的男人许多年前爱过的女人!

白痴的说法。

那么我还能给出什么说法呢?再明显不过了:伯尼迪克特·爱德华兹就是贾马尔·W.兰斯顿。

我不能理解。或者,也许我已有所理解。那些拼图板终于——如果说还没凑成完整的图案的话——全部摊到桌面上了。我上网开始检索贾马尔·W.兰斯顿。最先链接的是一份名为《政治家》的报纸。根据网上的介绍，它是“加纳历史最悠久的主流媒体——创办于1949年”。

接着我点击了那篇文稿。当我看清那是什么——仅仅是读到它的标题——我几乎要叫喊出来，有几块拼图板开始向一起聚合。

这是贾马尔·W.兰斯顿的死亡讣告。

怎么可能……我读了下去。随着一切变得越来越明了，我的眼睛也变得越来越大。

在我的身后，一个疲惫的声音使我的脊梁骨瞬间变得拔凉拔凉的。“伙计，我真希望你没看到它。”

我缓缓地向伯尼迪克特转过身去。他的手里举着一支枪。

第二十七章

如果我对这几天经历的许多不可思议的事情做一个排序的话,我最好的朋友正在用枪对准我的这番场景,一定能够跃居首位。我摇摇头。过去我怎么会对此毫无察觉甚至毫无感觉? 他的眼镜片和镜框看上去可笑至极。他的发型几乎让我斗胆发问他的神志是否清醒,或是他个人的时空连续体坐标是否出现了问题。

站在对面的伯尼迪克特穿着绿色的套头衫、米黄色的灯芯绒裤子和一件花呢上衣——加上手里的一支枪。我想放声大笑。我有一百万个问题想问他,可是我最先问的还是那个从一开始就不断被重复提出的问题:

“娜塔莉在哪里?”

如果说他对我的提问感到突然,他的脸上却没有表现出来。“我不知道。”

我指指他手里的枪。“你打算向我开枪?”

“我发过誓,”他说,“我许下过诺言。”

“发誓向我开枪?”

“发誓杀死任何一个了解我秘密的人。”

“即使他可能是你最好的朋友?”

“即便他是。”

我点点头。“我已经知道了,明白吗?”

“你知道什么?”

“贾马尔·W.兰斯顿,”我说着,朝电脑屏幕比画了一下。“他是一位捍卫正义的检查官。他不顾个人的安危,向加纳的一个罪大恶极的贩毒集团宣战,终于使他们受到了制裁,做到了没有人能够做到的事情。他是作为一个英雄死去的。”

我期待着他说点儿什么。他没说。

“勇敢的家伙。”我说。

“愚蠢的家伙。”伯尼迪克特纠正道。

“那个贩毒集团的人发誓要报复他。如果可以相信这篇文章的话,他们确实做到了。贾马尔·W.兰斯顿被活活烧死了。但是,他没有死,对不对?”

“这要看怎么说。”

“什么意思?”

“贾马尔没有被活活烧死,”伯尼迪克特说,“但是那个集团还是达到了报复的目的。”

我现在似乎已经揭去了人们常提起的那道遮眼的面纱。哦,应该说这种感觉更像是一部相机开始调准焦距。远处模模糊糊的混沌景象逐步显出了轮廓和形状,一点一点地,影像变得愈加清晰。娜塔莉,休养寓所,我们俩的突然分手,婚礼,纽约警察局,监控照片,她发给我的神秘邮件,她六年前逼我做出的承诺……这一切似乎开始有了头绪。

“你为了她的安全假装被烧死，是不是？”

“为了她，”他说，“也是为了我，我想是这么回事。”

“不过主要是为了她。”

没有回答。伯尼迪克特——或许应叫他贾马尔？——走到电脑屏幕前面，伸出指头轻轻触摸着玛丽·安妮的脸庞，眼睛有些湿润。

“她是谁？”我问。

“我的妻子。”

“她知道你做了什么吗？”

“不知道。”

“慢着，”我说，突然间的醒悟让我感到了眩晕。“连她都认为你已经死了？”

他点头。“这是规矩，我们的誓言就包含这方面的内容。这是让每个人都获得安全的唯一途径。”

我又一次想象着他坐在这里，打开 Facebook 的网页，望着她的照片、她的形象、她的新生活——比如她成为了另一个男人的“关联人”。

“凯文·巴克斯是谁？”

伯尼迪克特设法挤出了一个复杂的微笑。“凯文是个老朋友。他等了很久才等到自己的机会。这样挺好。我不想让她一个人孤孤单单的。凯文是个好人。”

沉默竟然也能刺穿心房。

“你想告诉我发生了什么事吗？”

“没什么可讲的。”

“我认为有。”

他摇着脑袋。“我已经对你说了,我不知道娜塔莉在什么地方。我从来没见过她。除了从你这里以外,我甚至连她的名字都没听到过。”

“让我相信这些可不容易。”

“太糟了,”他仍然端着那把枪。“你是怎么怀疑到我的?”

“你车里的GPS。它显示出你去过佛蒙特的卡夫特波罗。”

他做了个鬼脸儿。“我够蠢的。”

“为什么你开车去了那儿?”

“你认为是为什么?”

“我不知道。”

“我想去救你的小命。我跟在警察后面不远开进了那家农场。看那情形你似乎不需要我的帮助。”

我想起来了——在警察发现我埋起来的手机之际,是有辆车开了过来。

“你想对我开枪吗?”我问。

“你真应该听曲奇的话。”

“我没法听她的。你和所有的人都应该理解这一点。”

“我?”他的声音里有了一股怒气。你过去就这么说过。“你的精神还正常吗?为了保护我心爱的妻子,我做出了这一切。但是你呢?你这么做等于是让人把娜塔莉杀死。”

“你会对我开枪吗?开枪,还是不开枪?”

“我需要你理解。”

“我想我是理解的,”我说,“就像我们已经说过的,你曾经是个检察官。你把一些大坏蛋送进了监狱。他们试图找到你复仇。”

“他们不仅是‘试图’，”他轻轻地说道，眼睛又凝视着玛丽·安妮的图像。“他们抓到了她。他们甚至……甚至拷打了她。”

“噢，不！”我说。

他的眼睛噙满了泪水。“这是他们对我发出的警告。我设法让她逃了出来。但是那时我已明白地意识到，我们俩必须躲到别的地方去。”

“那你们为什么没有这么做？”

“他们还是会找到我们。加纳的黑帮为拉美人走私，他们的触须能延伸到任何地方。不论我们走到哪儿，他们都会找到我们的踪迹。我想过我们两个人一起伪装成死亡，可是……”

“可是什么？”

“可是马尔科姆说，黑帮永远不会相信我们都死了。”

我吞咽了一下。“马尔科姆·休谟？”

他点点头。“知道吗，‘新起点’在我们那里有人。他们听说了我的情况。休谟教授负责安排我。当然他采取了一些非常规措施。送我到这儿来，是因为我觉得我既能作为一名教师发挥点儿作用，而且如果有人需要的话，我还可以帮助他们。”

“你是说帮助娜塔莉这样的人？”

“我不知道她的事。”

“不，你知道。”

“‘新起点’的内部是互相高度隔绝的。不同的人应对不同的事态，接触不同的对象。我仅为马尔科姆工作。比如说，我在佛蒙特的那个训练场所待过一段时间，但是在几天前，我从来没听说过托德·桑德森。”

"这么说我们的友谊,"我说,"只是你工作的一部分? 你是按他们的要求对我进行监视?"

"不是。为什么我们要监视你?"

"由于娜塔莉。"

"我告诉过你。我从来没见过她。我一点儿也不知道有关她的情况。"

"但是她的确有些情况,对不对?"

"你还是不明白。我什么都不知道。"他摇着头。"从来没有人对我谈起过娜塔莉的任何事情。"

"不过我这么想是合乎情理的,是吧? 你同意我的看法吗?"

他不做回答。

"你不称那个地方是休养寓所,"我说,"你称它是个训练场所。多聪明的做法,真的。把它设在那么遥远的地方,还伪装成是个艺术家的休养所。谁会怀疑呢,不是吗?"

"我已经说得太多了。"伯尼迪克特说,"这并不重要。"

"那才见鬼。'新起点'。我应该从它的名字就猜出来。他们干的就是这个,他们给需要的人提供生活的新起点。贩毒集团想杀死你,所以他们就把你救出来,给你一个新起点。我不知道要做到这一点都需要些什么——一个假身份,我猜是。关于一个人从此消失的让人信服的理由。在你这件事上还需要有一具真正的尸体,或者你们需要买通验尸官还是警察什么的,我不清楚。也许还需要接受一些待人接物的训练,学一门语言或是换个新的口音,可能还要像你这样化化装。顺便问一下,你现在能不能把你那傻乎乎的眼镜摘下来?"

他几乎露出微笑。“不行。我过去戴的是隐形眼镜。”

我摇着自己的脑袋。“这么说六年前娜塔莉去了这家训练中心。我目前仍然不知道是什么原因,但我估计同纽约警察局给我们看的监控照片有某种关系。可能她犯了什么罪,不过我的想法是,她目击了什么事情,非常重要的事情。”

我停住了。还有些事情讲不大通,但是我接着说下去。

“我们遇见了,相爱了。也许有人对此不赞成,或者是,我说不好,她到那里做的应该是别的事情,可我们却陷入了爱河。我不明白究竟发生了什么,但是突然间娜塔莉必须消失掉。她必须迅速地蒸发。如果她想同时带上我,你们的组织会做出什么样的反应?”

“不会赞成。”

“对了,如同对你和玛丽·安妮。”我现在已经很少停下来思索,因为好多事情已经看得很清楚了。“但是娜塔莉了解我,了解我对她的感觉。她明白如果只是提出同我分手,我根本不会接受。她明白如果她只是突然地消失、蒸发,我会寻找她,一直到天涯海角。她明白我永远也不会放弃她。”

伯尼迪克特只是看着我,不说一句话。

“那么接下来发生了什么?”我继续着。“我想你的组织也可以伪装她死亡,就像是对你一样。但是换在她身上,这么做却不会有人相信。如果是丹尼·祖克这样的家伙或者是纽约警察局在找她,他们只有见到一些非常有说服力的证据才会相信她死了。他们需要见到她的尸体和 DNA 测试结果什么的,嗯,我说不大明白。假装死亡不会管用。于是,她就举办了那场假婚礼。这种做法从许多方面看都很完美,能让我相信这是真的,同时也能让她的妹妹和朋友们相信。一石数鸟。她告诉我,托德是她过去的男朋友,她后来认定同他的感情才是一种真正的爱情。这种说法比说托德是个新认识的家伙更令人信服。但是当我问起朱莉时,她却说娜塔莉刚刚认识托德,她觉得他们两人的浪漫故事是突如其来的。不管怎样,即使我们所有人都觉得十分奇怪,我们又能说什么?娜塔莉同别人结婚了,她走了。"

我望着他。

"我说的对吗,伯尼迪克特?或者我应该叫你贾马尔?或者你还有什么见鬼的名字?至少我说的接近事实了吧?"

"我不知道。我没说谎,我对娜塔莉一无所知。"

"你打算朝我开枪吗?"

他的手上仍然握着枪。"不,杰克,我不这样想。"

"为什么不呢?你过去发过的誓怎么办?"

"发誓是真的,你根本不知道它真实到什么程度。"他的手伸进口袋,掏出了一个小盒子。我奶奶曾有个类似的盒子,用来装她的药片。"我们这些人都揣着这个东西。"

"里面有什么?"我问道。

他打开了盒子。里面只有一粒黑黄颜色相间的胶囊。"氰化物。"他轻描淡写的回答让整个屋子发冷。"捉到托德·桑德森的人不管是谁,他们一定是给了托德一个冷不防,使他没有机会把它吞进嘴里。"他朝我走近一步。"你看到了,是不是?你明白为什么娜塔莉让你做出承诺了吧?"

我只是站在那里,身体不听使唤。

"你找到她,你就等于是杀了她。事情就这么简单。如果这个组织遭到了破坏,就会有许多的人死去。都是好人,都是像你的娜塔莉和我的玛丽·安妮一样的人,像你和我一样的人。你现在明白了吗?你明白你为什么不能缠住这事不放了吗?"

我明白了。不过我仍然不能死心。"肯定有别的办法。"

"没有别的办法。"

"你们只是没有去想罢了。"

"我想过,"他用我从来没听过的最柔和的声音回答。"你不知道我想过多少遍。想了一年又一年。你不会懂的。"

他把那个小药盒放回了口袋。

"你明白我说的是真话,杰克。你是我最好的朋友。除了那个我再也无法看见和触摸的女人,你就是我生活中最重要的人。请求你,杰克。请求你别让我不得不杀了你。"

第二十八章

我几乎接受了他的说法。

更正一下:有相当一阵子,我已经接受了他的说法。

伯尼迪克特——他要我做出令他确信无疑的保证:永远用这个名字称呼他,绝不出现任何的疏漏——说的道理乍听起来是绝对正确的。我必须选择放弃。

当然,我不了解所有的细节。我不了解"新起点"对娜塔莉做出了什么样的安排。我也不确切了解为什么她必须消失、她究竟去了什么地方。事实上,我甚至不知道她是否还活着。纽约警察局怀疑她已经死了。不知道他们为什么会这么想,他们可能是认为,如果丹尼·祖克和奥托·德弗卢这类家伙想让她死,一个如娜塔莉这样的人便不可能活下去并藏匿六年之久。

还有许多我不了解的东西。我不了解"新起点"这个组织如何运作,不了解那处休养寓所如何同时发挥着训练中心的作用,不了解杰德或是曲奇或是其他人在这个组织中都担当什么样的角色。我不了解他们已经帮助了多少人蒸发、他们是从什么时候开始做这件事情的。根据那份慈善机构调查公司的报告,这一切是在二十年前开始的,那时托德·桑德森还是个学生。我也许可以伴着这么多不知道的问题舒舒服服地在一边待着。这些问题已经不再重要。真正重要的,是许多人的生命处在危险之中。我理解他的誓言。我理解他们这些做出如此巨大牺牲、冒着如此巨大风险的人,一定会不惜一切代价来保护他们自己、保护那些他们爱着的人。

令人无比宽慰的是,我明白了我同娜塔莉的恋情并不是一场骗局。现在看来,她是为了保护我们共同的生命,而毅然地牺牲了我们之间真正的爱情。然而,对于娜塔莉初衷的理解,以及与之相伴而来的那种恨自己无力相助的感觉,仿佛刺穿了我的心脏。我重新陷入痛苦之中——也许是一种别样的痛苦,但它的感觉更为强烈。

如何缓解这种痛苦?是的,你猜出来了。伯尼迪克特和我直奔图书馆酒吧。这一次我们没有装作以为陌生女人的投怀送抱会提供什么有效的帮助。我们知道,只有杰克·丹尼牌威士忌和坎特一号伏特加这类的朋友,才会让我们失去痛苦的记忆,或者至少是让它的影像变得模糊不清。

当我们与杰克·丹尼和坎特一号的友情已经加深到相当程度的时刻,我问了一个再简单不过的问题:“为什么我不能和她在一起?”

伯尼迪克特不做回答。他突然对酒杯里的什么东西表现出浓厚兴趣。他希望我不再纠缠此事。这可不行。

“为什么我不能同她一道消失,然后就我们俩人共同生活在什么地方?”

“因为……”他说。

“因为?”我重复他的话。“你怎么了?是五岁的孩子吗?”

“你愿意那么做吗,杰克?放弃教书,抛掉你在这里的生活,所有的这些?”

“是的,”我没有任何迟疑。“我当然愿意。”

伯尼迪克特重新凝视着自己的酒杯。“是啊,我明白了。”他用悲悯的声音说道。

“那么?”我问。

伯尼迪克特合上了眼睛。“对不起,你不能和她在一起。”

“为什么不能?”

“两个理由,”他说,“第一,过去没让你这么做。这就是我们的规则的一部分,是我们保持内部隔绝性的一个内容。不然就太危险了。”

“但是我现在可以这么做。”我说道,含混的声音中充满了恳切。“已经过去六年了。我是说,我可以搬到海外去或者——”

“你说话的声音太大了。”

“对不起。”

“杰克?”

“嗯?”

他盯着我的目光不放。“我们这是最后一次谈这件事情。以后再也不谈与此有关的任何东西。我知道这有多么不容易,但是你必须向我承诺你不会再提这个话头。你明白吗?”

我不做直接的回答。“你说过有两个理由决定了我不能和她在一起。”

“是这样。”

“第二个是什么?”

他垂下目光,一大口喝干了杯子里的酒。他把酒含在嘴里,用手势示意服务生再来一杯。服务生面有不悦。今晚我们让他忙得够呛。

“伯尼迪克特?”

他又举起杯子,想把里边的最后一滴酒也喝进去。接着他说道:“没人知道娜塔莉在什么地方。”

我咧了咧嘴。“我知道保密的——”

“不单是保密。”他用缺乏耐心的眼神瞪着服务生。“确实没人知道她在哪里。”

“得了吧,肯定有人知道。”

他摇头。“这就是规矩。规矩是救赎我们的天使。就是靠着它,我们的人才能活到今天,或者说我祝福他们还活着。托德被人拷打过,你知道这事,是不是?他可能被迫交代出一些东西——佛蒙特的那个农场,内部的几个成员——但是即使是他,也不知道那些人有了自己的‘新起点’后都去了什么地方。”他用手指在空中为“新起点”画出了引号。

“但是他们知道你的来历。”

“只有马尔科姆知道。我是个例外,因为我来自海外。至于其他人?‘新起点’给他们做出安排,给他们提供需要的一切东西。然后,考虑到所有人的安全,他们要自己出去闯荡天涯,而且不能对任何人说起他们落脚在什么地方。我说的互相隔绝就是这个意思。我们只知道刚好应该知道的东西——更多一点儿的东西都不应该知道。”

没有人知道娜塔莉在哪里。我尽力去接受这个现实。可我做不到。娜塔莉身处危险之中，而我对此却无能为力。娜塔莉孤孤单单一个人在同命运抗争，而我竟然不能同她在一起。

伯尼迪克特不再说下去了。他已经尽其所能对我说出了应当说的一切。我已经理解了他的苦心。在我们离开酒吧摇晃着回家的路上，我算是做出了某种承诺。我将退出来，不再纠缠这事。我能够面对这种痛苦——我已经在另外一种痛苦中煎熬过六年——以换取我心爱的那个女人的安全。

没有娜塔莉，我可以活下来。然而如果由于我做出蠢事而使娜塔莉遭遇危险，我可是一天也活不下去。

我已经反复地被人们警告过。现在是听人劝的时候了。

我出局了。

我踉跄地迈进屋里的时候，就是这么告诉自己的。我把脑袋搁在枕头上闭起眼睛的时候，就是这么打算的。我仰面躺在床上盯着由于过多的酒精而不断旋转的天花板时，就是这么认为的。我相信这是正确的，直到——根据床头柜上的数字闹钟——早晨六点十八分，一位我几乎忘记了的人物又闪回到我的记忆中：

娜塔莉的父亲。

我在床上坐了起来，身体突然间变得僵硬。

我仍然不知道艾伦·克莱纳教授究竟发生了什么事情。

朱莉说过他的父亲是和一个女学生一起出走的，后来又结婚了。我觉得朱莉的话有一丝的可能是正确的。但是，如果情况真是这样，桑塔就会不费力气地找到他。不是这样，他消失了。

同二十多年以后的他女儿娜塔莉一模一样。

可能有一个简单明了的解释:“新起点”同样也帮助过娜塔莉的父亲。但是,不对,“新起点”只是在二十年前才创办起来的。也许克莱纳教授的失踪是这个组织成立的某种催化剂和前奏?马尔科姆·休谟教授认识娜塔莉的父亲。事实上,当艾伦·克莱纳离家出走后娜塔莉的母亲还去找过休谟教授。可能是我的导师帮助了娜塔莉父亲的蒸发,然后,怎么着,过几年成立了一个以慈善事业为掩护的机构来帮助其他像克莱纳教授这样的人?

有可能。

只是在二十多年后,他的女儿也不得不以同样的方式突然消失在这个世界上。这合乎情理吗?

说不通。

还有,为什么纽约警察局要给我看六年前的那张监控照片?它会不会同娜塔莉的父亲有什么联系?丹尼·祖克和奥托·德弗卢是怎么回事?现在围绕着娜塔莉发生的这些事情,会不会都和二十五年前失踪的她的爸爸有关系?

问得好。

我离开了床,心里争论着下步做什么。但是,谈什么下一步?我已经向伯尼迪克特承诺过不再掺和这事。而且,我如今已经非常真实、非常具体地意识到了继续追查下去的危险。不仅是对我本人,更是给我爱着的女人带来危险。娜塔莉选择了蒸发,不论这是为了保护她自己或是我,还是为了我们两个人。我要尊重她的愿望,更要相信她的判断。她对她所面临的险境有比我更加透彻的了解,她权衡过其中的利和弊,最后她确信了自己必须蒸发。我是什么人,竟然想搅乱这一切?

于是，我又一次地打算放弃、打算投降、打算容忍这种残酷的却也是必要的退却。就在这时，有个突然出现的念头给我造成强烈的冲击，几乎让我站立不稳。我全然呆在那里，反复琢磨着自己刚才的想法，从能够想到的一切角度去审视它。是的，确实是这么回事，可我们全都忽略了它。如果这么来考虑，伯尼迪克特说服我相信的事情就在性质上发生了变化。

我快步跑了出去，伯尼迪克特正要出门去给学生上课。看到我脸上的表情后，他自己也僵住了。“怎么了？”

“我不能袖手旁观。”

他叹了口气。“我们已经说过这事了。”

“我知道，”我说，“但是我们忽略了一些事情。”

他的眼睛朝两侧扫了一下，似乎担心旁边有人在偷听。“杰克，你承诺过——”

“事情不是从我开始的。”

“什么？”

“最近出现的这些事情。纽约警察局的讯问。奥托·德弗卢和丹尼·祖克的登场。‘新起点’遭到袭击。这一切都不是由于我而发生的。不是因为我要寻找娜塔莉而惹出了这些麻烦。事情不是由此而发生的。”

“我不明白你在说些什么。”

“托德被人谋杀了，”我说，“这才使我卷到这里来。你们这些家伙一直认为我是搅乱你们组织的人。我不是。有人已经发现了，有人找到了托德，拷打他，杀了他。这才使我卷了进来——因为我看到了托德的讣告。”

“这并不会改变任何事情。”伯尼迪克特说。

“这当然会改变许多事情。如果娜塔莉很安全地藏在什么地方,那好,我会承认你说得对,我可以不再参与到这里来。但是你难道看不见吗?娜塔莉正处在危险之中。有人知道她没有真的结婚并隐居在海外。有人竟然铤而走险杀死了托德。有人在追查娜塔莉——而她本人甚至都不知道这事。”

伯尼迪克特开始摩挲起自己的下巴。

“他们在到处寻找娜塔莉。”我说,“我不能就这么放手不管。你难道还看不出来吗?”

他摇头说:“我看不出来。”他的声音听着倦怠、消沉、疲惫不堪。“我看不出来你能做些什么,你只会把她置于死地。听我说,杰克,我明白你的意思。不过,我们已经做好了准备,我们要保护这个组织。每个人都先转入地下,等着这阵风过去再说。”

“但是娜塔莉——”

“她是安全的,只要你别乱搅和。如果你不住手——如果我们都被暴露——那意味的就不仅是她的死亡,还有玛丽·安妮,还有我,还有许许多多人的死亡。我明白你说的意思,但是你现在看问题不是很清楚,你不愿意去正视现实。你太想找到她了,所以你扭曲了事实,以为是事实在召唤着你行动。你难道不明白吗?”

我摇头。“我不明白,的确不明白。”

他看了一眼手表。“咳,我必须去上课了。回头我们再说这事。在此之前,你什么都不要做,好吗?”

我不说话。

“向我保证,杰克。”

我做出了承诺。然而,这次我信守承诺的时间不是六年,仅仅是六分钟。

第二十九章

我跑到银行取出了四千美元现金。由于现金数额太大，玻璃对面的前台柜员不得不去找主任柜员批准，后者又找到了银行负责人。我企图记起上次找银行柜员而不是找自动提款机是在什么时候，却怎么也想不起来了。

接着我去一家便利店买了两部临时手机。考虑到警察能够随时追踪到开着电源的个人手机，我关闭了自己的苹果手机，把它塞在口袋里。如果我需要打电话，就用临时手机，而且我会让它们尽可能处于关机状态。如果警察能够追踪手机，那么我觉得像丹尼·祖克这样的家伙大概也能。尽管对此我不能确定，但是我还是无可非议地让我的神经绷紧在全天候的高度警惕状态。

我大概无法长期地关掉手机生活，不过对付几天还没问题，而我需要的就是这么多时间。

先做要紧的事。伯尼迪克特认为同“新起点”有关的人都不知道娜塔莉在哪里。我的看法却不这么肯定。这个组织最先是在兰佛学院、在马尔科姆·休谟教授的指导下成立起来的。

该给我的老导师打个电话了。

我上次见到我目前办公室的前任主人,是在两年前讨论有关蔑视宪法行为的政治学研讨会上。他从佛罗里达飞了过来,看着精力十分充沛。他的皮肤晒得黑黝黝的,牙齿却白得令人惊叹。如同许多退休后住在佛罗里达州的人一样,他轻松自在,开心快乐,却也显出了自己的年纪。我们见面后都很高兴,可是彼此间也多少有了一定的距离。也许马尔科姆·休谟喜欢如此定位我们之间的关系。我爱这位老人。除了我的父亲以外,他就是我做人的最好榜样。不过他以自己的态度清楚地表明,退休就意味着一种生活的结束。他一直讨厌那些在学界恋栈不去的人。那些已经过了保质期却仍想留在货架上的上了年纪的教授和管理人员,就像是不能正视无情现实的资深棒球运动员。休谟教授却不然,一旦离开了我们那座神圣的教学楼,他就再也不愿旧地重游。他不想沉湎于怀旧之情,只靠往日的荣光而过活。尽管已经八十岁了,马尔科姆·休谟却仍然是个向前看的老家伙。对他而言,过去的就是过去了。没别的,它过去了。

所以,不论我认为我们之间当年有多么亲密,我们后来的联系却不算频繁。他已经翻过了生活的这一页。马尔科姆·休谟目前热心于在佛罗里达的阳光下打高尔夫球、参加悬疑小说阅读小组和桥牌俱乐部的各种活动。或许"新起点"也一样,成了他已置于身后的某项过去的事业。我不知道他对我的电话会做出怎样的反应——会不会认为我搅乱了他平静的生活。我对此不很在意。

我需要答案。

我拨了他在弗隆滩的住宅电话。五声铃响后应答机做出了答复。马尔科姆在录音中用依然洪亮、由于年龄而略带沙哑的声音要求来电者留言。我想这么做,却想起我没法给他留下回电号码,因为大多数时间我必须保持关机的状态。还是过后再给他打吧。

现在怎么办?

我重新开动脑筋,转而第无数次地想到娜塔莉的父亲。他是这些事情当中的一个关键点。我问自己,有谁能对他的事情提供一些线索?答案相当明显:娜塔莉的母亲。

我考虑是不是给朱莉·波特汉姆打个电话,问她我是否可以和她妈妈谈谈,但又觉得那纯粹是白费工夫。

我来到社区图书馆,申请使用一台电脑。我检索西尔维娅·艾维里。网上列出的是新泽西州拉姆齐镇朱莉·波特汉姆家的地址。我靠在椅背上想了一会儿。我打开黄页电话号簿网站,搜索拉姆齐地区所有的老年生活辅助中心。一共有三家。我把电话打过去,要求同西尔维娅·艾维里通话。这三家都回答没有叫这个名字的“住户”(他们都用这个词汇)。我又在电脑上把搜索范围扩大到伯根郡。显示出了一大堆结果。我打开地图,先挑离拉姆齐镇最近的那些家打电话。打到第六个电话时,海德公园老年生活辅助中心的接线员答道:“西尔维娅?我相信这会儿她正在和露易斯一道做手工呢。你想留什么口信吗?”

与露易斯一道做手工,仿佛她是夏令营的一个孩子。“不了,我回头再打电话。您那里的探视时间是什么时候?”

“我们欢迎客人在早八点到晚八点之间来到这里。”

“谢谢您。”

我挂断了电话,又打开了海德公园老年生活辅助中心的网页。网上登载着他们的活动日程表。果然有手工课。根据表格的安排,接下来是拼字游戏俱乐部活动,然后是沙发旅行团——搞不懂什么意思——再就是“烘焙的记忆”。明天将有三小时户外活动,集体去帕拉姆斯公园购物广场。今天却不是,所有的活动都在室内。好。

我来到租车公司要一台中型轿车。他们租给我一辆福特Fusion。我按规定使用了信用卡,没有别的办法。又一次驾车出门——这次是见娜塔莉的母亲。我不大担心到那以后碰不到她。住在老年生活辅助中心的人们很少会做计划外的出游。即使她凑巧出去了,时间也会很短。我可以在那儿等她,反正我也没别的地方可去。谁知道呢?到梅布尔的那家“寻常汽车旅店”再睡一个令人愉悦的夜晚,也未尝不可。

开上95号公路后,我的思绪马上回到了我上次在这条公路上开车的情景……哇,那就是昨天。我想了想,把车开到路边,掏出了苹果手机。开机后涌进了一些邮件和电话呼叫信息。其中有三个来自桑塔。我不理它们。我联网后快速搜索丹尼·祖克,显示结果基本都是好莱坞一位名人的资料。我在名字后面又输入“黑帮”,搜索没有结果。我又登录那家黑帮粉丝们的论坛,那里没人提到丹尼·祖克。

现在怎么办?

也许是我把他的名字拼错了。我又用不同的拼法试了几个祖克,还是没搜到什么有价值的东西。离通往法拉盛的出口不远了。有点儿绕道,然而绕得不算多。我决定碰碰运气。我又开动汽车,来到了弗朗西斯·刘易斯大道。环球花园温室正在开门营业。我就是在这里把那个叫爱德华兹的闪亮仔揍了。我回想着我的那两拳。我一直为我是法律和秩序的自觉遵守者而自豪,而且我可以为我昨天的暴力行为做出自我辩护,强调那只是为了救出一个男孩子。可是实际上,我没必要非得挥拳痛击爱德华兹的鼻子。我需要他的口供,我不惜违背法律去获取。人们也不难为我的所作所为提供合理的解释。为了得到口供而让爱德华兹得到一点儿报应,肯定不会是一件遭致人们反感的事情。

然而更为重要的问题是——我以后有了时间需要就此做专门的探讨——我怀疑我是不是在一定程度上喜欢这么做。我一定要狠揍爱德华兹才能得到他的口供吗?不一定,还有其他办法。而只需冒出这个念头就让我害怕的是,奥托的死不是也让我体验到了某种快感吗?在我的课堂里,我经常讲到人的原始本能给哲学和政治理论带来的重大影响。我是不是自以为我具有抵御这种影响的免疫力呢?也许,我所珍视的那些法律、规章和原则存在的意义,最重要的不在于保护他人,而是面对“自我”这个最大的敌人保护好我们自己。

马尔科姆·休谟教授在他讲授的“人类早期政治思想”一课中,喜欢谈到不同事物、不同行为和不同观念之间的那道分界线有时是如何的细微和模糊。我难以接受这样的观点。在我看来,对的就是对的,错的就是错的。

那么,目前我究竟站在了这道界线的哪一侧呢?

我在前门停好车,穿过正在门口大甩卖的“多年生草本植物和陶瓷器皿”,走进了店里。这是一家很大的花店,空气中弥漫着肥料等植物根部覆盖物的刺鼻气味。我朝左边拐去,绕过各样的鲜花、灌木、室内装饰品、露天家具、花土、园艺泥炭——不管是什么，眼睛打量着每一个穿着浅绿色围裙工作装的人。用了大约五分钟，我发现那个男孩子，说来有趣，恰好在肥料区忙活着。

他的鼻子上贴着纱布，眼眶乌黑，仍然帽檐儿朝后戴着布鲁克林篮网队的球帽。他正帮一位顾客把肥料袋儿装到推车上。那位顾客对他说着什么，男孩子热情地点头应着。他戴着一只耳环，在球帽下露出来的头发是条纹状的金色，这大概是某瓶染料的颜色。男孩子工作很卖力，脸上一直保持着微笑，尽量让所有顾客的需求都得到满足。这给我留下了很深的印象。

我挪动到他的身后等待着。我寻找着一个接近他的最佳角度，以防他撒腿跑掉。

男孩子忙完身边那位顾客的事情后，马上用眼睛寻找是否还有谁需要他的帮助。我从后面走过去，拍了拍他的肩膀。

他转了过来，脸上已准备好了微笑。“我能帮您……”

看到我，他停住了。我对他回头就跑已有思想准备。我不知道对此该怎么办。我离他很近，如果他逃跑马上可以抓住他，不过那会引起周围人不必要的注意。我绷紧自己的身体，观察着他的反应。

“伙计！”他张开双臂搂住我，把我拉到怀里，紧紧拥抱着。我还真没有预料到会是这样，不过我还是做出了配合。“谢谢你，伙计，非常感谢你。”

“哦，不客气。”

“噢，伙计，你是我的英雄，知道吗？爱德华兹是个十足的王八蛋。他挑我欺负是因为他知道我还不那么结实。谢谢你，伙计,太谢谢你了。”

我又重复了一遍不客气。

“你是干什么的?”他问道,“你不是警察,这我明白。你是不是,就像,我说不好,超级英雄什么的?”

“超级英雄?”

“我的意思是,你路见不平就出手,专门做搭救各种好人之类的事。而且,你还打听他们的MM后台?”他的脸色变得暗淡。“伙计,如果你想同他们较量,你后面得有一整队的复仇者联盟[①]才行。”

“我想问你的就是这事。”我说。

“噢?”

“爱德华兹为一个叫丹尼·祖克的家伙卖命,对吧?”

“你知道的。”

“丹尼·祖克是什么人?”

“一个变态狂。如果有个小狗挡他的道,他就会把它杀掉。你没法相信这家伙的精神有多么不正常。爱德华兹见到他会尿裤子。真的。”

好家伙。“丹尼是谁的手下?”

男孩子往后退了半步。“你不知道?”

“不知道。所以我才找你。”

“当真?”

“是啊。”

---

① 《复仇者联盟》(The Avengers):美国漫画,讲述由一批超级英雄组成的复仇者联盟抗击邪恶势力的故事,后改编为电影。

“关于你是超级英雄什么的,伙计,我那是开玩笑。我猜是,咳,你看到我被他打得屁滚尿流,你就,怎么说,你是个勇敢的家伙,而且你恨那些横行霸道的坏蛋。是不是这么回事?”

“不是。我需要他的口供。”

“我希望你的超常能力之一就是刀枪不入。如果你得罪了这帮家伙……”

“我会小心的。”我说。

“我不想让你白白地受到伤害,因为你帮我那么大的忙,知道吗?”

“我知道,”我说,尽全力拿出一个精明强干的教授应有的腔调。“告诉我你知道的就行。”

男孩子抖抖肩膀。“爱德华兹是我的赛马经纪人,就是这么回事。我没能按时还上钱,而且他用打人来取乐。不过他只是个小虾米。就像我说的,他为丹尼·祖克干活儿。而丹尼·祖克在 MM 里地位很高。”

“MM 是怎么回事?”

“我应该用手指碰碰我的鼻子来向你表明我的意思①,可我的鼻子他妈的疼得不行。”

我点点头。“这么说丹尼·祖克属于黑手党?你想说的是这个意思?”

“我不知道他们是不是这么称呼自己。我是说,我只是在那些很老的电影里听到过黑手党这样的词儿。我只能告诉你,丹尼·祖克直接为 MM 的头头效劳,那个头头是个传奇人物。”

---

① 西方一些人习惯于把食指压在鼻梁旁,表示“这是个秘密,别再说了”。

“他叫什么名字?”

“你当真吗? 你不知道? 你住在这儿,可连这都不知道?”

“我没住在这里。”

“哦。”

“你能告诉我吗?”

“我欠着你的,当然会告诉你。就像我说过的,丹尼·祖克是 MM 的得力干将。”

“MM 是?”

一个年长的女人插了进来。“你好,哈罗德。”

他笑容满面地对她说:“您好,H 夫人。那些牵牛花怎么样了?”

“你让我把它们种在窗台花箱里,实在是太对了。你真是布置房间的天才。”

“谢谢您。”

“如果你现在有时间……”

“让我先和这位先生谈完,然后我马上就为您服务。”

H 夫人慢吞吞地走开了。哈罗德一直面带微笑望着她离开。

“哈罗德,”我说,试图把他拉回原来的话题上来。“谁是 MM?”

“咳,伙计,你难道不读报纸吗? MM。丹尼·祖克直接对他们当中地位最高、人也最坏的那个家伙负责。他叫马克斯韦尔·迈纳①。”

---

① 马克斯韦尔·迈纳这个名字的两个首字母都是 M。MM 指他指挥的黑帮团伙。

有什么东西在我脑袋里发出咔嗒一声。我的脸部表情一定是发生了急剧的变化,因为哈罗德问道:“喂,伙计,你没事吧?”

我的脉搏在加快,涌动的血流让我的耳朵嗡嗡作响。我可以用我的苹果手机上网查一查,可是我实在需要一块完整的屏幕。“我需要找台电脑。”

“老板不让任何人用这里的电脑。在这儿你根本上不去网。”

我谢过他便急忙走了出来。迈纳。在后来的这一切发生之前,我在什么地方见到过这个名字。我像个疯子似的把车开到诺森大道,又来到了那家网吧。坐在桌子后面的仍是那个都市浪人。他没有表露是否认出了我。有四台电脑空着没人用。我占了一台,迅速输入纽约当地报纸的网址。接着链接档案,重新搜索五月二十五日的存档报纸——那是娜塔莉被人拍下监控照片的第二天。电脑对我的搜索指令做出应答的时间似乎是无尽无休。

快点儿,快点儿……

终于,大字标题跳了出来:

律师扶弱济困不幸惨遭枪杀

阿切尔·迈纳横尸办公室

我想大喊一声“有了!”,可还是控制住了自己。迈纳,噢,这不可能是个巧合。我点击阅读全文:

阿切尔·迈纳是众所周知的黑帮头目马克斯韦尔·迈纳的儿子,也是一位始终为受害者权利进行辩护的律师。昨夜，他在公园大道一座高层建筑中他自己的律师事务所里被人枪杀。这起谋杀事件显然是由他的父亲指使的。阿切尔尽管是马克斯韦尔·迈纳的儿子，却为人十分正直，一直致力于为各类罪案的受害人进行辩护。在近几个星期里，阿切尔·迈纳公开指责他的父亲，并向地方检查官承诺将提供他的家族所犯罪行的证据。

文章再没有提供更多的细节。我通过搜索引擎查寻阿切尔·迈纳。在其后的一个星期里，每天都有关于他的一些文章。我依次浏览着，寻找线索，寻找阿切尔·迈纳和娜塔莉之间的某种联系。枪击案发生两天后的一篇文章引起了我的注意。

纽约警方搜寻迈纳谋杀案目击者

纽约警察局一位内部人士指出，警方近日正在全力寻找一位女士。该女士很可能目击了阿切尔·迈纳——当地黑帮头目的儿子、却又是背叛家族的英雄——被人谋杀的全过程。纽约警方不愿就此事做出直接的评论。“我们正在根据各方面的线索积极开展调查。”警局发言人安达·奥尔森说，“我们有望在很短的时间里将犯罪嫌疑人捉拿归案。”

这就对了。或者说在一定程度上对上号了。

我想起了那张娜塔莉看着是在某个写字楼大堂的监控照

片。好吧,现在怎么办?尝试把已了解到的各种情况组合在一起。不知什么原因,娜塔莉那天晚上去了阿切尔·迈纳的律师事务所。她见证了那起谋杀案。这可以说明她的脸色为什么那样惊慌。她跑开了,希望这样就没事了。可是纽约警方一定是仔细查看了监控录像,发现了当时经过大堂的娜塔莉。

仍然有一些没有浮出水面的重要事情,有一些被我忽略了的东西。我继续读着:

> 当有人问起这起谋杀案的犯罪动机时,奥尔森表示:"我们相信阿切尔·迈纳是由于打算做出正确的事情而被人杀害的。"今天,市长布洛姆伯格将阿切尔·迈纳称为英雄。"他克服了他的家族的名字和历史给他造成的阴影,成为了一个伟大的纽约人。他为代表那些受害者的利益、为让那些暴力犯罪的制造者得到制裁而做出的不懈努力,永远不会被人们忘记。"
>
> 许多人想知道,阿切尔·迈纳在已对自己的父亲马克斯韦尔·迈纳以及他的臭名昭著的犯罪集团MM做出谴责的情况下,为什么没有得到警方的保护性监视。"他本人坚持不接受任何监护措施。"奥尔森这样解释。一位与阿切尔如今已寡居的夫人十分亲近的人士提供消息说,阿切尔的妻子认为,她的丈夫用毕生的精力来弥补他的父亲犯下的罪过。"阿切尔一开始只是希望受到良好的教育,做一个正直的人。"消息来源人这样说,"但是不论他跑得有多快、有多远,阿切尔永远也无法逃出那个可怕的阴影。"

这并非由于他本人缺乏应有的努力。阿切尔·迈纳是不知疲倦地为犯罪受害者的权利进行辩护的律师。在哥伦比亚大学法学院毕业后,他在工作中一直与执法机构的官员保持着密切联系。他代表暴力犯罪案件的受害人进行诉讼,始终力求使罪犯得到最严厉的惩罚,使可怜的受害者得到最大限度的补偿。

纽约警方拒绝做出公开的推测,但是有关此案的一个广为流传的、也是令人吃惊的说法是,马克斯韦尔·迈纳亲手导演了对于亲生儿子的谋杀。马克斯韦尔·迈纳没有直接否认这种指责,但他却发布了一段简短的声明:“我的家庭和我为我的儿子阿切尔悲痛欲绝。我恳请媒体允许我的全家能够不受打扰地寄托我们的哀思。”

我舔舔嘴唇,点击“下一页”。当我看到马克斯韦尔·迈纳的照片时,我没有丝毫惊奇。他就是出现在奥托·德弗卢葬礼上的那个留着细细胡须的男人。

端倪渐显。

我意识到这会儿我一直在屏着呼吸。我靠回椅背想放松片刻。我两手交叉垫在脑后闭上了眼睛。印在我脑海里的那张有关时间脉络和人物关系的表格,现在可以补上许多新的连线。阿切尔·迈纳引人注目地被杀的当晚,娜塔莉身在现场。按照我的推定,她一定是目击了那桩谋杀。纽约警察局也在某个时刻查明了监控录像中的女人是娜塔莉。娜塔莉害怕自己有生命危险,决定找地方藏起来。

我会继续去查证,然而我敢打赌至今还没有人由于杀害阿切尔·迈纳而被判有罪。这就是纽约警察局在这么多年后仍然四处寻找娜塔莉的原因。

接着又发生了什么呢?

娜塔莉同“新起点”建立了联系。怎么联系上的?我搞不清楚。不过,其他那些人不是也都与“新起点”建立了联系吗?我估计,这个组织有专人在关注这类事情,就像对待原名叫贾马尔的伯尼迪克特一样。对那些他们认为需要帮助也值得去帮助的人,他们会主动寻上门去。

不管怎样,娜塔莉被送到了创意充电部落。它是,至少部分是,这个组织的一个掩体和幌子。一个非常出色的幌子,我还应加上这么一句。也许有些人确实是出于艺术的原因去那里的。毫无疑问,娜塔莉可以同时充当两方面的角色。人们常说一览无余的地方恰恰是最好的藏匿之所。他们可能要求娜塔莉躲在那里,静观阿切尔·迈纳的案子如何进展。也许即使没有娜塔莉的证言,警察也能够逮住凶手,那样娜塔莉就可以重返以往的生活。也许纽约警察局没有办法,或至少到那时为止没有办法认出监控画面中的女人。不管是什么。我只是对他们当时的想法做出猜测,不过我想我猜得八九不离十。

然而,现实终于露出了自己狰狞的面目,继续同她的新男朋友在世外桃源缠绵下去的希望破灭了,彻底破灭了。面临的抉择十分明确:失踪或是死亡。

于是她选择了失踪。

我读了更多的有关这起案件的报道,不过没有太多新东西。阿切尔·迈纳被描绘成不可思议的英雄史诗般的人物。他本来应当被家族培育成一个罪恶之王。当阿切尔还在念书的时候，他的哥哥就如报纸说的那样“以黑帮特有的方式”被别人杀死了。于是，掌管家族或团伙的重任就理应由阿切尔去承担。这几乎是电影《教父》里情节的翻版，只是我们这位特别的好孩子始终没有向命运屈服。阿切尔·迈纳不仅斩钉截铁地拒绝了加入MM，他还为扳倒这个黑帮组织永不停息地努力着。

我又一次问自己，究竟是什么原因让我的心肝儿娜塔莉在深夜去了那家律师事务所。我想她可以是诉讼当事人，不过这解释不了为什么去得那么晚。她也许与阿切尔·迈纳互相认识，但我想不出他们相识的可能。我打算放弃浏览网页，把娜塔莉在那里的出现归结为一种随机出现的偶然事件。突然间，我发现了一份篇幅不大、没有任何彩色衬底的讣告。

这是什……

说真的，我不得不合上眼睛，使劲儿揉揉它们，接着将那份讣告从头开始重新读了一遍。因为，这太不可能了。就在这一切开始有了头绪，就在我以为我已经取得了突破性进展的时候，我又一次出乎意料地被掀翻在地：

阿切尔·迈纳先生，四十一岁，纽约曼哈顿区居民，原居住于纽约皇后区法拉盛社区。迈纳先生是帕森安—德雷斯诺—罗森伯格律师事务所的资深合伙人。该事务所位于纽约公园大道245号洛克霍恩大厦。阿切尔·迈纳先生由于他富有仁爱之心的出色工作，得到了许许多多的荣誉。他曾就读于圣弗朗西斯高级中学，后以最优异的成绩毕业于兰佛学院……

第三十章

我听到黛妮丝摩尔夫人在电话那头的叹息声。“你不是被学院停职了吗?”

“你想念我。承认了吧。”

尽管身处越来越强烈的恐惧和困惑交织形成的旋涡当中,黛妮丝摩尔夫人还是让我感到心里踏实。始终不变的东西并不多,与黛妮丝摩尔夫人的胡侃算是其中一个。当周围世界的一切都在疯狂旋转的时候,还有能按自己喜欢和习惯的方式行事的地方,无疑是件令人宽慰的事情。

“停职大概包括停止给学院的行政人员打电话。”黛妮丝摩尔夫人说。

“哪怕只是为了电话做爱?”

我能感觉到她在一百六十英里之外流露出的不赞成的目光。“你需要什么,有趣的家伙?”她问道。

“我需要你帮我个大忙。”我说。

“而它的回报是?”

“你没听到我刚提过的电话做爱吗?”

"杰克?"

我不记得过去曾有过这样对我直呼其名的时候。

"怎么?"

她的声音突然间变得温和。"出什么岔子了? 被停职这种事不应该发生在你身上。你是这里的一个楷模呀。"

"说来可就话长了。"

"你问过我克莱纳教授女儿的事,就是你爱着的那个。"

"是的。"

"你还在寻找她吗?"

"是的。"

"你被停职同这事有关吗?"

"确实有关。"

沉默。接着黛妮丝摩尔夫人清了清嗓子。

"你需要什么,费舍尔教授?"

"一份学生档案。"

"又是学生档案?"

"是这样。"

"你需要获得那个学生的许可。"黛妮丝摩尔夫人说,"我上次就告诉过你。"

"但是同上次一样,这个学生也已经死了。"

"噢,"她说,"他叫什么名字?"

"阿切尔·迈纳。"

停顿。

"你认识他?"我问。

"他当学生的时候,我不认识。"

“然而？”

“然而我记得在《兰佛学院报》上读到过，他在几年前被人谋杀了。”

“六年前。”

我发动了汽车引擎，手机仍然贴在耳边。

“让我看看我的理解是否正确，”黛妮丝摩尔夫人说，“你在寻找娜塔莉·艾维里，对吧？”

“没错儿。”

“而为了找到她，你需要查看不止一个而是两个被谋杀的学生的档案。”

奇怪的是，我过去没从这个角度想过。“我认为你说的是真的。”我说。

“如果允许我斗胆说一句，这听起来可不大像是个爱情故事。”

我没作声。过去了几秒钟。

“我会给你回电话。”黛妮丝摩尔夫人说完就挂了。

海德公园老年生活辅助中心活像是一家万豪酒店。

我得承认它看起来不错，前院的一座维多利亚风格的凉亭更是提升了它的档次。不过这里的一切都给人以强烈的连锁店般的、缺乏人性化的、预制件组合式的感觉。主楼是一座三层建筑，四个角上立着仅用作装饰的小角楼。“生活辅助中心入口”的标识显得字体过大。我顺着小路进去，又走过一段轮椅通道，推开了主楼的大门。

坐在写字台后面的那位女人脑袋上顶着状如头盔、人称蜂巢式的发型。人们上一次见到这种发式是在一位参议员妻子的脑袋上，大约是在1964年。那位女人对我露出僵硬的微笑，我几乎想去敲敲她的脸，祝愿自己有个好运气①。

“我能为您做些什么？”

我微笑着摊开双臂。我在什么地方读到过，摊开双臂会使你显得更开放、更值得信任，而抱起膀子效果则恰好相反。不知道这是否有道理，只不过我目前感觉自己的样子像是准备扑向某人，再把这人扔上肩头扛走。“我来这里是想见见西尔维娅·艾维里。”我对她说。

“她知道您要来吗？”蜂巢式问道。

“不，我不这么认为。我只是碰巧到了这附近。”

她露出怀疑的神情。我无法责怪她。依我之见，那些碰巧要来老年生活辅助中心转转的人，大都值得怀疑。“您不介意签个字吧？”

“一点儿也不。”

她把一本尺幅很大的来客登记簿——通常在婚礼、葬礼或老电影中的旅馆里见到的那种，朝我转过来，又递给我一支大号的羽毛笔。我签上了名字。那女人又把登记簿转回朝着自己的方向。

“费舍尔先生，”她非常缓慢地念着上面的名字，抬起头对我眨着眼说，“我能问问您是怎么认识艾维里女士的吗？”

“是通过她的女儿娜塔莉认识的。我觉得来见一见她应该

① 欧美地区的人们有个由来已久的传统，即用手敲击木头以祈求好运气，避免坏运气。

是件很好的事。”

“我肯定西尔维娅对您的来访会很感谢。”蜂巢式向自己的左边做了个手势。“我们的公共起居室现在空着，它很有吸引力。你们在那里见面可以吗？”

吸引力？“当然可以。”我说。

蜂巢式站了起来。“我马上就回来，您照顾一下自己。”

我走进那间空着的、很有吸引力的起居室。我明白了是怎么回事。蜂巢式有意把会面安排在公共场合，以防我的话里有诈。不无道理。防患于未然什么的。沙发看着还不错，罩面上有印花图案。但是它们看着不像是能让人坐着舒服的东西。这里没有任何能让人感觉舒服的东西。室内的装潢有些类似于售房样板间，以良苦的用心竭力突出着自己的亮点。然而这里的气味，那种消毒水、工业用级别的清洗剂，还有——恕我直言——衰老的气味，是明确无误、挥之不去的。我没有坐下来。房间的角落里有位上了年纪的女人，穿着破烂的浴袍，站在助行器的中央，正在滔滔不绝地对着墙壁说话，还激烈地做出各种手势。

我新配备的临时手机嗡嗡响了起来。我查看来电显示，不过这个号码只有一个人知道：黛妮丝摩尔夫人。房间里挂着不准用移动电话的警示牌，不过如今我已经学会了有时不去按规则生活。我移到角落，脸冲着墙壁，像使用助行器的那个女人一样站好，低语道：“喂？”

“我拿到了阿切尔·迈纳的档案，”黛妮丝摩尔夫人说，“用电邮发给你吗？”

“那太好了。它就在你的手头吗？”

“是的。”

“里边有些奇怪的东西吗?”

“我还没看。什么叫奇怪的东西?”

“现在就翻翻它好吗?”

“你想让我看些什么?”

我想了想。“找找这两个遭到谋杀的人之间的联系?他们住在同一个宿舍吗?他们在一起上过课没有?”

“这很简单。没有联系。阿切尔·迈纳毕业的时候,托德·桑德森还没入学呢。还有什么?”

在我用脑袋去领悟这道算术题的同时,仿佛有只冰冷的手掘进了我的胸口。

黛妮丝摩尔夫人问道:“你还在吧?”

我咽口唾沫。“克莱纳教授出走的时候,阿切尔·迈纳在学院吗?”

短暂的停顿后,黛妮丝摩尔夫人以听着十分遥远的声音说道:“我觉得他那时应该是一年级,或是二年级。”

“能查一查——?”

“我正查着呢。”我听得到翻阅档案的声音。我回头看了一眼,另外一个角落那位上了年纪、穿着破烂浴袍、依赖助行器的女人对我挑逗地眨着眼。我对她同样回以挑逗的眨眼。为什么不呢?

接着,黛妮丝摩尔夫人在电话里说:“杰克?”

她又一次对我直呼大名。

“嗯?”

“阿切尔·迈纳选修了克莱纳教授的‘公民身份的多元趋

向'这门课。根据档案记载,这门课他得了A。"

蜂巢式推着坐在轮椅上的娜塔莉母亲过来了。我认出了六年前参加过婚礼的西尔维娅·艾维里。从当时她的样子就看得出,她并没有得到岁月的特殊厚爱。而根据我现在见到的状况判断,这几年她的命运也未见有什么好转。

仍然把手机举在耳边的我,问黛妮丝摩尔夫人:"什么时候?"

"什么叫什么时候?"

"什么时候阿切尔·迈纳上过那门课?"

"让我瞧瞧。"接着,我听到黛妮丝摩尔夫人轻轻地倒吸了一口气。不过我已经知道答案是什么了。"就在克莱纳教授不辞而别的那个学期。"

我对自己点点头。所以分数是A。每个学生在那个学期这门课都得了A。

我的脑袋正在体验着一个人所能经历的所有方式的眩晕。我晕晕乎乎地谢过黛妮丝摩尔夫人,挂断了电话。蜂巢式正好把西尔维娅·艾维里推到了我的面前。我希望我们两人能单独地待一会儿,可是蜂巢式站在那里不动。我清了一下嗓子。

"艾维里女士,您也许不记得我——"

"娜塔莉的婚礼,"她毫不迟疑地说道,"你就是那个被她甩了后闷闷不乐的家伙。"

我向蜂巢式望去。她把一只手放到西尔维娅·艾维里的肩上。"您还好吗,西尔维娅?"

"我当然很好,"西尔维娅不客气地说,"去一边儿待着吧,让我们说说话。"

蜂巢式呆滞的笑容没有出现任何的变化，当然了，木头永远不懂如何改变表情。她返回自己的桌子后面，又向我们看了一眼，仿佛在说："也许我不能坐在你们旁边，但是我在这儿看着你们呢。"

"你的个子太高了。"西尔维娅·艾维里对我说。

"对不起。"

"用不着说对不起。你只需要坐下来，这样我就不用总抻着脖子。"

"哦，"我说，"对不起。"

"又是一个对不起。坐下，坐下。"

我坐到了沙发上。她仔细研究了我一小会儿。"你找我干什么？"

坐在轮椅里的西尔维娅·艾维里显得弱小和干瘪。不过得说，一旦坐上轮椅，谁又能显得高大强壮呢？我用一个问题代替了我自己的回答。

"您有娜塔莉的任何消息吗？"

她怀疑地给了我一个白眼。"谁想知道这个？"

"呃，当然是我。"

"我有时会收到她寄来的明信片。为什么你要问？"

"可是您一直未见到她本人？"

"没见到。不过这不要紧。她是个自由的精灵。当你赋予自由的精灵以自由，它就飞走了。事情总会是这样的。"

"您知道这个自由的精灵栖息在什么地方吗？"

"这和你应该没什么关系。不过她生活在海外，和托德一起幸福地生活。我盼着有一天他们俩能有孩子。"她的眼睛略微眯缝了一点儿。“你叫什么名字来着?”

“杰克·费舍尔。”

“你结婚了吗,杰克?”

“没有。”

“从来没结过婚?”

“没有。”

“你有认真相处的女朋友吗?”

我甚至不用费神去回答。

“真是遗憾,”西尔维娅·艾维里摇起了脑袋。“一个像你一样强壮高大的人应该结婚。你应该给哪个姑娘带去安全感。你不应当一个人过活。”

我不想沿着这样的方向继续我们的谈话,应该变一下话题了。

“艾维里女士?”

“怎么?”

“您知道我的职业是什么吗?”

她上下打量着我。“你像是橄榄球的中后卫。”

“我是学院的一个教授。”我说。

“噢。”

我转过身来,以便明确无误地看清她对我即将说出的话语的反应。“我在兰佛学院教政治学。”

不论她的脸上原先保留着的是什么颜色,瞬间都已通通消失了。

“克莱纳夫人?”

“我不叫这个名字。”

"您曾经被人这么称呼,对不对?自从您丈夫离开兰佛后您就改回了自己娘家的姓。"

她合上了眼睛。"谁告诉你这些的?"

"说来话长。"

"是娜塔莉说了什么吗?"

"不是,"我说,"她什么也没说过,甚至在我带她到学院的时候,她也什么都没说。"

"好。"她用颤抖的手去遮盖自己的嘴。"上帝啊,你怎么会知道这些事情?"

"我需要同您过去的丈夫谈一谈。"

"什么?"她的眼睛由于恐慌而睁得很大。"噢,不,那不可能……"

"为什么不可能?"

她坐在那里,用手捂着嘴一句话也不说。

"求您了,艾维里女士。我同他谈一谈是非常重要的。"

西尔维娅·艾维里用尽力气紧紧闭上眼睛,就像是个祈盼魔鬼快点儿离开的小孩子。我越过她的肩头看到,蜂巢式正在以好奇的目光公然地盯着我们。我迫使自己挤出了一个同她一样虚假的笑容,表示这里的一切都很正常。

西尔维娅·艾维里用耳语般的声音问道:"为什么你现在会提起这些事?"

"我需要同他谈谈。"

"这都是很久很久以前的事了。你知道我为了走出过去的阴影都做了些什么吗?你知道这一切多么痛苦吗?"

"我不想给您带来新的伤害。"

“不想？那你就罢手。你究竟为什么要找那个男人？你知道他的出走给娜塔莉带来的都是什么吗？”

我等待着,希望她说得更多。她果然说下去了。

“你需要明白。朱莉,嗯,她还太小,她几乎记不得她的父亲。可是娜塔莉不同,她永远也不能走出阴影,她永远也不能忘掉自己的父亲。”

她用颤动的手重新擦拭自己的脸庞,目光挪向了别处。我等待着,但是显然这会儿西尔维娅·艾维里不愿再说下去了。

我尽力让自己的语气显得坚定有力:“克莱纳教授目前在什么地方?”

“加利福尼亚。”她说。

“加利福尼亚的什么地方?”

“我不知道。”

“洛杉矶一带？旧金山？圣迭戈？这个州太大了。”

“我说了,我不知道。我们没有往来。”

“那您怎么会知道他在加利福尼亚?”

她不由得停顿了一下。我看见一种说不清的表情掠过了她的脸。“我不知道,”她说,“也许他已经搬走了。”

谎言。

“您对您的女儿说他又结婚了。”

“是这么说的。”

“您怎么会知道?”

“艾伦打来电话对我说的。”

“我以为您两人之间没有往来。”

“的确有很长时间都不联系了。”

“他现在的妻子叫什么?”

她摇头。“我不知道。即使知道,我也不会对你说。”

“为什么不说呢?不向您的女儿们说,好啊,这我能理解,您想保护她们。可是为什么您不对我说呢?”

她的目光左右游移着。我决定虚张声势地拿话诈她。

“我查过婚姻档案的记载,”我说,“您两位从来没办过离婚手续。”

西尔维娅·艾维里轻轻地发出了一声呻吟。蜂巢式不可能听到它,然而她一直竖着耳朵,仿佛是一只能够听见人类不可能听到的那些声音的小狗。我又给蜂巢式挤出一个“一切都好”的笑容。

“如果您两位没有离婚,您丈夫怎么可能再婚呢?”

“你只好去问问他了。”

“到底发生了什么,艾维里女士?”

她摇着头。“不要去管它了。”

“他并没和一个女学生私奔,对不对?”

“他的确私奔了。”她说。这次轮到她想让语气听着坚定有力。可是她没做到。她的话听起来更多地是一种无力的防御,是一种已说过无数遍、张嘴就来的套话:“是的,艾伦出走了,抛下了我。”

“兰佛学院的校园是个不大的地方,您知道的,是不是?”

“我当然知道。我在那里住了七年。那又怎么了?”

“一个女学生撇下学业同一位教授私奔,会是一个不小的新闻。她的父母会打来电话,学院不得不召开教职员工的会议,等等这类事情。我查过记录,您丈夫失踪的时候学院没有人退学。没有哪个女学生扔下学业，没有哪个女学生出现行踪不明的状况。”

这仍然不过是拿话诈她，但是效果不错。像兰佛学院这种规模不大的校园是很难藏住秘密的，如果有个学生同教授私奔，学院的每个人特别是黛妮丝摩尔夫人是会记住她的名字的。

“也许她是斯特里克兰大学的，路尽头的那所州立大学。我想她是那儿的学生。”

“完全不是这么回事。”我说。

“请别这样，”艾维里女士问道，“你究竟想干什么？”

“您的丈夫失踪了。而现在，二十五年之后，您的女儿同样也是。”

这引起了她的注意。“什么？”她过于用力地摇头，像是一个固执的孩子。“我告诉过你，娜塔莉在海外生活。”

“不，艾维里女士。她没有，她从来没有嫁给托德，那只是做给别人看的。托德早已是有妇之夫。有人在一个星期前刚刚杀害了他。”

这个消息给她带来了巨大猛烈的冲击。西尔维娅·艾维里的脑袋先是歪到一边，接着又耷拉到下面，仿佛她的脖子是橡皮泥捏出来的。在她的身后，我看到蜂巢式拿起电话，一边用眼睛瞄着我，一边和听筒里的对方说着什么。那副呆滞的笑容已经不见了。

“娜塔莉是个快乐的女孩儿。”她依旧耷拉着脑袋，下巴抵着胸部。“你简直没法想象。噢，也许你想象得出来。你爱着她，你见过真实的娜塔莉。不过你认识她有点儿太晚了，是在她发生了那么多变化之后。”

“发生了哪些变化呢?”

“你知道吗,娜塔莉还小的时候,上帝啊,她简直就是为爸爸而活着。当他讲完课回家进门的时候,娜塔莉就向他扑过去,高兴地大声尖叫。”西尔维娅·艾维里终于抬起了头。她的脸上露出恍惚的微笑,眼睛凝视着遥远记忆中的画面。“艾伦抱起她转圈儿,她开心地大声笑着……”

她摇了摇头。“我们曾经是那么幸福。”

“后来发生了什么,艾维里女士?”

“他出走了。”

“为什么?”

她使劲儿摇头。“这并不重要。”

“这当然非常重要。”

“可怜的娜塔莉。她不能放弃她的爸爸,而现在……”

“现在怎么?”

“你不明白。你永远也不会明白。”

“那您就帮助我弄明白。”

“为什么?你算是什么人?”

“我是爱着她的人,”我说,“我也是她所爱的人。”

她不知道该对我的话做出怎样的反应。她的目光仍然盯着地板,她似乎连抬起自己双眼的力量都没有了。“她的爸爸出走后,娜塔莉完全变了个样儿。她整天郁郁寡欢。我失去了那个快乐的小姑娘,就好像艾伦出走时把她的幸福一起带走了。她不能接受这样的现实。为什么她的爸爸会抛弃她?她做错什么了?为什么爸爸不再爱她了?”

我的脑海中浮现出形象的画面。孩提时代的娜塔莉茫然不知所措，陷入遭到父亲遗弃的巨大痛苦之中。我感觉我的心口在阵阵作痛。

“她很长时间以来出现了信任危机。你没法想象，她对任何人都拒之千里，却从来不放弃重新找回爸爸的希望。”艾维里女士抬起头望着我。“对于希望你有所了解吗，杰克？”

“我想我是了解的。”我说。

“它是世界上最残酷的东西。死亡都比它强。你如果死去，痛苦也就消失了。可是希望促使你不停地向上攀登，却又重重地把你摔到地上。希望用它的手掌万般抚爱地捧起你的心，可是又用拳头把它无情地砸得粉碎。一而再、再而三地重复这样的过程，永远也不停息，这就是希望干出的勾当。”

她把自己的双手放到膝盖上，抬头看着我。“所以，你知道吗，我想把希望驱赶到别处去。”

我点头。“您尽可能让娜塔莉忘掉她的爸爸。”我说。

“是的。”

“强调他突然出走并抛弃了你们所有人？”

她的眼眶开始噙满泪水。“我觉得这是最好的办法。你不这样想吗？我觉得这样就能使娜塔莉忘掉她的爸爸。”

“您告诉娜塔莉，她的爸爸又和别人结婚了，”我说，“您对她说他已经有了别的孩子。但是所有这些都是谎言，对不对？”

西尔维娅·艾维里不想回答。她脸上的表情变得冷峻。

“艾维里女士？”

她抬眼望着我。“别再打扰我。”

“我需要知道……”

“我才不关心你需要知道什么。我希望你离开我。”

她开始把轮椅向后摇去。我用手攥住了她的椅子,轮椅猛然停了下来。她膝盖上的毯子掉到了地上。我低头望去,不需她的任何命令,我松开了攥住她椅子的手。她的右腿有一半已经截肢了。她把地毯捡起来重新盖到腿上,有意动作得很慢。她希望我目睹她的状态。

“糖尿病并发症,”她对我说。“我三年前失去了这条腿。”

“我很难过。”

“相信我,这算不得什么。”我又伸出手去,但是她把我的手打到一边。“再见,杰克。别再打扰我们全家。”她开始把轮椅向后摇走。没有机会了。我不得不懵懵懂懂地离去。

“您还记得一个叫阿切尔·迈纳的学生吗?”

轮椅停住了。她的嘴巴张了开来。

“阿切尔·迈纳在兰佛学院选修了您丈夫的课程。”我说,“您还记得他吗?”

“怎么……”她的嘴唇在抖动,却有好一阵子没有说出任何话。后来,她说道:“恳求你,恳求你别再缠住我们不放。”如果说在此之前她的声音表露出的仅仅是害怕,那么现在它已经变成了十足的恐惧。

“阿切尔·迈纳已经死了,您要知道。他被人杀了。”

“谢天谢地,总算是摆脱了他。”她这样说,接着马上又紧紧地闭上了嘴,似乎在她的话语刚出口时就后悔了。

“请您告诉我究竟发生了什么。”

“别去管它。”

“我做不到。”

“我不明白这些事和你到底有什么相干。这同你没什么关系。”她又摇着脑袋。“不是没有道理。”

“您指什么?”

“我是指娜塔莉爱上你不是没有道理。”

“怎么说?”

“你是个梦想家,就像她爸爸一样。她爸爸就是没法儿睁只眼闭只眼,有些人就是做不到这一点。听我说,这个世界很复杂,杰克。有些人却总想把它区分得黑就是黑、白就是白。这些人总会为此付出代价。我丈夫就是这些人当中的一个。他做不出装糊涂的事情。而你,杰克,正在顺着他的这条路往下走。”

我听到从遥远的地方传来了一片附和与赞同的声音,它来自马尔科姆·休谟,来自埃伯恩·特雷纳,也来自伯尼迪克特。我不禁记起我最近产生的某些想法,比如对别人挥拳相向、甚至杀死一个人后的那些感觉。

“阿切尔·迈纳的事情有什么内幕吗?”

“你还是不肯住手。你想查明此事,结果却会让所有人都一个个地死去。”

“我不会让您和我之外的人知道,”我说,“我们说的一切都保留在这间屋子里。告诉我吧。”

“如果我说不呢?”

“我绝不会放弃调查此事。阿切尔·迈纳是怎么回事?”

她的目光又移向别处,手指揪着自己的嘴唇,似乎陷入了深深的思索之中。我稍微挺直了身子,想去捕捉她的目光。

“你听说过苹果不会掉得离树太远这句话吗?”

“是的。有其父必有其子。”我说。

“那孩子做了努力。阿切尔·迈纳想成为滚落到离树很远的地方的一只苹果。他不想过黑帮的生活。他想逃离摆在面前的现成的那条路。艾伦理解他的想法,想尽力帮助他。”

她慢慢地整理盖在膝盖上的毯子。

“后来发生了什么?”我问。

“阿切尔在兰佛力不从心。他读高中的时候他爸爸可以给老师施加压力,老师们给他的功课打 A。我不知道他的履历表中的 SAT① 成绩是不是真的,不知道他如何通过了录取审查。反正就学业而言,那个小伙子越来越力不从心了。”

她又停住不说了。

“请您说下去,好吗?”

“没理由继续说什么了。”她说。

这时我记起了当我第一次向黛妮丝摩尔夫人问起艾伦·克莱纳教授时她说过的话。

“当时有一些关于考试作弊的传言,是不是?”

她的肢体语言表明,我击中了要害。

“它涉及阿切尔·迈纳吗?”

她没有回答。其实不必了。

“艾维里女士?”

“阿切尔从上一年毕业的一个学生手里买下了他的学期论文。那个学生的这篇论文得过 A。阿切尔只是把它重新打印一遍,就作为自己的论文交上去了。一句话都没改。他估计艾伦肯定不会记得这篇论文。但是,艾伦能够记住任何东西。”

---

① SAT(Scholastic Assessment Test):学术能力评估测试,俗称“美国高考”,由美国大学委员会主办。SAT 成绩是高中生申请大学及奖学金的重要参考。

我知道学院的规矩。在兰佛,这类作弊行为的后果就是遭到开除,不需做任何讨论。

“您丈夫举报他了?”

“我告诉他不要这么做,我劝他再给阿切尔一个机会。当然,我并不关心那孩子能否利用好第二次机会。我心里明白。”

“您明白阿切尔的家人会很不高兴。”

“不管怎样,艾伦还是向校方举报了。”

“向谁举报的?”

“系主任。”

我的心一沉。“马尔科姆·休谟?”

“是他。”

我靠到沙发靠背上。“马尔科姆怎么说?”

“他希望艾伦不再追究此事。他让艾伦回家好好想一想。”

我回想起埃伯恩·特雷纳的那起事件。休谟教授对我说过差不多一样的话,不是吗?马尔科姆·休谟。如果不会谈判、不会妥协、不会做幕后的交易、不懂得这个世界上到处都有大片的灰色地带,一个人就别想坐到国务卿的位置上去。

“我很累,杰克。”

“我还有些事情搞不明白。”

“撒手别管这事。”

“阿切尔·迈纳的事情一直没有败露。他以最优异的成绩毕业了。”我说。

“我们很快就开始接到恐吓电话。有人专门来拜访了我。我正在淋浴时他进到家里。我走出浴室,发现这人竟然坐到了我的床上。他举着娜塔莉和朱莉的照片。他一句话不说,就那么坐在我的床上举着照片,一会儿就站起来走了。你能想象那种情景吗?”

我想到丹尼·祖克破门而入坐在我床上的情景。“您将这事告诉您丈夫了吗?”

“当然了。”

“后来呢?”

她停了一会儿才回答。“我觉得他终于明白了这有多么危险。但是已经太晚了。”

“他做了什么?”

“艾伦离开了。他是为了我们的安全。”

我有所领悟地点了点头。“但是您没法儿对娜塔莉说起这事,您没法儿告诉任何人,那样会使他们陷入危险。所以您告诉大家他出走了。后来您搬了家,改回了自己娘家的姓。”

“是的。”她说。

然而,有些事情我还是没有弄清楚。有许多事情还没有弄清楚,我这样想。有些事情还是说不大通,我的脑海深处还是觉得有些东西不大对劲儿,只是我一时说不准究竟都是些什么。举例说,娜塔莉如何会在二十年后同阿切尔·迈纳发生瓜葛呢?

“娜塔莉以为她的爸爸遗弃了她。”我说。

她只是闭着自己的眼睛。

“但是您说过娜塔莉不言放弃。”

“她不停地逼问我。她十分悲哀。我原本就不应该对她那样讲。可是我能有什么选择?我做的所有事情都是为了保护我的两个女儿。你不明白。你不明白一个当妈妈的有时不得不做出的事情。我需要保护我的女儿们,你懂吗?

“我懂。”我这样说。

“可是瞧瞧都发生了什么,瞧瞧我都做了些什么。”她把手蒙在脸上开始哭泣。穿着褴褛的浴袍、站在助行器中间的女人停止了面对墙壁的演讲。蜂巢式已经拉开了架势随时准备干预。“我要是编个其他故事就好了。娜塔莉无休无止地给我施加压力,要求知道她的爸爸到底出了什么事。她一直不肯罢休。”

这时我明白了。“所以您最后对她说出了真相。”

“她的生活已经毁了,你难道看不出来吗?她是伴随着被爸爸遗弃的想法一点点长大的。她需要了结。我过去一直没给她一个说法。于是,确实是的,我到底还是对她说出了真相。我对她说她的爸爸爱她。我对她说她什么事也没有做错。我对她说她的爸爸从来不会、永远也不会抛弃她。”

我随着她的话音点着头。“于是您对她说了阿切尔·迈纳的事。这就是那一天她去那个地方的原因。”

她什么也不说,只是哭泣。蜂巢式已忍无可忍,朝这里走了过来。

“您丈夫目前在哪里,艾维里女士?”

“我不知道。”

“娜塔莉呢?她在哪里?”

“我也不知道。不过,杰克?”

蜂巢式站到她的身边说:“我认为应该结束了。”

我不理她。“您想说什么,艾维里女士?”

“看在大家的分儿上,忘了这件事吧。你不该学我的丈夫。”

第三十一章

上了高速公路后，我开通了苹果手机。我不认为有人还在追踪我的手机信号，不过若是真有的话，他们只会发现我在287号公路帕利塞兹购物商场附近，这大概对他们没什么太大帮助。又有两个邮件，是桑塔发来的，一个比一个语气急切。还有三个来电信息也是她的。邮件加在一起已经是五个了。在开始的两个邮件中，她客气地请我同她联系。之后的两个邮件，她的要求变得很迫切。而在最后一个邮件中，她抛出了一张大网：

收件人：杰克·费舍尔
发件人：桑塔·纽琳

杰克：

别不理我。我发现了娜塔莉·艾维里和托德·桑德森之间的重要联系。

纽琳

哇。经过塔潘齐大桥后,我在第一个出口驶离了高速公路。我关掉苹果手机,挑出一部临时手机拨打桑塔的号码。铃声刚响过两下,她就接起了电话。

“我明白,”她说,“你在生我的气。”

“你把我那部临时手机的号码给了纽约的警察。你帮助他们追查我的下落。”

“罪过。不过这是为了你好。不然你可能挨枪子儿或是被当作拒捕的逃犯抓起来。”

“我并不是逃避警察的追捕。我逃跑是因为当时有些疯子想杀我。”

“我认识马尔霍兰警官。他是个好人。我不想让哪个鲁莽的警察给你来一枪。”

“凭什么？我最多只是一个嫌疑人。”

“人家可能不会管那个,杰克。你不必非得相信我的话,那不要紧。但是我们需要谈谈。”

我把车开进停车场,关掉了发动机。“你说你发现了娜塔莉·艾维里和托德·桑德森之间的联系。”

“正是如此。”

“什么样的联系?”

“我会告诉你。当面。”

我琢磨着她的要求。

“你要知道,杰克,FBI 想拘捕你,以便进行全面的审讯。我告诉他们,由我出面同你谈谈可能更好些。”

“FBI?”

“是的。”

"他们想从我这里得到什么?"

"你就赶快过来吧,杰克,相信我。"

"你的确值得我相信。"

桑塔叹了口气。"你可以和我谈,或者是和FBI谈。这样吧,如果我告诉你这同什么事情有关,你能保证到我这里来谈谈吗?"

我想了想。"好吧。"

"你保证?"

"我发誓。现在告诉我,是怎么回事?"

"这与银行系列抢劫案有关,杰克。"

已经习惯于破坏各种规则、生活在危险和刺激当中的全新的我,在开回马萨诸塞州兰佛的路上又肆意地践踏着有关限速的规定。我尽力去归纳掌握的情况,理清内在的脉络,检验各种各样的理论和假定,然后又否定它们,重新建立新的理论和假定。从一定的角度上看,一切似乎已经严丝合缝了;从另外的角度看,有些拼图板的图块拼得还太牵强、很不自然。

我还有许多未解的问题,包括最重要的:娜塔莉在哪里?

二十五年前,艾伦·克莱纳教授逮到了一个抄袭论文的学生(严格说是购买他人论文的学生)。艾伦教授向系主任马尔科姆·休谟教授报告了此事。我的老导师费了许多唇舌,请求艾伦教授放那个学生一马——恰同他要求我在埃伯恩·特雷纳教授的事情上采取的态度一模一样。

我不知道是阿切尔·迈纳本人恐吓了艾伦·克莱纳一家,还是他雇来了MM的打手。这倒不是最重要的。他们竟然让克莱纳教授恐惧到这样一种程度,以至他意识到自己不得不从此躲藏起来。我设身处地地想象他当时的状况。克莱纳教授一定惊恐绝望,如一头困兽般走投无路。

他会向谁寻求帮助呢?

他想到的第一个人又是马尔科姆·休谟。

而过了许多年后,当克莱纳的女儿处于同样的境地,惊恐绝望,如一头困兽般走投无路……

到处都留下了我的老导师的指纹。我真得和他谈谈了。我又拨打马尔科姆在佛罗里达的电话,可还是没人接。

桑塔·纽琳住在一栋红砖小楼里,是那种会被我妈妈描述为“挺招人爱”的房子。色彩绚烂的花坛,拱形的窗户,显现完美对称关系的造型。我走过铺石的小道,按响了门铃。我吃惊地发现,开门的是一个小女孩儿。

“你是谁?”小女孩儿问我。

“我是杰克。你是谁?”

这孩子大约五岁,也许是六岁。她正要回答,桑塔带着一脸苦恼的表情急急忙忙地赶了过来。她的头发系到了脑后,却有一两绺散在前面遮住了眼睛。几滴汗珠挂在她的眉毛上。

“让我来,麦肯兹。”桑塔对小女孩儿说,“关于没有大人在旁边的时候开门的事,记得我说过什么吗?”

“什么也没说。”

“哦,是的,我猜这是真的。”桑塔清了清嗓子。“没有大人在旁边的时候,你永远都不应该去开门。”

小女孩儿指了指我。“他在旁边。他是个大人。”

桑塔气恼地看了我一眼。我耸了耸肩。这孩子说得有道理。桑塔请我进屋并告诉麦肯兹到起居室去玩儿。

“我能到外面去吗?”麦肯兹问,“我想去玩儿秋千。”

桑塔望了我一眼。我又耸耸肩。我越来越擅长于耸肩了。“当然了,我们可以一起去后院。”桑塔说着,笑得十分艰难,我不由得琢磨是否需要用订书钉帮她把笑容固定在脸上。

我仍然不知道这小女孩儿是谁或她来这里干什么,不过我越来越想知道了。我们走到了院子里。这里有崭新的杉木秋千,还有摇摆木马、滑梯、儿童堡垒和沙箱。就我目前所知,桑塔是自己一个人生活的,这一切很令人好奇。麦肯兹跳到了摇摆木马上。

“我未婚夫的女儿,”桑塔以解释的口吻说。

“哦。”

“我们打算在秋天结婚。他将搬到这里来。”

“听起来不错。”

我们望着麦肯兹兴高采烈地在木马上晃动。不过她没有忘记送给桑塔一个白眼。

“这孩子恨我。”桑塔说。

“你小时候没读过童话故事吗?你是那个狠毒的后妈。”

“谢谢,你的提醒太重要了。”桑塔的目光转向了我。“哇,你看着糟透了。”

“这时候我是不是要说:‘你应该看看和我交手的那个家伙’?”

“你一个人在做什么,杰克?”

“我在寻找我爱着的人。”

“她当真希望被人找到吗?”

“一颗赤诚的心从来不问任何问题。”

“男人的那个东西才不问任何问题,”她说,“一颗心通常具备更多一点儿的智力。”

说得正确,我心想。“和银行抢劫案有什么关系?”

她把手举到眼睛上面遮住阳光。“等不及了,是吗?”

“没心情捉迷藏,这是肯定的。”

“有道理。你还记得你第一次请我查查娜塔莉·艾维里吗?”

“是的。”

“我往系统里输入她的名字后,得到了两个查询结果。其中一个同纽约警察局有关。这个线索不容小觑,她对于纽约警察局是个十分重要的人物。我向他们保证不泄露有关此事的秘密。我当然希望得到你的信任,可我同时是个执法部门的官员。向朋友透露正在侦查过程中的案件情况,是不允许的。你明白这一点,是不是?”

我最轻微地点了一下头。点头的意思是请她说下去,而不是表示同意。

“我当时几乎没有注意另外一个查询结果,”桑塔说,“因为在那方面没有任何寻找娜塔莉或同她谈话的必要。那只是一笔带过的偶然记载。”

“那是什么?”

“我一会儿会说到的。你就让我慢慢讲完,好吗?”

我又轻微地点下头。刚才是耸肩,现在是点头。

“我想表现出我对你的诚意。”她说,“不过我已经把我要找你谈些什么报告了纽约警察局并得到了他们的许可,尽管我完全可以不对他们说。你对此应该理解,我不想出卖任何执法机构的秘密,从而失去他们对我的信任。”

“那确实有别于朋友的秘密和信任。”

“犯规。你这一拳不那么光明正大。”

“是啊,我明白。”

“而且不够公正。你知道我是想帮助你。”

“好吧,是我不对。说说纽约警察局的事情。”

她又多给了我一两秒钟让我体验干着急。“纽约警察局认为娜塔莉·艾维里目击了一起谋杀案——就是说,他们认为她看到了那个杀手并能够辨认出他来。纽约警察局同时相信那个杀手在一个犯罪团伙中扮演着主要角色。简言之,你的娜塔莉具有使纽约城的一个黑帮大人物被绳之以法的能力。”

我等着她说下去,可她却打住了。

“还有什么?”我问道。

“我能告诉你的就是这些。”

我摇起了头。“你一定是拿我当个白痴。”

“什么?”

“纽约警察局已经审问过我。他们给我看了一张监控录像照片,并且说他们需要找到娜塔莉。你说的这些东西我早就知道了。更重要的是,你知道我早就知道这些事。表现你的诚意?快算了吧。你是想用一些我早就知道的事情来换取我的信任。”

“不是这么回事。”

“那起谋杀案的受害者是谁?”

“我没有权力来……”

"阿切尔·迈纳。他是马克斯韦尔·迈纳的儿子。警方相信是马克斯韦尔一手导演了针对亲生儿子的谋杀。"

她大吃一惊。"你怎么会知道这些?"

"想查出这些并非那么困难。告诉我一件我不知道的事情。"

桑塔摇头。"我不能。"

"你仍然欠着所谓想对我表现出的诚意,对不对?纽约警察局查出了那天晚上娜塔莉为什么会出现在谋杀现场附近吗?就告诉我这个吧。"

她的目光朝那套秋千的方向望去。麦肯兹已经下了摇摆木马,正在爬上滑梯。"他们不知道。"

"一点儿都不知道?"

"纽约警方仔细分析了洛克霍恩大厦的监控摄像资料。那里的设备很先进。他们先是发现了你的女朋友跑过二十层走廊的画面,也有她在电梯上的画面,不过最清楚的镜头——已经给你看过了——是她穿过大厅向外走的时候拍下来的。"

"拍下了杀手的镜头吗?"

"我不能说得更多了。"

"我应该问'不能说还是不想说',不过全都是老掉牙的陈词滥调。"

她皱着眉。我以为是我的话让她皱眉,却发现不是。麦肯兹正站在滑梯的顶端。"麦肯兹,太危险了。"

"我在这儿都站过多少次了。"小女孩儿回嘴道。

"我不管你站过多少次。快坐下,往下滑。"

小女孩儿坐下了,却不肯往下滑。

“银行抢劫案是怎么回事?”

桑塔摇头——这个动作仍然不是对我,而是冲着滑梯上面那个不听话的小姑娘。她问道:“你听说纽约地区最近突然出现的一系列银行抢劫案了吗?”

我记起了我读过的几篇报道。“那些银行都是在晚上歇业的时候被人打劫的。媒体称那些罪犯是隐身帮什么的。”

“对了。”

“娜塔莉同他们会有什么关系?”

“在其中一起抢劫案的有关资料中出现了娜塔莉的名字。具体说,是两个星期前在曼哈顿下城的水道街那家银行发生的抢劫案。那家银行曾被看作比诺克斯堡①还安全。他们抢走了一万两千美元的现金,还炸开了四百个保险箱。”

“一万两千美金听起来不是什么大数目。”

“的确不是。不像电影里演的那样,银行并不在地下室里存放着几百万美金。但是那些保险箱里却可能有很多值钱的东西。那些家伙把这些保险箱洗劫一空。我的外祖母去世后,我母亲把外祖母的四克拉钻戒存在银行保险箱里,等着有一天给我。单是那枚钻戒大概就值四万美金。谁知道银行那些保险箱里有多少这类东西?在这之前的一次抢劫案,保险公司声称有价值三百七十万美金的财产去向不明。当然这里可能有水分,突然间人们都说家里最值钱的传家宝都在那些被撬开的保险箱里。不过你明白我想说的意思。”

---

① 诺克斯堡(Fort knox):美国肯塔基州的军事区域,联邦政府黄金储备的贮存地。

我明白,可我并不关心。“有关水道街银行抢劫案的调查中出现了娜塔莉的名字。”

“是的。”

“怎么会?”

“只是在某种非常、非常不起眼儿的程度上。”桑塔用食指和拇指相距半英寸的距离强调着它的不起眼儿。“事实上,几乎没有任何意义。就它本身而言,毫无值得留意之处。”

“但是你留意了。”

“现在我留意了,是的。”

“为什么?”

“因为,围绕着你的女朋友发生的别的许多事情,让人根本摸不着头脑。”

我无法做出争辩。

“那么,你对这事是怎么看的?”她问我。

“怎么看?我都不知道你在说些什么。我甚至不知道娜塔莉到底在何处,更不知道她怎么会在某种非常、非常不起眼儿的程度上,同银行抢劫案联系到了一起。”

“我的意思就是这个。开始我也认为这事毫无意义,直到我去搜索你提到的另外一个名字,托德·桑德森。”

“我可没请你去寻找他。”

“没错儿,可我还是查过了,也是找到两个搜索结果。很自然,最集中的是一个星期前他被谋杀的情况。”

“等等。难道托德也同那起银行抢劫案有某种联系?”

“是的。你读过奥斯卡·王尔德吗?”

我做个怪相。“当然。”

“他有句精彩的语录：失去父母中的一位，可以说是不幸；如果两位都失去，就应该看作是太大意了。”

“出自于《不可儿戏》。”我这么说。因为我是个学者，没法去掉自己的酸气。

“对了。你要求查找的一个人出现在了银行抢劫案的有关材料里，这没什么可让人兴奋的。但是两个人都出现了，这就不是一个巧合。”

还有，我想到，银行抢劫案后的一个星期左右，托德·桑德森就被人杀了。

“那么，托德同银行抢劫案同样也是以某种非常、非常不起眼儿的方式存在着联系，是吗？”

“不是。不过我得说，也算不上是什么很紧密的联系。”

“到底是怎么回事？”

“麦肯兹！”

我向这尖利的喊声转过身，看到了一位按我的看法与桑塔·纽琳过分相像的女人。一样的个头，大体一样的胖瘦，一样的发型。这个女人的眼睛睁得老大，仿佛正在目睹一架飞机突然坠落到后院。我顺着她的目光看去，麦肯兹背朝我们站在滑梯上端。

桑塔面带愧色地说道：“实在对不起，坎黛西。我已经说过让她坐下来。”

“你已经说过？”坎黛西难以置信地重复着。

“对不起，我在看着她呢，我只是和朋友说几句话。”

“那能是理由吗？”

麦肯兹带着“我的花招儿管用了”的得意笑容，坐下来滑下滑梯,向坎黛西跑了过来。“嗨,妈妈。”

妈妈。怪不得。

“让我送你们出去吧。”桑塔在示好。

“我们这不已经出来了吗?”坎黛西说,“我们从前门那边走就是了。”

“等等,麦肯兹画的画很棒。在屋里呢。我想她一定愿意把它们带回家去。”

坎黛西和麦肯兹已经向房前走去了。“我有几百张我女儿的图画,”坎黛西回头喊道,“你留着吧。”

桑塔望着她们消失在前院。她通常都保持着的那副军人的神态不见了。“我这是在干什么,杰克?”

“在努力。”我说,“在生活。”

她摇着头。“我再努力也没有用。”

“你爱他吗?”

“是的。”

“那就好,会有用的。这只是暂时的麻烦。”

“你怎么会如此深邃?”

“我是在兰佛学院受的教育。”我说,“而且我很多白天都在看电视的脱口秀。”

桑塔又回头望望那些秋千。“托德·桑德森在水道街银行里有一个保险箱。”她说,“他是银行抢劫案的受害者之一。不过如此,从表面上看,他的这条搜寻结果没什么意义。”

“但是一个星期后,他就被人杀害了。”我说。

“是这样。”

“且慢,难道 FBI 认为他在抢劫案中起了什么作用?”

"我没有参与侦查的全过程。"

"但是?"

"我没看出它们之间会有什么联系——曼哈顿的银行抢劫案和他在帕尔梅托城的被杀事件。"

"但是现在?"

"嗯,娜塔莉也被牵扯进来了。"

"在某种非常、非常不起眼儿的程度上。"

"是的。"

"有多么不起眼儿呢?"

"像这样的抢劫案发生后,FBI 自然要调查有关的一切事情。我说的是真的,一切事情。那些被炸开的保险箱的用户,大多数在里面存放了各种各样重要的东西。里边儿有股票和债权书,有授权给律师的委托书,有房产的契约书,等等。当然了,这类东西被抛得满地都是。那些强盗要这些纸片儿有什么用?FBI 把它们搜集起来,分门别类地做了整理和登记。打个比方,有个家伙在他的保险箱里存放了他弟弟的汽车交易合同,那么他弟弟的名字就会出现在 FBI 的登记目录上。"

我想确认自己弄清了她说的意思。"让我们看看我的理解是否正确。娜塔莉的名字也在那些银行保险箱里的一份文件当中吗?"

"是的。"

"但是她在那家银行里并没有自己专门的保险箱?"

"没有。那份文件是在托德·桑德森的保险箱里发现的。"

"那是什么?是什么样的文件?"

桑塔转过头直视着我的目光。"是娜塔莉的遗嘱。"

第三十二章

桑塔说,FBI 想知道我所掌握的一切情况。我告诉她,真实的情况是:我什么也没掌握。我向桑塔打听那份遗嘱的内容。很简单。娜塔莉的所有财产平均分给她的母亲和妹妹。娜塔莉还要求将自己的遗体火化,有意思的是,她希望把她的骨灰撒在能够俯瞰兰佛学院校园的那片森林里。

我琢磨着这份遗嘱的内容,也琢磨着它是在什么情况下被人发现的。我还没有得出关于这一切的确切答案,然而我觉得我正在离答案不远的上方盘旋。

当我要离开的时候,桑塔问我:"你肯定你对这件事没有形成一点儿自己的看法吗?"

"我肯定没有。"我说。

事实上我认为,我现在也许已经形成了自己的看法。只不过我不想与桑塔或是 FBI 分享。桑塔告诉我,她首先要履行的是对执法机构的义务。我对桑塔的信任没法超过对任何一个做出这种公开声明的人的信任。比方说,如果对她说起"新起点"的事,就可能会带来一场毁灭性的灾难。更重要的一点还在于——而这是问题的核心——娜塔莉并不信任执法机构。

为什么？

这是我过去从来没有认真考虑过的问题。娜塔莉本来可以依赖那些警察，为他们提供证言，然后接受他们的证人保护安排。但是她没有这样做。为什么？是什么样的动机阻止她这么去做？而如果娜塔莉不信任那些警察，凭什么我应该信任他们？

我又一次拿出手机拨打马尔科姆·休谟在佛罗里达的住宅电话。又一次没人应答。够了。我急忙赶到克拉克楼。黛妮丝摩尔夫人仍然坐在她的桌子后面。她从半月形老花镜的上方望着我。“你不应该来到这里。”

我顾不上为自己辩护或是插科打诨。我告诉她我给马尔科姆·休谟打电话的事。

“他没在弗隆滩。”她说。

“你知道他在哪儿吗？”

“知道。”

“能告诉我吗？”

她用心地整理着一沓纸，又把一只回形针别在了上面。“他目前待在卡内湖边上他自己的小房子里。”

许多年前我被邀请去那里钓鱼，可是我没去。我不喜欢钓鱼。因为我不会钓，更因为我不想追求那种全然放松的所谓禅的境界。我这人没法处于无所用心的状态。我宁肯坐下来阅读，不愿有片刻的懈怠，我喜欢让自己的脑袋不停地运转。我还记得卡内湖的那处房产是休谟家族几代人传下来的。休谟教授曾开玩笑说，他希望把自己看成是偶然在那里借住的一个外人，这样一来那个地方就更像是一处理想的度假场所。

或者，是一处理想的藏身之地。

“我不知道他仍然在这里保留着这么个地方。”我说。

“他一年会回来几次。他喜欢那种与世隔绝的感觉。”

“我一点儿也不知道。”

“他不告诉任何人。”

“他告诉了你。”

“呃，”黛妮丝摩尔夫人用那种认为这是世界上最正常不过的事情的口吻说道，“他不喜欢被人打扰。他需要在安静的环境中写点儿东西、钓钓鱼。”

“可不是，”我说，“弗隆滩的社区是那么拥挤混乱，让人根本就透不过气儿。”

“很有意思。”

“谢谢。”

“你现在算是带薪休假，”她说，“所以，你也许应该，呃，离开这里。”

“黛妮丝摩尔夫人？”

她抬起眼睛看着我。

“你竟然了解所有我最近想了解清楚的人和事？”

“你是指被杀的学生和失踪的教授？”

“是的。”

“你究竟想做什么？”

“我希望你告诉我那个湖畔小房子的地址。我想和休谟教授面对面地谈一谈。”

第三十三章

大学——特别是我们这种规模不大的学院——教授的生活，是颇为闭塞的。教授们蜗居在被称为高等学府的远离现实的小天地，觉得很惬意，看不出有任何理由不继续待在这里。我有一辆车，可是每周驾车最多也就是一次。我徒步去讲授所有的课程，徒步到兰佛城里去逛我中意的商店、景区、电影院和饭店等地方。我在学院新潮的健身房里锻炼。这是一个封闭的世界，对学生们来说是如此，对我们这些在此谋生的人来说也是一样。

我们习惯于躲在文理学院的象牙塔里自得其乐。

自从见到托德·桑德森的讣告以来，观念和心态的变化不用说了，仅从躯体的角度而言，我在这一个多星期跑的路恐怕比过去六年加在一起的全部旅程还要多。也许是有些夸张，然而并不特别过分。那些激烈的打斗，加上僵直地坐在车里往往一开就是数个小时以及乘飞机东奔西跑，已经使我元气大伤。当然我也有过高度亢奋的时刻，不过我已经从严酷的现实中体验到，人的精力不是无限的。

我驶离202号公路,爬着坡路朝马萨诸塞州和新罕布什尔州边界的乡村地带开去。我的后背开始僵直酸痛,于是我在李氏热狗店前面停车,下来伸伸腰。门前的广告极力渲染他们的炸鳕鱼三明治。我没受它的诱惑,而是点了热狗和奶油炸薯条,还有可乐。味道好极了。有片刻工夫,想到我将去造访的山上那幢小别墅,我的脑袋里竟然冒出了“最后一餐”这么个词汇。这可不是什么健康的心态。我狼吞虎咽地吃完,又买来并吞下了另外一份热狗,回到了自己的车上。我感觉精力得到了神奇的恢复。

我的车开过了奥特河国家森林公园,离马尔科姆·休谟的房子只有十分钟的车程了。我没有他的手机号码——我甚至不知道他是否用手机——反正我也不会给他打电话。我想突然在他面前冒出来,看看究竟是怎么回事。我不想给休谟教授留出做某种准备的时间。我希望找到答案,而我猜我的导师那里会有答案。

我的确不需要去了解所有的事情。我了解得已经够多了。我需要的只是确认娜塔莉仍然安全,告诉她有些凶恶的家伙正在四处查找她的踪迹,而且如果有可能,我想从此跑出来与她同舟共济。是的,我已经听说了“新起点”的纪律和誓言之类的东西,但是一颗为爱燃烧的心并不知纪律和誓言等为何物。

肯定会有办法。

我差点儿错过了阿塔尔道那块不大的路标。我向左拐入这条土路,朝着山里开去。到了山上,波平如镜的卡内湖展现在我的面前。“纯净”这个词儿已经被人们用滥了,可是如果用来形容眼前的一池湖水,这个词儿的纯度绝对可以提升到一个新的水平。我停下车迈了出来。空气是如此清新，使人感到哪怕仅仅是吸入一口这样的气体，双肺都会得到丰饶的滋养。四周的一派静谧具有强烈的震撼力。我觉得，如果我这时放声大吼，我的吼叫将会产生回声，声波将会持续地传递，永远不会全然地消逝。我的声音将生存在这片森林之中，一点点地衰减却不会彻底丧失生命。它将加入那些更早的声音的回响，一起汇成壮美的大自然永不停息的低吟浅唱。

我用目光寻找着湖畔的房子。一幢都没有。我只看到两座系着一些小船的码头。再没别的什么。我回到车上开向左边的小路。这段土路养护得较差。我的汽车在凹凸不平的路面上颠簸，全面地测试着自身的减震系统，失望地发现了许多欠缺之处。我为这辆车的租金里含有保险金感到高兴。尽管在这样的时刻还会出现此种念头是挺奇怪的事情，然而人的思绪的驰骋是很难驾驭的。我想起休谟教授拥有一台四轮驱动的皮卡车，尽管它肯定不是文理学院教授的标准座驾。现在我明白是怎么回事了。

我看到前方有两台皮卡并排停在了一起。我把车停到它们尾部后下了车。我无法不注意到地面上有好多道轮胎的辙印。或者是休谟教授自己进出频繁，或者是他有人做伴儿。

我无法肯定这些辙印是什么原因形成的。

当我抬头看到山顶那幢小别墅和它黑洞洞的窗户时，我觉察出我的双眼开始湿润了。

眼下没有黎明的柔和光线，没有来自第一抹晨曦的粉红色。西斜的太阳已经转到房子的后面，给它投下了长长的阴影，给以往的空寂和落寞平添了几分昏暗和恐怖。

这就是娜塔莉画过的山上的小别墅。

我爬上山坡,走向别墅的前门。有点儿像是梦幻之旅,有点儿像是爱丽丝漫游仙境,似乎我正在脱离现实的世界,一步一步地融进娜塔莉的油画之中。我来到门前。没有门铃可按。我敲门的动静如同枪声,撕裂了周围的寂静。

我等在那里,却听不到里面有任何的回应声。

我又敲了敲门。仍然没有反应。我盘算着接下来怎么办。我可以回到湖边,看看马尔科姆是否在那里。不过刚才体验的一片死寂已经表明并没有什么人在下边。还有那么多的汽车辙印,也需要考虑进去。

我伸手握住门把手。拧动了。不是没锁门,我现在看得明白,而是门上根本就没有安装任何锁具——不论是门把手还是门板,没有可以接纳钥匙的地方。我推门进去了。屋里很暗,我打开了灯。

没有人。

"休谟教授?"

我一毕业,他就坚持让我称他为马尔科姆。我从来没这么叫过。

我查看厨房,里边没人。这里只有一间卧室。我朝它走去,出于某种奇怪的理由,我踮着脚穿过地板。

一跨进卧室,我的心像块重重的石头般坠下。

噢,不……

马尔科姆·休谟仰面躺在床上,吐出的白沫在脸颊上已经干涸。他的嘴半张着,面孔由于最后的、也是中途凝结的痛苦叫喊而扭曲。

我的膝盖在打战，只好靠在墙上撑住自己。往日的许多记忆一齐涌入脑海，几乎把我一下子击倒在地：大学一年级时我第一次听他讲课(霍布斯、洛克和卢梭)；我去他的办公室——如今被称为是我的——第一次拜访他(我们讨论法律的语言表述以及文学中的暴力倾向)；他指导我写作毕业论文(题目是：《法治的原则》)；在我毕业的那天，他眼睛里闪着泪花紧紧拥抱了我。

身后响起了说话的声音："你是不见棺材不落泪。"

我迅速转身，只见杰德已经用枪对准了我。

"不是我干的。"我说。

"我知道。是他自己结束了自己的生命。"杰德盯着我说。"氰化物。"

我想起了伯尼迪克特的小药盒。他说过，"新起点"的每个人都随身带着它。

"我们告诉过你不要参与这事。"

我摇摇头，咬牙打起精神，避免自己分崩离析。我暗暗告诫悲伤不已、几近崩溃的另一个我，现在还不是宣泄对于导师的情感的时刻。"在我参与进来之前这一切就已经开始了。见到托德·桑德森的讣告之前，我根本不知道任何事情。"

他突然间显得十分疲惫。"这不是主要的。我们用一百万种方式告诫你不要干预这件事情，你就是不听。你到底有罪还是无辜，并不会有任何区别。你知道我们，我们都立下过誓言。"

"你要杀了我。"

"就眼前的情形而言，是的。"杰德又朝床上望去，"如果马尔科姆不惜自杀来履行自己的承诺,我不是也应当为了承担自己的义务而杀死你吗?”

但是他没有开枪。我看得出来,如今杰德已不再热衷于向我射击。在他以为是我杀了托德时,他毫不犹豫地对我扣动了扳机。可是仅仅为了让我闭嘴而杀死我,却使他一时难以下手。他又回头向床上的尸体望着。

“马尔科姆爱着你。”杰德说,“他爱你,就像你是他的儿子。他不会愿意看到……”他的声音拖得听不见了,那把枪垂到他的身旁。

我试探性地向他迈了一步。“杰德?”

他转了过来。

“我想我知道马克斯韦尔·迈纳的人是怎么发现托德的。”

“怎么发现的?”

“我需要先问你一些事情。”我说,“‘新起点’是托德·桑德森或马尔科姆·休谟,或者还有你,呃,发起成立的吗?”

“问这些有什么用?”

“你就……眼下你先相信我,好吗?”

“‘新起点’的成立始于托德。”杰德说,“他的父亲被指控犯下了十分可耻的罪行。”

“对儿童实施性虐待。”

“是的。”

“他父亲最后为此而自杀了。”我说。

“你无法想象这事对托德的打击有多大。我在学院同他住一个宿舍,是他最好的朋友。我亲眼看着他走向崩溃。他痛骂社会的不公正。我们想,如果他爸爸从那个地方搬走也许情况会好一些。但是，当然了，即使他这么做了，遭受指控的阴影仍然会伴随着他，永远也无法摆脱。”

“除非，”我说，“有一个新起点。”

“完全正确。我们意识到有些人需要得到拯救——而拯救他们的唯一途径就是让他们有一个新的生活。休谟教授对此也完全理解。他在生活中遇到过的一个人，曾经就很需要得到生活的一个新起点。”我琢磨着他的话。我猜测休谟教授说的这个人，有非常大的可能就是艾伦·克莱纳教授。

“于是我们就联起手来，”杰德继续道，“建起了一个在名义上是合法慈善机构的组织。我爸爸是联邦司法官员，他把需要保护的证人隐藏起来。我对他们的各种做法了如指掌。我从祖父那里继承了那处家庭农场，把它改造成了乡间休养寓所。我们在那里训练人们在改变身份后如何适应环境。比如说，如果你过去喜欢赌博，你就再不能去拉斯维加斯，再不能按照以往的方式生活。我们也为他们提供心理上的帮助，让他们意识到，他们的失踪是某种形式的自杀，也是一种重生——你杀死了一个旧我，创造了一个新我。我们为他们提供毫无瑕疵的新的身份。我们用一些虚假的信息把那些追查他们的人引到岔路上去。我们给这些人刺上新的文身，做出别的伪装。在特定的情况下，托德·桑德森还动手做整形手术，让当事人的外貌发生变化。”

“接下来呢？”我问道，“你们把拯救出来的这些人安置在什么地方？”

杰德露出微笑。“绝妙之处就在这里。我们不做这事。”

“我不明白。”

“你不停地寻找娜塔莉的踪影，却听不进别人的劝告。我们没有一个人知道她在哪里。事情就是按照这种规则运作的。即使我们愿意,我们也没法告诉你她在哪里。我们为这些人提供他们需要的各种东西,到了一定的时候,我们说不定在哪个火车站送他们下车,谁也不知道接下来他们会漂泊何处。这是我们保证组织和这些人安全的必不可少的一项措施。”

我拼命去领悟他说的这一切。它意味着我绝对没有办法找到她,我和娜塔莉永远也不能重新相聚。我做的所有一切从一开始注定就是徒劳之举,这样的想法简直压迫得我无法呼吸。

“娜塔莉在某个时候找到了‘新起点’,寻求你们的帮助。”我说。

杰德又朝床上看了看。“她找到了马尔科姆。”

“她怎么会认识休谟教授?”我问道。

“我也不知道。”

但是我知道。娜塔莉的母亲对她讲了阿切尔·迈纳作弊和她父亲被迫失踪的事实。娜塔莉想找回父亲,因此马尔科姆·休谟自然就成了她去找的第一个人。马尔科姆无疑会亲切地关心娜塔莉,她是他的被迫失去踪影的亲爱的老同事的女儿。娜塔莉父亲当年躲避阿切尔·迈纳家族的威胁,是否也是靠马尔科姆的帮助呢?不得而知。不过我觉得马尔科姆很可能这么做了。不管怎样,艾伦·克莱纳教授的遭遇,是马尔科姆与人共同创立“新起点”的一个动因。马尔科姆见到娜塔莉后,马上就会伸出援手,并张开羽翼把她长期保护起来。

“娜塔莉去找你们这些人,是因为她目击了一起谋杀案。”我说。

“不是一般的谋杀,是谋杀阿切尔·迈纳。”

我点点头。“她是这起谋杀案的目击者。她找到马尔科姆。马尔科姆把她送到了你的乡间寓所。”

“他先是把娜塔莉带到了这里。”

当然是这样,我想。那幅油画。这个地方激发了她的创作灵感。

杰德微笑着。

“怎么了?”

“你还没明白,是不是?”

“明白什么?”

“你和马尔科姆是那么密切,”他说,“就像我说的,他爱你就如同你是他的儿子。”

“我还没大听懂。”

“六年前当你写作论文遇到些困难,是马尔科姆·休谟向你推荐了佛蒙特的农场,是不是?”

我感到一丝寒意渗进了我的骨缝。“是这样,怎么了?”

“‘新起点’当然不只是我们三个人。我们有一支勇于献身的团队。你见过曲奇和其他几个人。人不多,原因很明显。我们的人彼此间必须百分百地信任对方。马尔科姆一度认为你会成为我们组织当中很能干的一个人。”

“我?”

“所以他才建议你去那处乡间寓所。他希望你能亲眼看看‘新起点’都在做些什么,从而让你加入我们的行列。”

我不知道应该做何回答,所以我问了最显而易见的问题:“为什么后来他没这么做呢?”

“他意识到你不大适合做这样的事。”

“我不明白。”

“我们奋斗在一个模糊昏暗的世界，杰克。我们做的一些事情是不合法的。我们自己制定自己的行为规则。我们自己决定哪些人值得我们去救助、哪些人不值得。无辜和有罪之间的界线在我们这里并不是那么分明。”

我点着头，开始有些明白了。黑和白——还有灰。“埃伯恩·特雷纳教授。”

“他违反了规定，你想让他得到惩罚。你看不到那些情有可原的因素。”

我想到了有两个学生由于酒精中毒而被紧急送往医院的那场晚会后，休谟教授是如何帮埃伯恩·特雷纳说话的。现在我看清了。休谟教授向我替特雷纳辩护，部分地，可以说是对我的一种测试——在马尔科姆的眼里我没有通过这个考验。他是对的。我相信法治的原则。如果你在失去原则的坡路上开始滑下一步，你就会逐步丧失作为现代文明人所获得的一切。

至少，在这个星期前我是这么认为的。

“杰克？”

“嗯？”

“你确实知道迈纳一伙是怎么发现托德·桑德森的吗？”

“我认为是的。”我说，“你们保存了有关‘新起点’的一些资料，是吗？”

“只是保存在网络的云里。而且必须有我们三人——托德、马尔科姆和我——当中的两个人一道才能打开它。”他眨眨眼，目光移向别处，又眨了几下眼睛。“我刚刚想到，现在只剩下我了。那些文件永远地丢失了。”

“你们肯定还储存了一些纸质的东西,是不是?”

“比如哪些?”

“比如那些人的遗嘱。”

“哦,是的,那些东西。但是它们都被保存在没人能够找到的地方了。”

“你的意思是类似水道街的银行保险箱这样的地方?”

杰德的嘴巴张开了。“你怎么知道的?”

“那家银行被抢劫了。有些人砸开了那些保险箱。我说不出具体的细节,但是迈纳家族仍然十分关注娜塔莉的踪影。如果你能提供她的线索,就能得到迈纳的很大一笔赏钱。所以我的估计是,有人——可能是抢银行的那些家伙,也可能是想捞油水的警察——认出了娜塔莉的名字,报告了迈纳一伙。迈纳查出那个保险箱是住在南卡罗来纳州帕尔梅托城的一个叫托德·桑德森的人租下来的。”

“我的上帝,”杰德说,“所以他们就去了托德的家。”

“是的。”

“托德遭到了他们的拷打。”杰德说。

“我知道。”

“他们逼他张嘴吐出了一些情报。一个人是无法忍受那种折磨的。但是托德的确不知道娜塔莉或别的那些人在什么地方。明白了吗?他只能说出自己知道的东西。”

“比如关于你和佛蒙特的农场。”我说。

杰德点头。“所以,我们不得不关闭那个训练中心,不得不逃到别处并装作那里从来都没派过别的用场,只是一家农场。你知道了吧?”

“是的。”我说。

他回头望着马尔科姆的遗体说道：“我们得埋葬他，杰克。就把他葬在这个他热爱的地方吧。”

我忽然想到了别的什么，全身骤然发冷。杰德从我的表情中看出来了。

“怎么了？”

“托德没能找到机会吞下那粒氰化物。”我说。

“他们一定是冷不防出现在他面前的。”

“没错儿，而如果他们逼他说出了你的名字，那么他也很有可能说出了马尔科姆的名字。迈纳大概派人去了弗隆滩，但是马尔科姆已经不在那里了，他到这儿了，住在了这幢木质的小别墅里。弗隆滩的房子大概是空着的。但是这伙人不会善罢甘休的。他们六年来第一次好不容易发现了线索，绝不会轻易放手。他们会四处打听并查遍马尔科姆个人的有关资料。即使这块地产仍然在他已故妻子的名下，他们也还是会找上门来。”

我又想到了外面的那些汽车辙印。

“他死了。”我低头望着床上说，“他选择了自杀，而且从尸体一点儿也没腐烂的状况看，他的自杀是刚发生不久的事。他为什么要自杀？”

“噢，天哪。”杰德也开始明白了。“因为迈纳的手下已经找上门来了。”

他的话音未落，我听到门外有汽车开了过来。情况已经很明朗了，迈纳的手下早已来过这里。马尔科姆·休谟看到他们扑向这里，便亲手结束了自己的生命。

面对休谟的尸体，迈纳的手下是怎么做的呢？

他们设好了埋伏,留下人手监视这幢房子,看是否有人在这里露面。

杰德和我急忙跑到窗前向外看去。两辆黑色轿车猛地在房前停了下来。车门打开了,有五个持枪的家伙从车里跨了出来。

其中一个,是丹尼·祖克。

第三十四章

那几个家伙弯着身子四下散开。

杰德从衣兜里掏出那只药盒，打开盖，手腕一抖把里边的胶囊抛向了我。

“我不想要这个。”我说。

“我手里有枪。我在这里尽量拖住他们。你找条路快逃出去。但是如果跑不掉……”

我们听到丹尼在外面大喊：“你们只有一条活路！快举起手出来！”

我们两人都蹲下来藏在窗户后面。

“你信他的话吗？”杰德问我。

“不。”

“我也不信。他们根本不会让我们活下来。我们这么耗下去，只会为他们提供准备进攻的时间。”他开始站起身来。“在房后找条路逃出去，杰克。我会让他们忙一阵儿的。”

“你要干什么？”

“快走！”

再无二话，杰德砸碎了一块窗玻璃，开始扣动扳机。一瞬间，对方回击的子弹密集地向小别墅扫射过来，剩下的窗户全被打得稀里哗啦，玻璃碎片雨点儿般落到我的身上。

“快走！”杰德冲我大喊。

没理由等他喊第三遍了。我学着特种兵的样子朝后门爬去。我知道，这是我唯一的机会。杰德的后背贴在墙上，盲目地朝外开着枪。我进入厨房，爬过腈纶地毯，来到了小别墅的后门。

我听到杰德发出庆祝的呼喊：“撂倒一个！”

真棒。还剩四个家伙。子弹更加密集地喷向小别墅。木质的墙壁有些抗不住了，子弹打得木屑横飞，有的子弹已经穿过木墙射进了屋里。我回头看到杰德挨了一枪，又挨了一枪。我开始返身朝他爬过去。

“别过来！”他冲我大喊。

“杰德……”

“我看你敢过来！快跑出去！”

我很想帮助他，但是我也看出这不过是逞一时的愚勇。我没法帮他，我那么做只是一种自杀行为。杰德挣扎着站了起来，朝前门走去。

“好吧！”他大声喊道，“我投降。”

杰德的手里依然握着枪。他回头看看我，眨了眨眼睛，用手势告诉我快走。

我从后窗朝外望着，打算砸碎窗户跳出去。这栋小别墅是紧挨着森林建的。我跳出去后可以跑到森林里，或许能落得个不错的结果。我没什么别的办法，至少在眼下没有什么管用的东西。我掏出了苹果手机，有信号。我一边望着窗外，一边拨了911。

这些家伙中的一个正站在房后的左侧,警惕地看守着后门。妈的。

“这里是911。您有什么紧急情况吗?”

我语速很快地告诉她这里有枪战,至少已有两人负伤。我说清了地址便撂下了电话,让它继续保持开机状态。我听到身后传来丹尼·祖克对杰德发出的命令。“好吧,先把你的枪扔出来。”

我觉得我看到杰德的脸上露出了微笑。他的身体正在流着血。我不知道他伤得有多重、是否会致命。但是杰德心里明白,不论他怎么做,他的生命已到了尽头。意识到这一点的他似乎有了一种平和宁静的奇异感觉。

杰德推开门便举枪射击。我听到又一个家伙痛苦地大叫了一声——可能是杰德的子弹又击中了一个目标——接着便是自动火器的一连串子弹射进并撕碎肉体的那种沉滞空疏的声音。从我的角度可以看到,杰德的身体猛然朝后飞去,两只胳膊在空中乱晃,像是在跳一种令人毛骨悚然的舞蹈。他跌回了屋里,更多的子弹追逐着他,使他那已经失去生命体征的躯体一阵阵地发出抽搐。

结束了。对杰德是如此,对我来说大概也快了。

即便杰德设法干掉了两个家伙,他们仍然有三个人,而且全副武装。我还有逃生的希望吗?我在一纳秒的时间里计算着我的成功概率。几乎是零。事实上,还剩下一个机会。那就是拖。想法拖延到警察赶来这里。我盘算我们目前所处的方位,不仅考虑车程而且还要考虑那条土路的路况。我还想起在方圆许多英里以内没见到过像是政府机构的建筑。

估计那些英勇无畏的骑士不会很快赶来。

不过,迈纳一伙也许仍然需要我活着。

目前我成了他们获取有关娜塔莉信息的最后的渠道。我可以凭借这一点同他们跳一会儿踢踏舞。

他们正在接近这栋小别墅。我寻找着可以藏身的地方。

拖延。只是为了拖延。

然而,这里没有可以躲藏的地方。我站起身从后门上的窗户又向外望了一眼,那人还在原地迎候着我。我飞快地穿过厨房跑回了卧室。马尔科姆还躺在那里没动地方,当然我也没期望他会做出别的。

我听见有人踏进了别墅。

我打开卧室的窗户。我所能指望的是——实际上我的全部赌注都押在了这里——房后的那人监视的只是后门。卧室窗户在房子的右侧。我从刚才那家伙站着的位置判断,他不可能看到卧室的这扇窗户。

从起居室传来丹尼·祖克的声音:“费舍尔教授?我们知道你在这里。如果你不快点儿出来,结果只会更糟。”

我动手开窗时,窗户发出了尖利的响声。祖克和他的手下朝着声音跑了过来。我瞅了他们一眼便从窗户滚落到外面,起身后朝着森林飞跑。

身后响起了枪声。

他们就这么留我做活口。我不知道这是现实还是想象,反正我可以发誓说我能感觉到子弹擦过我身体两侧时引起的灼热。我继续奔跑,我不回头张望,我只是在……

有人从旁边儿扑上来抱住了我。

这一定是那个在房后看守的家伙。他从左边扑向我,我们两人一起摔倒在地上。我瞄准他的脸狠狠地打出一拳,他疼得翻滚到一边。我缩起身子又出一拳。同样命中。他浑身瘫软了下来。

可是已经太晚了。

丹尼·祖克和他的走卒已站到旁边向下俯视着我们。他们的枪口对准了我。

“你可以活下来,”祖克简短地说道,“只要你告诉我她在哪里。”

“我不知道她在哪里。”

“那我留着你就没用了。”

结束了。我对此看得很明白。扑倒我的那个家伙开始晃动脑袋。他站起了身,又从地上捡起了枪。我躺在地上,被三个举枪的家伙围着。我无法做出反抗。远处没有营救我的警笛声传来。一个家伙站在我的左侧,被我揍过的那个家伙站在右侧。

我仰起脸看着丹尼·祖克。他站在离我一步远的地方。我孤注一掷:“是你杀了阿切尔·迈纳,是不是?”

他有些猝不及防。我注意到了他脸上困惑的表情。“你说什么?”

“有人不得不让他闭嘴,”我说,“而马克斯韦尔·迈纳不会亲手干掉自己的孩子。”

“你疯了吧。”

另外两个家伙互相交换着眼神。

“不然你们为什么这么卖力地寻找娜塔莉?”我说,“这件事已经过去六年了。你们应该明白,她是不会做证指控你们的。”

丹尼·祖克连连摇着脑袋。一种类似悲悯的表情浮在他的脸上。“看来你真是什么都不知道,对不对?”

他几乎有些不大情愿地对我抬起了手枪。我已经打光了手里的牌。我不情愿躺在他们的脚下死去。我站起了身,很想知道我身体的最后运动会是什么样子,尽管这已不由我做主。

一声枪响。我左边那人的脑袋突然被击碎,就像是被沉重的靴子踩碎的一个番茄。

剩下的人不约而同地朝枪声转过脸去。我最先反应过来。我又一次地接受蜥蜴脑的支配,朝我刚才挥拳打过的那家伙扑了过去。他离我更近,我先前对他的击打也使他变得更容易对付。

我可以夺下他的枪。

然而那人的反应快于我的预料。我猜他也是蜥蜴脑起了作用。他朝后退了一步,举枪对我瞄准。我的距离太远,已来不及阻止他了。

可是,他的脑袋也突然炸开,喷出了一团深红色的血雾。

鲜血溅到了我的脸上。丹尼·祖克再没有任何迟疑。他跳到我的身后,把我当成盾牌,用胳膊扣住我的脖子,枪口抵在了我的脑袋上。

“别乱动。”他对我低语。

我没乱动。四周变得很安静。他紧紧地拖着我,向身后的小别墅一步步退去。

“快出来,”祖克喊道,“你不出来,我就打飞他的脑袋。”

传来一阵飒飒的声响。祖克把我的脑袋猛推向右侧,让我的身体更多地挡住他。他迫使我进一步转向右侧——飒飒声发出的方向。我朝那边的空地望过去。

我的心脏骤然停住了。

从山坡上走下来、同时举枪瞄着我们的,是娜塔莉。

第三十五章

丹尼·祖克叫了起来:“哈哈,好啊,瞧瞧谁来了。”

一见到她,我的身体好像全部失去了知觉。我们的目光——娜塔莉的和我的——相撞在一起,周围的全部世界随即发生剧烈的爆炸。这是我人生中最为震撼的一刻。尽管只是与我心爱的女人那双蓝色的眼睛简单地对视,而且正在被一支手枪顶着脑袋,我仍然感到一种奇妙的欣慰和愉悦。如果祖克想开枪,就让他开吧。就我的生命而言,眼前的瞬间时光,比过去六年的任何一刻都更加富有生机和活力。不,我不想死,事实上我目前最大的愿望,就是活下来并和这个女人在一起。但是,如果和几秒钟之前相比,我现在死去,已算是死得其所,可以说是度过了一个更为完美的人生。

娜塔莉仍然用枪瞄着我们,说道:“放他离开。”

她的眼睛一直盯住我。

“我可不这样想,甜心。”祖克说。

“让他走。你可以用他换我。”

我喊道:“不!”

祖克用枪管使劲儿捅了捅我一侧的脖子。“闭嘴。”接着他问娜塔莉，“我凭什么相信你?”

“如果我只在意自己而不关心他，”她说，“我就不会在这里暴露我自己。”

娜塔莉继续把目光锁定在我身上。我想提出抗议，我坚决不能同意用她来交换我。但是她的表情中有什么东西在告诉我，不要乱说乱动，至少现在不要。她几乎是在祈求我听从她的安排，以便让事态按她的意愿发展。

我猜她也许不是一个人。可能她有同伴，可能她有事先的计划。

“那好吧，”祖克藏在我的身后说，“你只要把枪放下，我就放开他。”

“那可不行。”她说。

“噢?”

“我们把他带到他的车那里。你让他坐上驾驶座。他把车一开走，我就把枪扔掉。”

祖克看来是当真地考虑着。“我让他上车。你扔掉你的枪，然后他把车开走。”

娜塔莉点点头，目光仍然盯着我，几乎是在祈求我听从她的安排。“成交。”她说。

于是我们开始向别墅的前院移动。娜塔莉在后面一直保持着距我们约三十码的距离。我想附近是不是有曲奇或伯尼迪克特或“新起点”的其他什么人。也许他们藏在车后等待着，手持武器，随时准备用一颗子弹送祖克上西天。

我们来到了车旁。祖克选择角度，用车辆及我的身体继续遮挡着他。“打开车门。”他命令我。

我有些迟疑。

他用枪口使劲儿按住我的脖子。“打开车门。”

我回头看了一眼娜塔莉。她给了我一个充满信心的微笑。她的笑容让我怦然心动，也将我的心像蛋壳一样击得粉碎。当我挪进驾驶座位的时候，伴随着巨大的恐惧，我意识到了她在做什么。

没有一个同时救出我们两个人的计划。

没有半路施以援手的“新起点”其他成员，没有人藏在这里等着发起袭击。娜塔莉控制了我的意念，用目光为我提供了一种虚假的可能，以确保我不会抗拒，不会做出她准备为我做出的那种牺牲。

真他妈该死。

车打着了火。娜塔莉开始垂下她的武器。我有一秒钟时间，不会更多，来采取行动。我知道这无异于自杀。我知道此时此地没有一个能保证我们两人都活下来的办法。娜塔莉就是这么想的。我们中有一个人必须去死。归根结底，杰德、伯尼迪克特和曲奇他们是对的。我把事情搞砸了。我一直固执地遵从爱情能够战胜一切这类的魔咒，而眼下的结局是，同大家一再对我发出的警告一样，我的行为正在一步步地将娜塔莉推向死亡。

我绝不能让这样的事情出现。

从我一坐进车里，娜塔莉就停住了脚步，将她的注意力转向了丹尼·祖克。祖克明白轮到他了，便从我的脖子上移开了手枪。为了防止我做出什么愚蠢的举动，他把手枪换到另一只手上，拉远了我和它之间的距离。

“该你了。”祖克说。

娜塔莉把枪放到了地上。

是时候了。我在瞬间谋划着接下来将采取的具体行动，估量出其不意能够产生的效果和随后可能出现的各种情况等等。我没有半点儿的犹疑。我相当确信，祖克仍有时间向我开枪。这没关系。他一定会竭力抵抗。如果他为了保命而朝我开枪，娜塔莉就有时间逃离，或者，更可能的是，从地上捡起枪进行射击。

我没有选择。我能肯定的只是，我绝不会把车开走。

我冷不防地向上高高伸出我的左手。他没有防备我这一手。祖克以为如果我会做出什么，那一定是去夺他的手枪。我却攥住他的头发，使劲儿把他拉向我这边。正如我预料的，丹尼把枪口转向了我。

我的左手已经把他的脸拉近了我。他以为我的右手会去夺枪。

他错了。

我的右手把杰德给我的那粒氰化物突然塞进了祖克的嘴里。意识到我做了什么的祖克，眼睛由于恐惧而变得老大。他明白毒药正在自己嘴里，如果不把它弄出来他就死定了——这使他的动作显出一点儿迟疑。他想吐出那粒氰化物，可是我的手仍然堵着他的嘴。他使劲儿咬我的手，我疼得喊出了声，可是我的手仍然堵在那里。就在这时，他冲着我的脑袋开了一枪。

我早有防备，连忙躲闪。

子弹击中了我的肩膀。剧烈的疼痛。

丹尼的身体出现了痉挛。他试图再开一枪，但是永远无法做到了。娜塔莉的第一颗子弹击中了他的后脑勺儿。她又开了两枪。实际不需要了。

我靠在座椅上,用手按住跳痛的肩膀,试图止住往外流淌的鲜血。我等待着娜塔莉走到我的身边。

但是她没有。她站在原地没动。

我从未见过比她此刻的表情更美丽、更让人心碎的东西。眼泪顺着她的脸颊流淌着。她缓缓地摇了摇头。

“娜塔莉?”

“我必须离开了。”她说。

我的眼睛睁大了。“不!”终于,我听到了远处传来的警笛声。我流血很多,觉得十分虚弱。这都算不得什么。“我要和你一起去。带上我。”

娜塔莉的脸抽搐了一下。更多的眼泪涌了出来。“我可不能让你有什么三长两短,那样我就没法儿活了,你明白吗?这就是我以前从你身边跑开的原因。你为我痛苦,我还可以承受。你要是死了,我就活不下去了。”

“没有你在身边,我同死了没什么两样。”

警笛声越来越近。

“我不能不离开。”她含着眼泪说道。

“不……”

“我会永远地爱你,杰克。永远。”

“那你就和我在一起。”我苦苦地恳求。

“我不能。你知道的。别跟着我。别寻找我。以后一定要信守你的承诺。”

我摇头。“这绝不可能。”

她转过身,向着山坡走去。

“娜塔莉!”我大喊。

但是,我心爱的女人并没有停步,正在又一次从我的生活中走开。

第三十六章

一年后

教室后排的一个学生举起手。“威斯教授?”

“你想说什么,肯尼迪?”

这就是我现在的名字——保罗·威斯。我在新墨西哥州一所很具规模的大学里教书。出于安全方面的原因,我无法说出这所大学的名称。鉴于湖边的那么多尸体,警方感到最好还是通过证人保护手段把我隐藏起来。所以我到了这里,到了美国的西部。海拔高度有时仍然在我身上产生作用,但是总的来说我很喜欢这个地方。这让我惊讶。我始终认为我是个只适合于在东海岸生活的家伙,然而生活的真谛在于适应,我想是这样。

当然,我怀念兰佛,怀念我过去的生活。伯尼迪克特和我仍然保持着联系,尽管我们不该这么做。我们使用不同电脑间同步应用和共享文件的 Dropbox 服务,而且从不点击“发送”键。我们创立了一个电子邮箱账户,是美国在线的(又是老派风格)。我们互相给对方写邮件,写完只是将它留在草稿箱里。

每隔一阵子我们就进入邮箱去看一看。

伯尼迪克特生活中的一个重大新闻是,一直想对他进行报复的那个重大贩毒团伙竟然全军覆没。他们在互相争夺地盘的争斗中被对方团伙彻底歼灭了。简言之,他终于可以自由地回到玛丽·安妮的身边了。然而当伯尼迪克特近期查看她在Facebook上的网页时,发现“关联人”变成了“婚姻关系”。她和凯文举办婚礼的照片在他们两人的网页上比比皆是。

我怂恿伯尼迪克特至少把真相告诉玛丽·安妮。他说他不会这么做。他认为不该让她的生活变成一团乱麻。

不过生活本来就是乱麻,我这样告诉他。

多么深邃的认识,是不是?

剩下的谜团终于逐步揭开了。这费去了不少时日。被杰德击中的一个家伙活了下来。他的供词证明了我的猜测。被称为隐形帮的一伙银行大盗洗劫了水道街银行。在托德·桑德森的保险箱里保存着一些人的遗嘱和护照。隐形帮掠走了那些护照,想拿它们到黑市上卖点儿钱。其中一个家伙认出了娜塔莉的名字,便报告了迈纳团伙——尽管已过了六年,迈纳家族还在四处寻找她。这个保险箱是以托德·桑德森的名义租用的,所以丹尼·祖克和奥托·德弗卢就去造访了托德。

你已经知道了从那以后发生的事情,或者说,大部分的事情。

但是有些事情仍然于情理不合。就在丹尼·祖克咽气之前,我曾提出过一个问题:为什么迈纳一伙如此不遗余力地寻找娜塔莉?很明显她不会做证指控他们。为什么无事生非,对娜塔莉步步紧逼,甚至不惜冒着最后可能使她不得不寻求警察帮助的风险?我一度认为丹尼·祖克是这一切事情的主谋,是他杀死了阿切尔·迈纳,又想杀死可能向马克斯韦尔·迈纳揭露此事的唯一见证人娜塔莉。然而这仍然有些说不通,特别是当我指控他犯有这一罪行时,他脸上还露出了困惑不解的表情。

“看来你真是什么都不知道,对不对?”

丹尼·祖克就是这么说的。他说的没错儿。但是我慢慢地理出了头绪,特别是当我想到引发后来一切事情的那一起事件,想到目前仍然悬而未决的一个最关键问题的时候。

娜塔莉的父亲究竟在哪里?

我在一年前猜出了问题的答案。在警方送我来新墨西哥州的前两天,我又一次到海德公园老年生活辅助中心去看望了娜塔莉的母亲。我当时还很蹩脚地化了装。(如今我的伪装术简单多了:我剃光了头发。我当年留着的那一头体现教授派头的桀骜不驯的头发彻底不见了。我的脑壳闪闪发亮。如果我再戴上一只金耳环,你会把我错认成朗白先生①。)

“我这次来,需要听您说出真相。”我对西尔维娅·艾维里说。

“我已经对你说了。”

那些被指控犯有性侵犯儿童罪、惹怒了贩毒团伙、受到丈夫的残暴虐待还有目击了黑帮谋杀案等等的人,需要一个新的身份和以失踪的方式躲藏起来,我想我对此是能够理解的。但是我不能理解的是,为什么一个发现了学院作弊事件的人也必须为了生存而失踪——即使到了今天,即使在阿切尔·迈纳早已死去的情况下。

---

① 朗白先生(Mr. Clean):美国宝洁公司生产的清洁产品品牌。产品包装上一般都印有剃着光头、一只耳朵上戴着金耳环的朗白先生的画像广告。

“娜塔莉的爸爸并没有离家私奔,是不是?”

她不回答。

“他被人杀害了。”我指出。

西尔维娅·艾维里似乎由于过度虚弱而无法做出任何反驳。她呆坐在那里,像是一尊石像。

“您对娜塔莉说过,她的爸爸从来没有、也永远不会遗弃她。”

“他确实不会,”她说,“他是那么爱她。他也爱朱莉,也爱我。艾伦是个非常好的人。”

“好得过分了,”我说,“在他看来一切非白即黑。”

“是这样。”

“当我对您说阿切尔·迈纳已经死了的时候,您说‘可算是摆脱了他’。他就是杀死您丈夫的那个人吧?”

她低下了头。

“再也没有人能够伤害你们了。”我这样说,尽管这只有部分是正确的。“是阿切尔·迈纳亲手杀死了您的丈夫,还是他爸爸派了别的什么人?”

于是,她说了出来:“是阿切尔本人。”

我点点头。我估计是这样的。

“他带了一把枪来到我们家里,”西尔维娅说,“他要求艾伦把那份能够证明他抄袭的论文交还给他。你知道吗,他当真想摆脱他爸爸的阴影,可是如果传出他作弊的消息……”

“他就会同他爸爸没什么两样。”

“是的。我央求艾伦按他的要求办。艾伦不肯听。他以为阿切尔只是虚张声势。于是,阿切尔把枪顶到艾伦的脑袋上,就……”她闭上了眼睛。“阿切尔这么做的时候露出了微笑,这是我记得最清楚的一件事。阿切尔·迈纳在笑。他让我给他那份论文,不然就会接着杀了我。我当然给了他。接着就进来了两个人,他们是阿切尔爸爸的手下。他们抬走了艾伦的尸体。然后,其中一个扶我坐下来。他说如果我对任何人说起这件事,他们将对我的两个女儿做出极其可怕的事情。他们不仅要杀了她们,那人就是这么说的,在杀她们之前他们先要做些极其可怕的事情。他一再强调这一点。他让我对人家说艾伦出走了。我后来就是这么说的。这些年我一直说这样的谎话,就是为了保护我的女儿们。你会理解的,难道不是吗?"

"我理解。"我悲伤地回答。

"我不得不把我那可怜的艾伦说成是个坏蛋。这样一来我的女儿们就不会总是问起他的事。"

"可是娜塔莉却不相信她爸爸是坏蛋。"

"她一直在追问我。"

"而正像您说的,这个谎言、这个她爸爸抛弃了她的想法,毁了她的生活。"

"对于一个小姑娘来说,这样的想法太可怕了。我本来应该编出个别的说法。不过还能编出什么来呢?"

"于是她就一再地、一再地追问。"

"她没法不去想这件事。她还跑回兰佛学院去问休谟教授。"

"然而休谟教授也一样不知内情。"

"他不知道。但是娜塔莉仍然四处打听。"

"这有可能让她陷入麻烦。"

"毫无疑问。"她说。

"因此你决定对她说出真相。爸爸没和一个女学生私奔,爸爸也不是由于害怕迈纳家族而出走。你最终把完整的故事讲给了她——阿切尔·迈纳带着微笑冷酷地杀死了她的父亲。”

西尔维娅·艾维里没有点头。她用不着点头。我说了再见后离开了。

所以,我现在明白了娜塔莉那个晚上为什么会出现在那幢高层建筑,我现在明白了娜塔莉为什么要挑那么一个夜深人静、无人干扰的时刻去拜访阿切尔·迈纳,我现在明白了马克斯韦尔·迈纳为什么从来没有停止搜寻娜塔莉。他并不担心她会作为目击者提供证词。

他是位一心要向杀害他儿子的杀手复仇的父亲。

我对有些事情还不能确定。我不能确定娜塔莉向阿切尔·迈纳射击的时候脸上是否挂着微笑;我不能确定她会不会只是由于不慎把枪弄走了火;我也不能确定当他们两人面对面的时候,阿切尔·迈纳是否威胁了她,或者说她是否只是在进行自我防卫。然而,现在我根本不问这些事情。

过去的我,会很看重这些。现在的我,对此全不在意。

课上完了。我开始徒步穿过校园。圣达菲有着别处任何地方都看不到的湛蓝的天空。我手搭凉棚,继续在校园里行走。

一年前的那天,我手捂着子弹仍留在里面的肩膀,看到娜塔莉又要离我而去。她让我保证不要跟随她,我大喊“这绝不可能”。她不听我的,也不停下脚步。我急忙下车。肩膀的伤痛与她再次撇下我走开带来的痛苦相比,简直算不上什么。我向她跑了过去,不顾枪伤给胳膊带来的疼痛,我张开双臂把她揽入怀中,紧紧地拉向自己。我们都紧闭着双眼。我紧紧地拥抱着她,感受着一生中从未体验过的一种幸福和满足。娜塔莉开始哭泣，我更加用力地抱住她，她的头埋进了我的胸膛。有那么一瞬间她想挣脱出来，然而只是一瞬间。她明白，这次我绝不会允许她离我而去。

不论她做过或没做过什么。

我没有让她离开我。

我的前方，是一位名叫戴安娜·威斯的美丽女人，她戴着一枚与我手上那枚相配的结婚戒指。由于天气是如此美好，她决定挪到户外来上这堂美术课。她在学生当中来回走动着，对他们正在画的东西做出评价，提供指导。

她心里明白，我已经知道她做过什么了，尽管我们从未谈过与她父亲和阿切尔·迈纳相关的话题。我怀疑，她当年离开我是不是也有这方面的原因。她大概认为，如果我知道了真相，我将永远无法接受她做过的事情。如果回到那个时候，我也许的确不能接受。

而现在，我能够接受了。

戴安娜·威斯抬起头看到了我。她的笑容灿烂得让阳光黯然失色。我的妻子今天比平时显得更为娇媚动人、容光四溢。我的这种感觉也许是出于爱恋的偏见，也许是由于她正在孕育着我们的孩子，七个月了。

她的课结束了。学生们流连徘徊着，慢慢地收拾起画具离去。终于只剩下我们两个人。她握住我的手，盯着我的眼睛说道："我爱你。"

"我也爱你。"我回答。

她仰脸对我微笑着。黑白之间的灰色全无可能抵挡这样的笑容，终于消失在了绚丽缤纷的彩色烟霞之中。

黑版贸审字 08 - 2013 - 077 号

图书在版编目(CIP)数据

六年/(美)科本著;朴逸译. —哈尔滨:哈尔滨出版社,
2014.6
ISBN 978-7-5484-1774-3

Ⅰ.①六… Ⅱ.①科… ②朴… Ⅲ.①长篇小说-美
国-现代 Ⅳ.①I712.45

中国版本图书馆 CIP 数据核字(2013)第 318665 号

书　　名:六年

作　　者:[美]哈兰·科本　著
译　　者:朴逸　译
责任编辑:颜　楠　路　嵩
责任审校:李　战
封面设计:琥珀视觉
版式设计:恒润设计

出版发行:哈尔滨出版社(Harbin Publishing House)
社　　址:哈尔滨市松北区世坤路 738 号 9 号楼　　**邮编:**150028
经　　销:全国新华书店
印　　刷:哈尔滨市石桥印务有限公司
网　　址:www.hrbcbs.com　　www.mifengniao.com
E-mail:hrbcbs@yeah.net
编辑版权热线:(0451)87900271　87900272
邮购热线:4006900345　(0451)87900345 或登录**蜜蜂鸟**网站购买
销售热线:(0451)87900201　87900202　87900203

开　　本:880mm×1230mm　1/32　**印张:**12　**字数:**272 千字
版　　次:2014 年 6 月第 1 版
印　　次:2014 年 6 月第 1 次印刷
书　　号:ISBN 978-7-5484-1774-3
定　　价:38.00 元

凡购本社图书发现印装错误,请与本社印制部联系调换。
服务热线:(0451)87900278
本社法律顾问:黑龙江佳鹏律师事务所